수상한
간병인

수상한 간병인

오윤희 장편소설

고즈넉이엔티

수상한 간병인

1쇄 발행 2022년 3월 7일

지은이 오윤희
펴낸이 배선아
편 집 박미애
디자인 엄인경
펴낸곳 (주)고즈넉이엔티

출판등록 2017년 3월 13일 제2021-000008호
주소 서울특별시 중구 청계천로 40, 1203호
대표전화 02-6269-8166 **팩스** 02-6166-9199
이메일 gozknockent@gozknock.com
홈페이지 www.gozknock.com
블로그 blog.naver.com/gozknock
페이스북 www.facebook.com/gozknock
인스타그램 www.instagram.com/gozknock

ⓒ 오윤희, 2022
ISBN 979-11-6316-282-7   03810

표지/내지이미지 Designed by Getty Images Bank, Freepik

잘못된 책은 구입하신 서점에서 교환해 드립니다.
이 책은 저작권법에 따라 보호받는 저작물이므로 무단 전재와 복제를 금합니다.
이 책의 전부 또는 일부 내용을 재사용하려면 사전에 저작권자와 본사의
서면 동의를 받아야 합니다.

외할아버지, 할머니께

차례

1 희망보육원 정은수 · 009

2 두 개의 이름 · 027

3 오래된 고독 · 057

4 한낮의 방문자 · 087

5 희망보육원 이정우 · 117

6 소녀의 이름은 · 143

7 희망보육원 서연주 · 161

8 어떤 꿈, 그리고 · 185

9	수상한 간병인	• 225
10	바람이 시작하는 곳	• 241
11	아무도 미워하지 않는다	• 255
12	다시 원점	• 269
13	비밀의 울타리 너머	• 283
14	저무는 라인강	• 311
15	수상하지 않은 이별	• 347

에필로그 1년 뒤 • 352

1

희망보육원
정은수

 노인의 눈은 투명한 유리구슬 같았다. 은수가 다녔던 초등학교 앞 문구점에선 색색의 투명 유리구슬을 10개씩 그물망에 넣어 팔았다. 햇살이 쨍한 날 볕이 잘 드는 곳에 놔두면 구슬을 뚫고 나간 빛이 벽면에 알록달록한 그림자를 드리우곤 했다. 어린 은수는 그토록 예쁜 색깔을 빚어내는 구슬 속에 뭐가 있을지 궁금해서 한참 동안 안을 들여다보기도 했다. 아무것도 없었다. 그저 텅 비어 있었다. 은수는 그런 공허함이 어딘지 모르게 섬뜩하게 느껴졌다.

 곁에 앉은 노인의 두 눈을 보며 은수는 어린 시절 봤던 텅 빈 구슬 속을 떠올렸다. 노인은 허공의 어느 한 점을 뚫어지게 바라보고 있었다. 유리구슬이 빛을 빨아들이듯이. 하지만 노인의 망막에 맺힌 사물은 빛을 그대로 투과시키는 유리구슬과 같을 것이다. 그에게 어떤 감정도 불러일으키지 못하고 그저 스쳐 지나갈 게 틀림없다.

일흔넷 파킨슨병 환자. 혼자서는 식사를 하거나, 보행하기 힘듦.

간병인 구인 모집 공고에 나온 설명대로 휠체어에 걸터앉은 노인은 한눈에도 육체적 기능을 대부분 상실한 상태였다. 등이 앞으로 구부정하게 굽고, 면도를 안 해 희끗희끗한 수염이 올라온 두 뺨은 홀쭉하게 패었다. 입고 벗기 편하도록 허리 부위에 고무줄이 달린 얇은 여름 면바지 위로 앙상하게 여윈 두 다리 굴곡이 그대로 드러났다.

은수의 눈에 비친 그는 드라마나 영화에서 자주 보던, 병들고 지친 여느 노인들과 똑같았다. 쇠약한 육체에, 삶에 기대하는 게 별로 남지 않은 사람들이 짓곤 하는 무심한 표정까지. 어쩐지 맥이 탁 풀렸다.

대체 뭘 기대했냐고 묻는다면 뭐라고 답해야 할지 스스로도 알 수가 없다. 하지만 이렇게 무기력한 노인이라니, 역시 조금은 실망스러웠다. 차라리 고압적이고 폭군 같은 사람이었더라면 좋을 뻔했다. 두렵긴 하겠지만, 그 편이 받아들이긴 더 쉬웠을 테니까. 이 사람 때문에 인생의 첫출발을 가장 밑바닥부터 시작해야 했다는 사실을.

"젊은 사람이 간병인을 하겠다니 의외네."

가까운 곳에서 들리는 카랑카랑한 목소리에 은수는 갑자기 정신이 들었다. 노인을 힐끔힐끔 곁눈질하느라 바빠 정작 중요한 면접관의 존재를 잊고 있었다. 이름이 '강명순'이라고 했던가.

모집공고 담당자란에서 본 이름이니, 공고를 올린 사람은 아마도 이 사람일 것이다. 눈가와 입꼬리에 가느다란 잔주름이 여러 개 잡힌 명순은 예순쯤 돼 보였다. 체구는 풍만한 편이지만, 둔하다기보다는 다부지다는 느낌이 강했다. 전체적으로 보면 푸근한 인상인데, 은수는 어딘지 모르게 그녀가 껄끄러웠다.

"왜 이런 일을 하려고 하지? 학생 나이엔 더 재미있는 일도 많을 텐데."

당연히 나올 법한 질문인데 은수 귀에는 형사가 범죄 용의자를 심문할 때처럼 위협적으로 들렸다.

왜 이런 일을 하려고 하지? 은수는 속으로 명순이 한 말을 되뇌었다. 정말로 용의자가 돼서 형사에게 이런 질문을 받는다면 뭐라고 말해야 할까? 제대로 대답할 자신이 없었다.

만약 그걸 알고 있다면 숨도 못 쉬게 목을 조여오는 긴장감이 좀 누그러질까? 어쩌면 그럴지도 모른다. 악당의 정체를 미리 알면 손에 땀을 쥐게 하는 스릴러 영화도 편안히 볼 수 있는 것처럼 질문에 대한 답을 갖고 있다면 부담스러운 이 상황을 조금은 쉽게 넘길 수 있을지도 모른다. 그러니 누가 좀 알려주면 좋겠다. 왜 이렇게까지 노인에게 집착하는 건지, 대체 자신이 노인한테 뭘 원하는 건지. 손에 땀이 배어 나왔다. 은수는 명순이 안 보는 틈을 타 여기저기 보풀이 거칠게 올라온 검정 폴리에스테르 치마에 손을 쓱 문질러 닦았다.

고개를 드니 명순이 대답을 기다리듯 빤히 쳐다보고 있었다. 간단한 질문에도 제대로 대답 못 하고 머뭇거리는 게 답답했던지 얼굴에 살짝 짜증스러운 기색이 어렸다.

보아하니 행동거지가 빠릿빠릿하지 못하고 굼뜰 것 같네. 게다가 저렇게 호리호리한 체구로 환자를 제대로 부축하기나 하겠어?

탐탁지 않은 표정은 그렇게 말하고 있는 것 같았다. 명순의 속마음을 짐작하는 일이 은수에겐 그리 어렵지 않았다. 어린 시절, 이런 표정을 짓는 어른들을 많이 봐왔으니까.

은수가 있는 곳을 찾아올 때면 그들의 손엔 으레 과자나 장난감이 들려 있었다. 또래 아이들이 과자를 보고 '와' 반색하며 그들에게 잘 보이려고 애쓸 때 은수는 먼발치서 쭈뼛거리며 눈치만 보고 있었다.

저기 저 애는 어때?

너무 붙임성이 없네. 다른 애들보다 사회성도 떨어져 보이고.

그래도 얌전하니 손은 좀 덜 가지 않을까?

학교에 적응 못 하고 왕따 같은 거 당하면 그게 더 골치야. 그리고 여자애들은 애교가 많아야 키우는 재미가 있다는데 쟤는……."

물건을 감정하는 시선으로 은수를 훑어보며 속삭이던 그들 역시 지금 명순의 표정처럼 떨떠름했다. 그들은 항상 은수보다 더 예쁘거나, 싹싹하거나, 공부를 잘하는 아이를 골랐다. 언젠가 일곱 살짜리 남자아이를 선택한 한 젊은 여자는 물끄러미 자신을 쳐다보고 있던 은수와 시선이 마주치자, '미안해, 너를 데려가지 못해서'라고 중얼거렸다. 하지만 그건 사실 '미안해, 너는 선택을 받을 만큼 우수하지 못해'라는 말이 아니었을까.

"보육원에서 오래 살았어요."

이대로 머뭇머뭇하다간 또다시 거절당할 거라 생각하자, 은수의 입에서 불쑥 대답이 튀어나왔다. 예상치 못한 말이었는지 명순이 눈을 가늘게 뜨고 쳐다봤다.

"나중에 저 같은 애들 도와주려고 사회복지학과 지망했던 거고요."

설마 '고아원에서 자랐다니 고생이 많았겠네' 같은 상투적인 말을 하진 않겠지. 은수는 심드렁한 기분으로 명순이 운을 떼길 기다렸다. 이런 자리에서까지 고아 어쩌구 하는 소리는 듣고 싶지 않았다. 그런 얘기는 보육원 바깥 세상 사람들이 거의 무의식적으로 하는 별 의미 없는 말이라는 걸 깨달은 지 오래다. 한편으로 혹시 딱하게 보인다면 동정표를 받을 수 있지 않을까 하는 영악한 생각도 머리를 스치고 지나갔다.

"얼마나?"

"네?"

은수가 반사적으로 되물었다. 뭘 묻는지 몰라 잠깐 동안 무엇에 대한 '얼마나'일까, 헤아려보아야 했다.

"보육원에 얼마나 있었냐고."

"다섯 살 좀 넘어 들어갔다가……."

만 18살이 되는 작년에 나왔다고 덧붙이려는데 명순이 고개를 까닥하곤 테이블 위에 올려둔 서류를 집어 들었다. 역시 별 의미 없이 던져본 말일까. 어쩌면 알아봐야 딱히 도움도 안 되고 불쌍한 속사정 같은 건 아예 듣고 싶지 않은 건지도 모른다. 어느 쪽이건 이제 보육원 이야기는 더 안 나오겠다 생각하니 은수는 안도감인지 실망감인지 알 수 없는 기분이 들었다.

명순이 은수가 가지고 온 서류를 하나씩 넘겨 보기 시작했다. 학생증, 재학증명서, 간병인 자격증……. 서류상 내용은 딱히 흠잡을 데가 없다. 서울 중상위권 대학 사회복지학과 2학년생, 4.3 만점에 3.8점대 우수한 학점, 거기다 간병인 자격증까지.

은수의 눈길도 명순의 눈길이 향하는 곳을 조용히 쫓아갔다. 그녀의 시선이 은수의 학생증 증명사진에 멈췄다. 선이 가늘고 수수한 얼굴이 카메라 쪽을 바라보고 어색하게 미소 짓고 있다. 꽤 오래전 '아저씨'라는 영화가 인기를 끌었을 무렵 은수는 영화 속 또래 꼬마를 연기한 배우와 똑 닮았다는 이야기를 꽤 많이 들었다. 담임 선생님조차 '혹시 너희 둘, 자매 아니니?' 농담했다가 아차 싶었는지 허둥지둥 말을 얼버무린 적도 있었다.

은수가 보기에도 거울 속 자신은 그 아이와 닮은 구석이 꽤 많아 보였다. 창백한 낯빛, 세상 풍파에 무방비로 보이는 섬세하고 오목조목한 이목구비에다 아이들 얼굴에서 좀처럼 보기 힘든 스산하고 어두운 분위기까지.

하지만 지금은 아무도 은수더러 그 배우와 닮았다고 하지 않는다. 침울한 분위기를 싹 벗어버리고 몰라보게 성숙해진 배우와 달리 은수는 영화 속 꼬마를 데려와 그대로 키만 늘려놓은 것 같았다. 철 지난 검은색 정장 재킷이나 피부색과 어울리지 않는 말린 장밋빛 립스틱도 원래 의도와는 정반대로 사진 속 은수의 앳된 외모를 더 두드러지게 만들었을 뿐이었다.

명순이 나이를 가늠하기라도 하듯 찬찬히 사진을 뜯어봤다. 은수의 눈동자가 잠시 불안하게 흔들렸다. 그녀의 시선은 사진이 아니라, 사진 밑에 적힌 이름에 꽂혀 있었다. 자신의 이름 '정은수'가 아닌 '서연주'라는 이름에. 겨드랑이에 기분 나쁜 식은땀이 축축하게 배어 나와 옷에 작고 동그란 얼룩을 만들었다. 물 밖에서 헐떡이는 물고기처럼 호흡까지 밭아지는 것 같았다.

긴장한 걸 눈치채면 어떡하지.

은수는 팔을 살짝 안으로 움츠리며 명순의 기색을 살폈다.

"종일 환자를 돌봐야 하는데 학교는 어떻게 하려고?"

명순이 들고 있던 서류를 다시 테이블 위에 올려놓았다. 표정에 동요가 없는 걸 보니 별다른 낌새를 알아채지 못한 모양이었다. 은수는 속으로 안도의 한숨을 내쉬었다.

"한동안 휴학하려고요. 공부랑 아르바이트 병행하는 게 힘에 부쳐서요."

명순의 얼굴에 처음으로 미심쩍은 표정이 떠올랐다.

"학교는 장학금 받고 다닌다지 않았나?"

"……생활비는 벌어야 하거든요."

"……그래, 힘들었겠네."

명순은 덤덤한 말투로 말했다. 위로라기엔 너무 사무적이고, 동정이라고 보기엔 너무 담백했다. '오늘은 비가 오네'처럼 그냥 있는 사실을 자연스럽게 말한 것 같았다. 드문드문 이어지던 대화는 거기서 갑자기 뚝 끊겼다. 방안엔 어색한 침묵이 가라앉았다.

째깍째깍.

침묵 사이로 벽시계 초침 소리만 규칙적으로 울려 퍼졌다.

은수는 얌전히 눈을 내리깐 채로 힐끔힐끔 명순이 있는 쪽을 쳐다보았다. 침묵이 길어질수록 은수의 심장 박동도 점점 빨라졌다. 명순의 미간에 작은 주름이 잡힌 걸 보니 골똘히 생각에 잠긴 것 같았다. 머릿속으로 채용 여부를 저울질해보고 있는 걸까. 아니야, 그러기엔 질문이 너무 빨리 끝났어. 간병에 관한 건 하나도 물어보지 않았잖아. 하긴 경험이 전혀 없으니 딱히 물어볼 것도 없지만.

혹시 이미 마음의 결정을 내리고 적당히 거절할 말을 찾고 있는 건가? 저렇게 오래 망설이는 건 결과가 좋지 않다는 얘긴데······.

"성적도 좋고 성실한 학생인 것 같은데, 간병 경험이 없어서 그게 좀 걸려."

명순의 말에 은수는 고개를 번쩍 들었다. 놀이기구를 타고서 공중으로 한껏 높이 올라갔다가 갑작스럽게 아래로 질주할 때처럼 심장이 밑으로 쿵 떨어졌다. 간병 경험도 있다고 거짓말할 걸 그랬나. 아니다. 그건 너무 위험하다. 어차피 일하면 서툰 게 드러날 게 뻔한데 자칫하면 불필요한 의심만 살 뿐이다. 그래도 이 정도면 큰 문제는 없으리라 생각했는데 생각이 너무 물렀던 걸까.

문득 명순이 아직 대놓고 거절한 건 아니라는 데 생각이 미쳤다. 은수는 혹시나 하는 심정으로 그녀의 얼굴을 유심히 뜯어보았다.

은수의 시선이 부담스러웠는지 명순이 어색한 얼굴로 슬쩍 고개를 돌렸다. 상대가 탐탁지 않지만 직접 말하긴 거북할 때 짓곤 하는 어딘가 켕기는 표정. 그건 완곡하지만 확실한 거절 표시였다. 보육원에서 은수를 거부했던 어른들이 그랬던 것처럼.

미안해. 학생을 채용하긴 어렵겠어. 기대에 못 미치거든. 거북한 명순의 표정은 그렇게 말하는 것 같았다.

끝까지 붙들고 놓치지 않으려 했던 은수의 한 가닥 희망이 썰물처럼 서서히 사라졌다.

역시나 안 되는 건가.

결승점을 향해 죽어라 달렸는데, 골인 직전에 돌연 경기 자체가 취소된 것처럼 허탈했다. 온몸에 기운이 쭉 빠져나갔다. 머리가 사고하기를 중지한 듯 아무런 생각도 들지 않았다.

멍하니 넋을 놓고 제 앞에 놓인 찻잔을 바라보았다. 아까 명순이 손님 접대용으로 내놓은 건데, 입도 대지 않았으니 커피는 지금쯤 다 식었을 게 뻔했다. 찻잔은 입이 닿는 둥근 가장자리 부분을 오돌토돌한 하얀 꽃무늬 조각이 원을 그리듯 에워싸며 장식되어 있었다. 정교한 데다 좀처럼 보기 힘든 오묘한 파란색 색감이 은수가 가본 적 없는 나라에서 들여온 고급품 같았다. 보육원에선 깨뜨리지 말라고 항상 플라스틱 컵만 썼는데.

그러고 보니 테이블에 놓인 파운드 케이크도 어쩐지 은수 눈에 거슬렸다. 생밤이 박혀 있는 케이크는 하나에 2만 원이나 하는 제품이다. 저 브랜드 베이커리에서 아르바이트를 한 경험이 있어 잘 알고 있었다. 익숙한 불쾌감이 스멀스멀 치솟았다. 처음엔 환절기 감기처럼 주기적으로 은수를 괴롭히던 그 감정은 언젠가부터는 마음 한구석에 잠복한 채 수시로 터져 나올 기회만 노리고 있었다.

다들 뭐가 그렇게 잘나서 나를 무시하는 거야!

은수는 명순의 반질거리는 이마를 쏘아봤다. 불쾌한 것 투성이인 이 집에서도 제일 불쾌한 건 저 여자다. 자기가 뭐라고. 고작 가사 도우미면서.

여전히 시선을 피하는 명순이 일부러 딴청을 피우는 것 같아 점점 짜증이 치밀어 올랐다. 저 여자는 내가 빨리 상황을 파악하고 먼저 일어나기길 내심 바라고 있는 걸까. 보육원에서 살았다는 불쌍한 애한테 자기 입으로 거절 통보를 내리긴 껄끄러운 일이니까. 이쯤 말했으면 분위기 파악을 해야지, 하고 속으로 투덜거리고 있을지도 몰라.

슬슬 오기가 발동했다. 그렇게 당신 편한 대로 해줄까 보냐. 은수는 호흡을 가다듬으며 등을 더 곧추세웠다. 가슴은 여전히 두근거렸지만, 반감이 일어서인지 조금 전까지 느꼈던 긴장감은 다소 무뎌진 것 같았다. 이렇게 쉽게 물러날 순 없어. 두번 다시 이런 기회는 오지 않아. 어떻게든 매달려 봐야 해. 은수는 조금 더 용기를 냈다.

"요즘은 간병인 자격도 아무나 못 따요. 정 못미더우시면 일주일 정도 시험 기간을 주세요."

은수의 귀에도 자신이 내뱉은 말은 제법 도전적으로 들렸다. 명순도 예상치 못한 태도라는 듯 놀란 눈치로 은수를 돌아보았다.

"저, 보기보다 힘도 세요. 이런 일은 젊은 사람이 하는 게 낫잖아요."

자기 입으로 '젊은 사람'이라고 하는 건 좀 우스웠지만, 그래도 할 말을 다 하고 나니 은수는 속이 후련했다. 하지만 금세 다시 불안해졌다. 너무 매달린다는 인상을 줬으면 어떡하지? 이게 뭐라고 이러나 저 여자가 의심하지 않을까?

명순이 결심한 듯 은수를 돌아봤다. 분명하게 통보하고 빨리 매듭을 짓는 게 낫겠다고 결정했는지 더는 시선을 피하려 하지 않았다.

"역시 조금 더 경험이 있는 사람이 좋겠어요. 이런 일은 해본 사람이랑 안 해본 사람이랑 워낙 티가 나는 일이라……."

"연수로 하지."

쇠를 긁는 듯한 탁한 노인의 음성이 명순의 말허리를 중간에서 툭 잘랐다.

명순과 은수의 고개가 동시에 돌아갔다. 두껍고 거친 게 노인의 목소리가 분명했는데, 그의 눈길은 햇살에 부서지는 먼지에만 머물러 있었다. 그게 전부였다. 조금 전에 말을 한 게 그가 맞나 싶을 정도로 노인은 입을 꽉 다문 채 미동도 하지 않았다.

"판사님, 방금 연수라고 하셨어요?"

명순이 노인에게 되물었다. 여전히 응답이 없자 가까이 다가가 무릎을 굽히고 휠체어에 앉아 있는 노인과 눈높이를 맞췄다.

"판사님, 여기 이 학생은 연수가 아니라 연주 씨예요, 서연주."

명순이 천천히 또박또박 말했다. 귀가 잘 안 들리는 노인을 위한 배려 같았다. 하지만 뼈대에 얇은 살가죽을 씌워놓은 것 같은 여윈 얼굴에는 아무런 표정이 떠오르지 않았다. 표정이 없으니 검버섯과 주름이 가득한 얼굴이 더 삭막해 보였다.

"판사님 간병인 하겠다고 면접 보러 온 거라구요."

명순은 어린아이에게 하듯 차근차근 설명을 되풀이했다. 은수는 방금 들은 말을 이해했는지, 아닌지 분간이 되지 않는 노인과 명순을 번갈아 보다가 머리가 혼란스러워졌다. 파킨슨병으로 거동이 어렵다고만 들었는데, 혹시 저건 치매 아닌가? 만약 치매라면 어느 정도 진행된 거지?

노인이 은수 방향으로 휠체어를 돌렸다. 입꼬리가 누가 잡아당기기라도 한 것처럼 한쪽으로 실쭉 올라가 있었다. 근육이 잔뜩 경직된 뺨과 어울리지 않게 부자연스러운 얼굴이 은수의 눈엔 어쩐지 기괴해 보였다. 혹시 미소를 지으려고 한 걸까. 아냐, 오히려 비웃음에 가까워 보여. 방금 노인을 치매라고 생각했던 속마음이 들킨 것 같아 똑바로 얼굴을 바라볼 수 없었다.

"혹시…… 연주 씨로 하시고 싶으세요?"

명순은 그제야 노인이 은수에게 관심이 있다는 걸 알아차린 것 같았다. 미심쩍은 기색이 얼굴에 완연했다. 어쩌면 정신도 온전치 않은 노인의 변덕을 진지하게 받아들여야 할지 어떨지 몰라 당황하고 있는 건지도 몰랐다.

"판사님! 연주 씨가 간병해줬으면 좋으시겠냐구요."

노인은 그녀의 말이 들리지 않는지 은수에게 고정된 시선을 떼지 않았다. 얼굴에선 다시 표정이 사라졌다. 밀랍 인형처럼 아무런 감정이 떠오르지 않아 오히려 화가 난 것처럼 보이기도 했다. 빛바랜 검은 눈동자가 은수의 눈과 마주쳤다. 아까는 유리구슬같이 텅 비었다고 생각했는데, 자세히 보니 노인의 두 눈엔 뭔가 숨겨져 있는 것 같았다. 위험하거나 음험한 무언가가.

"그 애랑 닮았어."

노인이 무미건조한 말투로 내뱉듯이 말했다. 아까와 똑같은 거친 목소리. 평상시 거의 말을 하지 않고 지내는지 막 잠에서 깬 사람처럼 목이 걸걸하게 잠겨 있었다.

"제법 강단도 있고."

노인의 말은 은수를 향한 것인지, 자신을 향한 것인지 분명치 않았다. 노인이 답을 기다리는 명순에게 보일락말락 고개를 끄덕였다. 명순의 얼굴이 떨떠름한 음식을 입에 넣은 것처럼 일그러졌다.

노인은 더는 볼일이 없다는 듯 떨리는 손으로 전동 휠체어 컨트롤러를 잡아당겼다. 바퀴가 바닥에 쓸리는 소리가 나더니 휠체어가 천천히 움직여 은수를 지나쳤다.

갑작스런 결정에 어안이 벙벙해진 두 사람은 노인의 휠체어가 안방으로 사라지는 걸 멍하니 바라만 보았다.

"연주 씨가 마음에 드셨나 보네."

명순이 안방 쪽을 한 번 힐끔 쳐다보곤 말했다. 아까와는 달리 목소리가 뾰족하게 날이 서 있었다. 노인이 은수를 선택한 게 다 은수 잘못이라는 듯이. 하지만 비난 어린 목소리와 달리 그늘이 드리워진 그녀의 얼굴은 갑작스럽게 나이 들고 지쳐 보였다. 어쩐지 풀이 죽은 것처럼 보이기도 했다. 노인 때문에 손녀뻘 되는 새파란 어린 여자애한테 권위가 꺾여서일 거라고 은수는 생각했다.

그래도 이상하게 마냥 기쁘지는 않았다. 그렇게도 원했던 일인데, 막상 얻고 나니 현실이 아닌 것처럼 얼떨떨했다. 가망 없다고 반쯤 포기하고 있던 소망이 뜻밖에 이뤄진 탓일 것이다. 얼떨결에 손에 들어온 행운을 그대로 받아 들여도 될지 싶어 여전히 어리둥절했다.

"솔직히 나는 연주 씨로 할 생각이 없었어. 너무 어리고 경험이 없어서. 그래도 어떡하겠어. 판사님이 하고 싶으시다는데."

명순의 어조에선 불편한 감정이 가시지 않았다. 얼굴은 여전히 예의상 짓는 미소를 떠올리고 있지만, 입 언저리 근육이 딱딱하게 굳어 있었다. 집세 때문에 그리 달갑지 않은 세입자를 어쩔 수 없이 받아들여야 하는 건물주의 표정과 닮았다. 그제야 은수는 서서히 실감이 나기 시작했다. 정말로 이 집에 들어오는구나. 드디어.

잔뜩 긴장했던 온몸에 다시 피가 돌기 시작한 것 같았다. 저도 모르게 헤벌쭉 웃음이 새 나왔다.

"참, 판사님도 대체 무슨 생각으로……. 병이 깊어지니 판단력이 흐려지신 건가."

명순이 은수를 힐끔 쳐다보더니 못마땅하다는 듯 중얼거렸다. 은수가 듣건 말건 딱히 상관하지 않겠다는 태도였다. 심기가 단단히 상한 모양이었다. 그렇게나 반대하려 하더니 쌤통이다, 싶었던 것도 잠시 문득 명순의 말이 마음에 걸렸다.

판단력이 흐려지신 건가.

높낮이 없는 노인의 메마른 음성이 은수의 귓전에 되살아났다.

연수로 하지.

연수라니, 명순이 '연주'라고 한 걸 잘못 들은 걸까? 혹시…… '은수'라고 말하려 했던 건 아니겠지? 그럴 리 없다. 노인이 그 이름을 알고 있을 리 없다. 은수의 마음에 의심이 빗방울처럼 툭 떨어지더니 점점 잔물결을 그리며 번져나가기 시작했다. 왜 나를 선택한 거지? 나를 알아본 걸까?

아냐, 정신이 온전치 않은 노인일 뿐이야. '연주'라는 이름조차 똑바로 기억하지 못했잖아. 하지만 결정 통보를 내릴 때는 제법 멀쩡해 보였는데. 치매라는 게 정신이 오락가락한다니까 이상한 일은 아닐지도 모르지. 그건 그렇고 '그 애'는 누구지? 다른 사람이랑 착각한 건 아닐까? 그렇다면 역시나 정신이 말짱하지 않다는 얘긴데…….

문득 무슨 소리가 들린 것 같아 고개를 들어보니 명순의 얼굴이 은수를 빤히 쳐다보고 있었다.

"못 들었어? 언제부터 일할 수 있냐고."

"당장 다음 주부터 가능해요."

명순은 딱히 반기는 기색 없이 고개를 끄덕였다. 계약 조건 따위를 간단히 얘기하고 나니 더는 할 말이 없었다. 은수가 의자 곁에 둔 카디건과 천 가방을 챙겨 들자, 명순이 기다렸다는 듯 냉큼 현관까지 안내했다.

문을 나서는데 노인의 무표정한 얼굴이 다시금 떠올랐다. 무언가가 숨겨져 있던 노인의 반들거리는 두 눈도. 아침부터 찌는 듯한 여름 햇살 때문인지, 긴장이 풀려서인지 계단을 내려오던 무릎이 푹 꺾였다. 뒷덜미에 서늘한 한기가 일었다.

은수는 떨리는 다리에 힘을 주고 걸음을 놓았다. 한 발, 두 발……. 집과 멀어져갈수록 발걸음도 빨라졌다. 잰걸음으로 성큼성큼 내딛는 보폭이 점점 커지는가 싶더니 어느새 전속력으로 달리고 있었다. 무서운 것을 피해 달아날 때처럼 필사적으로.

평온한 주택가에 '탁탁탁' 은수의 발걸음 소리가 불협화음처럼 울려 퍼졌다. 장바구니를 든 나이 지긋한 아주머니와 유모차를 밀던 젊은 여자의 시선이 뒤통수에 따라붙었지만 지금 은수 눈엔 아무것도 들어오지 않았다.

한참을 뛰다 보니 숨이 턱까지 차올랐다. 은수는 땅바닥에 털썩 주저앉아 헉헉, 가쁜 숨을 몰아쉬었다. 온몸은 이미 땀범벅이 돼 있었다. 굳이 고개를 돌려 확인하지 않아도 노인의 집이 보이지 않을 만큼 멀리 왔다. 하지만 집을 나설 때부터 맴돌던 찜찜한 감정은 사라지지 않았다. 설명할 수는 없지만, 어쩐지 노인이 자신의 정체를 눈치챘다는 느낌이 들었다.

2
두 개의 이름

한낮인데도 실내엔 희미하게 그늘이 져 있었다.

설계할 때 방향을 잘못 잡아서일까. 그보다는 커튼으로 창문을 반쯤 가려둔 탓일 것이다. 아무튼 잔인하리만치 강렬하게 빛나는 여름 햇살도 이 집의 문턱을 넘지 못했다. 고풍스러워 보이는 가구에도, 벽면 가운데를 독차지한 평면 텔레비전에도 스산한 어둠이 먼지처럼 자욱하게 내려앉았다. 집 안 전체를 감싼 적막감 때문에 어둠이 연출하는 음울한 분위기는 더욱 두드러졌다.

공포 영화의 배경으로 제법 잘 어울릴 것 같은 집이라고 은수는 생각했다. 겉보기엔 조용하고 평범해 보이지만 왠지 모르게 석연치 않은 느낌을 주는 곳. 어딘가에 도사리고 있는 사악한 기운이 언제, 어떻게 터져 나올지 몰라 위태로운 곳.

왜 처음에 왔을 땐 깨닫지 못했을까. 불안과 긴장이 목구멍까지 차올라 제대로 주변을 둘러볼 여유가 없었다. 하긴 눈치챘다 하더라도 물러날 의도가 없었으니 딱히 달라질 건 없지만.

"짐이 그것뿐이야?"

속이 절반도 차지 않은 은수의 이민 가방을 가리키며 명순이 물었다. '살던 방을 뺀다고 들었는데, 아니었나?' 하는 표정이었다. 가만 보니 그녀는 속마음이 얼굴에 다 드러나는 유형인 것 같았다. 은수는 묵묵히 고개를 끄덕였다.

가방 속 내용물은 안을 들여다보지 않고도 다 말할 수 있었다. 겨울철에 번갈아 가며 교복처럼 입는 검정, 회색 모직 코트 두 벌, 구두 세 켤레, 중저가 브랜드 스킨로션……. 컵과 식기류 몇 점 외엔 1년 전 '희망보육원'을 나올 때보다 별반 늘어난 게 없었다. 그때도 속이 텅 빈 이민 가방을 보며 어쩐지 허무한 감정이 들었다. 15년이나 살던 곳을 떠나는데 이렇게 아무것도 없다니, 여기서 보낸 세월의 무게가 이토록 가벼울 수 있나 싶어서.

"판사님은 지금 주무셔. 어제 잠을 많이 설치셨나 봐. 하긴요 며칠 밤에 계속 혼자 계셨으니."

"혼자요?"

은수 목소리가 저도 모르게 높아졌다. 전날 봤던, 딱딱한 나무토막 같던 노인의 부자유스러운 몸이 떠올랐다. 그런 사람이 밤새 혼자 있었다고? 행여 화장실이라도 가야 하면 어떡하고? 손 기능은 제법 남아 있으니 뒤처리는 혼자 할 수 있다 쳐도 누가 전동 휠체어에 옮겨 주지 않는 한, 한 발짝 움직이기도 힘들어 보이던데. 설마 휠체어에 앉은 채로 잠을 잔 건 아니겠지?

"전에 계셨던 조선족 간병인 아줌마가 갑자기 그만두셨거든. 후임자 들어올 때까지만 기다려 달라고 했는데, 중국 가족한테 일이 생겨서 그쪽도 한시가 급한가 보더라고."

"간병인 말고 같이 사는 분은 안 계세요?"

은수가 실내를 다시 한번 쓱 둘러보았다. 음울한 분위기가 감도는 집은 노인 혼자만 살기엔 너무 크고 썰렁해 보였다.

"판사님은 가족이 안 계셔."

명순은 짤막하게 대답했다. 뒷이야기를 대놓고 묻기는 어려워서 은수는 그저 '아……' 하고 말끝을 흐렸다.

"대신에 어지간한 집안일은 내가 알아서 처리하고 있어."

이를테면 집사 같은 건가? 처음 봤을 땐 왜 가사 도우미가 간병인 면접을 보나 싶었는데. 명순 말을 들으니 궁금증이 좀 풀리는 것 같았다.

"사정이 좀 있어서 그렇게 된 건데 원래 난 이 댁 가사 도우미야. 지금도 요리나 청소 같은 살림은 다 내 몫이니까 연주 씨는 그런 데 일절 신경 쓸 필요 없고, 판사님만 잘 돌봐

드리면 돼."

은수는 가만히 고개를 끄덕였다.

"어쨌거나 연주 씨가 빨리 입주해서 다행이네. 한동안 내가 밤에도 지켜드리긴 했는데, 최근엔 허리를 좀 삐끗해서…… 판사님은 괜찮으니 집에 가라고……."

변명을 늘어놓는다고 느꼈는지 명순이 말꼬리를 흐렸다. 어쩌면 은수가 노인을 홀로 방치한 자신을 속으로 욕할까 봐 눈치를 본 것인지도 몰랐다. 하지만 명순에 대한 껄끄러운 감정과 상관없이 은수는 그녀를 비난할 생각이 손톱만큼도 없었다. 애초에 간병인도 아닌 명순에게 노인을 돌봐야 할 의무 같은 건 없으니까. 오히려 은수가 입주하기 전까지 한동안 밤에도 노인 수발을 들어줬다는 것 자체가 대단한 일 아닌가. 자신도 여기저기 아픈 곳이 생길 나이에.

게다가 은수는 노인의 안위 따위엔 전혀 관심이 없었다. '간병인'이 환자의 안위에 전혀 관심이 없다니 아이러니도 이런 아이러니가 있나 싶어 쓴웃음이 나왔지만, 어쩔 수 없었다.

"청소, 요리, 장보기 같은 건 연주 씨가 신경 쓸 필요 없어. 내가 월, 수, 금 일주일에 세 번씩 와서 챙기고 있거든. 반찬이랑 음식은 냉장고에 넣어 놓을 테니 필요하면 데워먹고. 연주 씨는 판사님 간병에만 전념하면 돼."

잠시 샛길을 헤매던 은수의 정신이 명순의 목소리에 떠밀리

듯 현실로 돌아왔다. 그사이 권위를 회복했는지 명순의 어투는 충직한 베테랑 집사가 갓 들어온 하녀를 가르치는 투였다. 면접날 명순을 향했던 반감이 다시 슬그머니 고개를 들었다. 은수는 애써 감정을 누르며 잠자코 고개를 끄덕였다.

그건 그렇고 그 '간병'이란 게 구체적으로 어떤 거지? 종일 말도 없는 노인 옆에 대기하고 있다가 화장실 갈 때 부축만 하면 되는 건가? 은수는 자신이 앞으로 할 일에 대해 어처구니없을 정도로 무지하다는 걸 비로소 깨달았다.

명순이 은수의 머릿속을 들여다본 것처럼 말했다.

"연주 씨는 하루에 다섯 번씩 판사님 약을 챙겨드려야 해. 오전 7시, 오전 11시, 오후 4시, 오후 7시, 오후 10시. 그리고 새벽 3시쯤에 자주 경련이 일어난다며 약을 찾으시는데, 내성이 생길 수 있으니 너무 자주 드리진 말고. 약은 여기에 적혀 있는 대로 드리면 돼."

명순에게서 건네받은 납작한 직사각형 약상자는 6개 칸으로 나뉘어 있고, 각각의 구획마다 '오전 7시' '오전 11시' 같은 라벨이 붙어 있었다. 환자가 헷갈리지 말라고 붙여놓은 모양이었다.

'예비'라는 라벨이 붙은 제일 마지막 칸은 환자가 새벽에 약을 찾을 때를 대비한 것 같았다. 은수는 각 칸막이에 담긴 알약들을 물끄러미 바라봤다. 핑크색 정제, 흰색 정제, 하늘색과 남색이 반반 섞인 캡슐……. 만약 저 약을 적당히 빼거나, 섞으면 어떻게 될까? 생명이 위태로워지는 걸까, 아니면 그저 약 효과가 떨어지게 되는 걸까? 하긴 저기서 더 퇴화할 능력이 있을 때 얘기겠지만.

"약 복용 후 한 시간쯤 지나면 상태가 제법 좋아져 걷기도 하시는데, 그때는 마당에서 살살 산책시켜드려. 계속 운동을 해야 상태가 좋아진다더라고. 아, 그리고 약 기운이 떨어지면 다리가 풀려 주저앉으실 수 있으니 넘어지지 않도록 항상 옆에서 대기하고."

은수는 다시 고개를 끄덕였다. 겉으론 태연한 척했지만, 서서히 가슴에 불안이 번지기 시작했다. 명순이 왜 간병 무경험자인 자신을 그토록 탐탁지 않게 여겼는지 막상 닥치고 나니 납득이 갔다. 그나마 '서연주'는 간병인 자격증이라도 있지, 서연주의 이름을 빌린 정은수는 그야말로 아무것도 아는 게 없는데…….

앞으로 목욕은 어떻게 하지? 그저 등만 밀어주는 정도라면 어떻게든 할 수 있을 거야. 그럼 면도는? 유튜브를 찾아보면 하는 방법이 나오겠지? 아냐, 지금부터 걱정할 필요는 없어. 적어도 며칠간은 시간이 있을 테니 적응하면서 차근차근 조사해보는 거야.

"자세한 건 지내면서 차차 알게 될 테니 우선 올라가서 짐부터 풀어. 연주 씨가 지낼 방 알려줄게."

은수의 불안을 눈치채지 못했는지 명순의 설교는 예상했던 것보다 짧게 끝났다. 심란한 마음을 들켜봤자 좋을 것도 없으니 잘됐다, 생각하며 은수는 그녀를 따라갔다.

은수가 묵을 방은 2층에 있었다. 원래 손님용 방이었는데, 노인의 거동이 불편해진 뒤로 입주 간병인이 기거하는 곳으로 용도가 바뀌었다고 했다. 노인의 공간은 서재, 침실, 주방이 있는 1층이었다. 화장실과 욕실이 각 층마다 있어 불편할 일은 없어 보였다.

은수가 묵을 방은 '살풍경하다'와 '단출하다' 사이 어디쯤으로 표현할 수 있을 것 같았다. 특별히 정성스레 꾸민 듯한 흔적은 없지만, 그렇다고 딱히 부족한 데도 없었다. 문을 열자마자 보이는 싱글 침대엔 무채색 계열 이불이 깨끗하게 개켜져 있고, 그 옆엔 옷걸이와 혼자 쓰기에 딱 좋을 만한 크기의 2단 서랍장이 놓여 있었다. 침대 맞은편에 난 작은 창문 사이로 파란 하늘이 보였다.

"판사님이 불면증이 있으셔서 새벽에 자주 부르실지도 몰라. 연주 씨 잠귀 밝아?"

명순이 문득 생각났다는 듯 물었다. 은수는 누가 업어가도 모를 정도로 깊이 자는 편은 아니지만, 바스락거리는 소리에도 눈을 뜰만큼 예민한 편도 아니다. 그 정도로 잠귀가 밝았다면 여섯 명이 한방에서 생활했던 보육원 시절, 아예 잠을 잘 수 없었을지도 몰랐다. 코를 고는 아이, 야뇨증이 있는 아이, 한밤중에 깨서 엄마가 보고 싶다고 보채며 우는 아이, 별의별 아이들이 다 있었으니까. 주변의 자잘한 잡음을 무시하고 계속 잘 수 있는 능력은 보육원에서 익힌 일종의 생존 기술이다. 하지만 그렇지 않아도 자신을 못 미더워하는 명순에게 불신감을 더 키워주고 싶지 않아 은수는 우물쭈물했다.

"필요하면 판사님이 호루라기를 부실 거야. 소리가 워낙 커서 어지간하면 깰 테고."

은수가 입을 열기도 전에 단정 짓듯 덧붙인 것으로 보아 명순은 처음부터 대답을 기대하고 물은 건 아닌 것 같았다. 아니면 미적미적하는 은수에게 조바심이 났거나.

바로 반응하지 못하고 으레 한 박자 정도 여백을 둔 다음 행동에 옮기는 은수를 보고 어떤 이들은 '굼뜨다'고 했고, 어떤 이들은 '신중하다'고 했다. 은수 자신은 그저 숫기가 없는 거라고 생각하지만. 다혈질이고 괄괄한 사람들일수록 은수를 답답해했다. 외양은 온화해도 은근히 성격 급해 보이는 명순은 틀림없이 자신을 '굼뜨다' 항목에 분류했을 거라고 은수는 짐작했다.

"뭐 궁금한 거 없어?"

이 정도면 대충 설명을 끝냈다 싶은지 명순은 강의를 마치고 청중의 질문을 받으려는 강사 같은 표정으로 은수를 바라봤다. 듣는 역할에서 갑자기 말하는 역할을 떠맡게 된 은수는 급하게 머릿속을 헤집었다. 질문이라……

궁금한 게 너무 많아 어디서부터 물어야 할지 모르겠다. 애초에 무리해 가며 이곳에 들어온 이유도 궁금증 때문이니까. 하지만 명순이 얼마나 대답해줄 수 있을까. 잘못 물었다 쓸데없이 의심만 사지 않을까. 그래, 우선 제일 간단하고, 필요한 것부터 물어보자.

"특별히 요구하시는 게 없을 땐 뭘 하면 되죠?"

"글쎄…… 텔레비전을 켜놓든지."

"어떤 프로로요?"

"아무 프로나. 딱히 내용이 중요한 게 아니니까."

그러니까 텔레비전의 용도는 시간 때우기란 말이군. 별 흥미 없는 내용도 앉아서 멍하니 보다 보면 몇 시간쯤 훌쩍 가 있기 일쑤니까. 그렇다면 혼자 할 수 있는 일이 거의 없는 노인에게 텔레비전은 어쩌면 유일한 친구인지도 몰랐다. 처음엔 고풍스러운 집안 분위기에 어울리지 않게 홀로 붕 뜬 것처럼 보이던 평면 벽걸이 텔레비전의 존재 이유가 지금은 어쩐지 은수도 수긍이 갔다.

"책을 읽어드려도 좋고."

"책이요?"

책은 생각지도 못한 것이었다. 텔레비전이야 눈앞에 사물이 왔다 갔다 하니 내용을 이해 못 해도 그냥 보고 있을 수 있다 쳐도, 책은 좀 다르지 않나. 노인의 상태를 보니 정신도 온전하지 않은 것 같던데 들은 내용을 이해는 할 수 있을까. 아니면 그저 옆에 누군가 있다는 걸 느낄 수만 있다면 그걸로 오케이라는 건가.

"저…… 혹시 판사님 치매 아니세요?"

 은수가 머뭇거리며 묻자, 명순은 떫은 걸 씹은 듯한 얼굴이 됐다. 미간을 잔뜩 찡그리는 바람에 나이치고 팽팽한 이마에 주름살이 그려졌.

"치매? 그게 무슨 말이야?"

 뺨을 후려갈기듯 날카로운 어조였다. 잔뜩 날이 선 명순의 반응에 은수는 저도 모르게 움찔했다.

"파킨슨병은 치매랑은 달라. 판사님이 귀가 잘 안 들리고, 우울증이 심해서 연주 씨가 착각했을 수도 있지만."

 자신도 너무 과민하게 반응했다 싶었는지 명순의 음성이 조금 누그러졌다.

 파킨슨병에 대해선 은수도 어느 정도 알고 있었다. 노인의 집에 들어오기 전, 온라인으로 조사해 봤다. 파킨슨병은 뇌에 '도파민'이라는 신경전달물질이 부족해서 생긴다고 했다. 대표적인 증상은 떨림과 근육 경직. 처음엔 손발이 떨리다가 서서히 굳어간다. 시간이 지나면 마비가 된 것처럼 몸을 움직일 수 없다. 자신의 육체 안에 갇혀 버린다. 하지만 인지 기능엔 직접적인 영향을 미치지 않기 때문에 환자는 온전했던 자신의 온몸이 고목처럼 굳어가는 것을 말짱한 정신으로 지켜봐야 한다. 은수는 어떤 면에선 그게 더 끔찍하다고 생각했다. 차라리 이성도 함께 마비돼 아무것도 느낄 수 없는 편이 더 좋을 것을.

그런데 노인이 앓고 있는 게 과연 파킨슨병뿐일까. 은수는 알맹이가 빠져나간 껍데기 같은 노인의 몸을 떠올렸다. 텅 빈 동굴을 연상시켰던 눈동자도. 거기에 과연 온전한 정신이 깃들어 있을까. 자신의 이름을 착각하고, 갑작스럽게 변덕을 부려 명순을 당황하게 만들지 않았나.

명순도 '판사님이 판단력이 흐려지신 게 아닌가'라고 했었다. 노인은 올해 74세. 치매가 발생해도 전혀 이상할 게 없는 나이다. 파킨슨병과 치매 사이에 직접적 상관관계는 없다지만, 파킨슨병은 대표적 노인성 질환 가운데 하나다. 파킨슨병 환자에게서 종종 치매 증세가 나타나곤 한다는 기사를 은수는 어디선가 본 기억이 났다.

노인은 과연 어느 쪽일까. 병 든 건 육체만일까, 아니면 이성 역시 서서히 병들어가고 있을까. 만약 노인이 치매라면 정우와 약속한 걸 행동에 옮기기는 더 쉬울 것이다. 하지만 자기가 묻고 싶은 질문에 대한 답은 끝내 얻을 수 없을지도.

은수는 자신이 어느 쪽을 더 원하는지 정확히 알 수가 없었다.

"그건 그렇고 오늘이 18일이지?"

화제를 돌리고 싶었는지 명순이 갑자기 날짜 얘기를 꺼냈다. 18일 입주라고 미리 합의했으니 날짜 정도는 분명히 기억하고 있을 텐데, 하면서도 은수는 말없이 고개를 끄덕였다.

"월급은 매달 18일에 입금하도록 할게. 나중에 계좌번호 알려주고."

은수는 다시 고개를 끄덕였다. 대체 가족은 어디서 뭘 하기에……. 은수는 공연히 속이 뒤틀렸다. 어쩌다 명순이 간병인 면접부터 집안 살림까지 이 집 집사 역할을 모조리 도맡아 하게 된 걸까. 곁에 다른 사람은 없나. '그 여자' 말에 따르면, 노인의 아내는 일찌감치 세상을 떴고, 외동딸은 미국에 갔다고 했다.

LA였나, 시애틀이었나.

그렇게 말하는 그 여자의 얼굴에 부러움인지 한심함인지 혐오감인지 모를 감정이 스치고 지나가는 걸 은수는 놓치지 않았다. 대체 부녀 사이가 어떻길래 노인의 딸은 아버지가 저런 상태인데도 한국에 혼자 내버려 두다시피 한 걸까. 하긴 세상에 복잡한 가족이 어디 한둘이겠어. 우선 내 가족은 어떻고. 거기까지 생각이 미치자 은수는 피식 헛웃음이 나왔다.

"판사님 깨시기 전까지 짐 풀고 쉬어. 난 주방에 있을 테니."

명순이 은수 방에 걸린 벽시계에 힐끗 눈길을 주더니 '벌써 시간이 이렇게 됐네' 하고 중얼거렸다. 시곗바늘은 오후 4시 20분을 가리키고 있었다. 이제부터 슬슬 저녁을 준비해야 하는 시간인지도 모른다. 은수 역시 더 이상 명순을 붙들고 싶지 않았다. 잠자코 가방을 열어 옷가지를 하나씩 꺼내다 열린 문으로 보이는 맞은편 방이 눈에 띄었다.

"저 방은 뭐예요?"

위치나 형태로 봐서 창고로 보이진 않았다. 그저 별도의 용도가 있나 싶어 물어봤는데, 계단을 내려가던 명순이 맛있는 걸 몰래 훔쳐먹다 들킨 사람처럼 반쯤은 놀라고 반쯤은 뒤가 켕기는 얼굴로 은수 쪽을 돌아봤다.

"아, 그냥 빈방이야. 오래된 물건들 보관하는 곳인데, 평상시엔 쓸 일이 없어서 잠가 두고 있어."

대수롭지 않다는 듯 대꾸하는 명순의 말투가 묘하게 경직돼 있었다. '곤란한 건 묻지 말아 줘'라고 하듯 허둥지둥 부엌으로 향하는 명순의 뒷모습을 보며 은수는 조금 어이가 없었다. 생각이 얼굴에 드러날뿐더러 거짓말도 진짜 서투르네. 나이도 많으면서. 그래도 집안에 속을 알기 쉬운 사람이 하나는 있어 다행이다, 싶었다.

은수는 단단히 문이 잠긴 맞은편 방을 다시 한번 바라봤다. 조금 전까진 아무런 생각이 없었는데, 지금은 뭔가 비밀을 품은 장소처럼 신비하고 위험스러워 보였다. 처음부터 비어 있었을 리는 없는데 누가 살았던 걸까? 미국에 갔다는 딸이 쓰던 곳인가? 그런데 왜 굳이 잠가 두는 거지?

카톡.

침대 위에 올려놓은 휴대폰에서 메시지 도착음이 울렸다.

노망 든 노친네 상태는 좀 어때?

발신자에 이정우라는 이름이 떠 있었다. 은수가 답장했다.

여기 온 지 한 시간도 안 되거든?

자고 있어서 아직 얼굴도 못 봤어.

조금 뒤 다시 '카톡' 소리가 들렸다. 역시 정우였다.

시간 얼마나 걸리겠냐?

은수는 물끄러미 휴대폰 액정 화면을 바라보았다. 뭐라 답을 할까 잠시 고민하다가, 이내 포기하고 휴대폰을 바지 주머니 속에 깊이 쑤셔 넣었다.

지하철 안은 황량하다 싶을 정도로 사람이 없었다. 늘 사람으로 가득 찬 지하철에만 익숙해서 그런지 텅 빈 통로와 좌석이 SF 영화의 세트장처럼 낯설고 기이했다. 은수가 앉은 좌석 제일 끄트머리에 나이를 가늠하기 어려운 아주머니가 고개를 가슴팍에 푹 떨군 채 앉아 있었다. 은수는 그녀가 눈을 감은 채 조는 건지, 정신을 잃은 건지 분간을 할 수 없었다.

차 안은 이상하리만치 한기가 돌았다. 에어컨을 세게 튼 것 같지 않은데, 서늘한 기운이 드러난 피부 속을 사정없이 파고들었다. 은수는 가방에서 카디건을 꺼내 몸에 둘렀다.

좀 나아졌지만, 여전히 피부에 끈적하게 달라붙는 서늘한 냉기는 가실 기미가 없었다. 어쩌면 휑뎅그렁한 차내 풍경 탓에 더 춥게 느껴지는 걸지도 모르겠다고 생각했다.

지하철이 역에 들어서고 문이 열리자 전동 휠체어에 앉은 남자 하나가 올라탔다. 이마에 주름살이 굵게 패고, 면도를 제때 하지 않은 뺨에 희끗희끗 수염이 돋은 외모였다. 남자는 들어온 문 바로 앞에 휠체어를 멈췄다. 대각선 방향에 앉아 있던 은수의 시선이 절로 그곳을 향했다. 입술을 꽉 다문 채 눈을 내리깔고 있는 그는 비 내리는 초겨울 날씨처럼 침울한 인상이었다. 후줄근하게 주름진 바지 속 앙상한 두 다리가 잎이 떨어진 겨울 나뭇가지를 연상시켰다.

남자가 무슨 생각에선지 별안간 고개를 돌려 은수를 똑바로 쳐다보았다. 은수는 저도 모르게 숨을 들이켰다. 남자의 얼굴이 어느새 노인의 얼굴로 바뀌어 있었다. 탄력을 잃고 퍼석해진 피부와 달리 노인의 눈빛만은 베일 것처럼 날카로웠다. 노인이 주름진 입술을 옴짝거렸다.

네가 누군지 다 알아!

은수의 손바닥에 끈적하게 땀이 배어났다. 팔뚝에 소름이 일제히 오톨도톨 돋았다. 더는 노인의 눈빛을 감당할 수 없어 가방을 챙겨 들고 자리에서 벌떡 일어섰다.

역시 안 되겠네. 경험이 없어서.

가까운 곳에서 비아냥 섞인 명랑한 목소리가 들렸다. 아까까지 고개를 푹 숙이고 있던 아주머니가 별안간 고개를 치켜들더니 은수를 보며 히죽거렸다. 조금 전엔 보이지 않던 여자의 눈코입이 선명하게 드러났다. 명순이었다!

명순과 노인이 사나운 시선으로 노려보았다. 은수의 뒷덜미에 땀방울이 송글송글 맺혔다. 뒷걸음질 쳐서 멀어지려 했으나 어쩐 일인지 발이 땅바닥에 딱 달라붙은 것처럼 움직일 수가 없었다. 그 틈에 노인의 전동 휠체어가 은수 쪽으로 서서히 다가왔다. 명순도 자리에서 일어나 은수를 향해 한발 한발 걸음을 옮겼다.

가까이 오지 마! 오지 마!

은수는 필사적으로 도리질 쳤다. 달아나고 싶지만, 몸이 옴짝달싹도 할 수 없었다. 거리가 점점 좁혀질수록 바짝 다가온 노인과 명순의 퀴퀴한 숨결이 느껴졌다.

오지 마!

꽉 막혀 있던 목구멍에서 드디어 소리가 터져 나왔다.

갑자기 정신이 번쩍 들며 눈이 확 떠졌다.

잠이 덜 깬 시야가 흐릿했다. 아직 눈에 익지 않은 방 안 풍경이 낯설었다. 연한 하늘색 민무늬 벽지, 낡았지만 고풍스러운 느낌이 나는 서랍장, 침대 맞은편에 나 있는 작은 유리창…….

컴컴한 어둠이 내려앉은 탓인지 벽에 걸린 시계 초침 소리가 선명하게 들렸다.

꿈이었구나.

은수는 휴, 한숨을 내쉬었다. 어지간히 놀랐던지 가슴은 아직도 두근거렸다. 목덜미에 식은땀이 흥건히 배어 있었다.

기분 나쁜 꿈이네.

여전히 머리에 들러붙는 잔상을 떨치기 위해 은수는 고개를 흔들었다. 용케 평정심을 유지했다고 생각했는데 사실은 제법 긴장하고 있었나 보다. 이런 꿈까지 꾸는 걸 보니. 그래도 잠자리에 들기까지 별다른 일이 없었던 것 같은데.

은수는 지난 몇 시간 동안 일어난 일을 머릿속으로 가만히 되살려봤다.

노인은 저녁 무렵 자리에서 일어났다. 초췌한 낯빛 때문인지 며칠 전에 봤을 때보다 몇 년은 더 나이 들어 보였다. 처음엔 명순을 도와 침대에서 일으켜 주는 은수의 존재 자체를 인식하지도 못한 것 같았다. 휠체어에 앉은 뒤에야 노인은 마치 처음 보는 사람처럼 은수의 얼굴을 빤히 들여다봤다. 그사이 까맣게 잊어먹었는지, 명순이 '요전에 면접 보러 왔던 연주 씨잖아요'라고 소개했을 때도 노인은 딱히 아는 내색을 하지 않았다.

정말로 기억이 안 나는 걸까.

은수는 어쩐지 서운했다. 노인에게 호감을 사겠다는 의도 같은 건 원래부터 없었지만, 자기가 고집부려 뽑자고 한 사람을 이렇게 깨끗하게 잊어버리다니. 단박에 기억에서 지워질 만큼 존재감이 없었나. 아니면 간병인 따위는 이 사람에게 아무런 의미도 없는 건가. 하긴 정신이 온전한지 어떤지 알 수 없는 사람에게 너무 많은 걸 기대한 건지도 몰랐다.

은수의 첫 임무는 노인의 식사 수발이었다. 생각보다 그리 어렵지 않았다. 노인이 느릿느릿 씹는 속도에 보조를 맞추려니 다소 인내심이 필요했지만, 그건 은수가 나름대로 자신 있는 분야였다.

식사는 예상보다 빨리 끝났다. 밥을 먹는 내내 노인은 아무런 말이 없었다. 은수가 숟가락과 젓가락을 몇 차례 노인의 입가로 운반하고 나자, 그는 더는 생각이 없다는 듯 고개를 흔들었다. 명순이 애써 만들어놓은 닭볶음탕은 결국 명순과 은수의 차지가 됐다.

"저…… 언제부터 저렇게 되셨어요?"

1층 부엌 식탁에서 명순과 단둘이 밥을 먹으며 은수는 넌지시 물어보았다. 명순처럼 '판사님'이라고 부르기엔 어딘지 껄끄러웠고, 그렇다고 대놓고 '할아버지'라고 할 수도 없어 애매하게 호칭을 생략했다. 노인이 있는 응접실 쪽을 눈짓으로 슬쩍 가리켰다. 노인은 뉴스가 흘러나오는 벽면 텔레비전에 시선을 고정하고는 꼼짝도 하지 않았다. 정치인의 비자금 스캔들, 마약을 복용해 검거된 연예인, 해외 주식 시장 등락……. 그 어느 것도 노인의 관심을 끌 수는 없을 것 같았다.

"6년쯤 됐나?"

명순이 햇수를 계산하는지 잠시 생각하다가 대답했다.

"그렇게 오래요?"

젓가락질을 하던 은수의 손이 딱 멈췄다. 6년이라니. 저건 식물인간이나 거의 다를 바 없지 않나. 차라리 식물인간 쪽이 나을지도 모른다. 적어도 자기 상태를 인지하지는 못할 테니까. 맨 정신으로 온몸이 굳어가는 걸 지켜보다가는 멀쩡한 사람도 머리가 이상해질지 모른다. 어쩌면 치매라는 건 노인에게 내려진 또 다른 형벌이 아니라 축복일 수도 있겠다고 은수는 생각했다.

"저 정도로 심해진 건 1년쯤 됐고. 초기엔 손이 좀 떨리는 정도였어."

명순이 은수의 마음을 읽은 것처럼 덧붙였다.

"진단 초기에 치료에 집중했으면 지금처럼 상태가 나빠지진 않았으련만. 하지만 그때는 워낙 이래저래 경황이 없어서."

대체 무슨 사정이 있었길래 본인 건강조차 뒷전이었던 걸까. 6년 전이라면 노인은 판사직을 그만두고 법률 사무소에 있을 때였다. 은수는 내친김에 더 물어볼까 싶어 은근슬쩍 명순의 표정을 살폈다. 명순은 옆에 앉은 은수 쪽은 쳐다보지도 않고 묵묵히 밥만 먹었다. 노인의 몸 상태는 물어도 좋지만, 사생활과 관련된 건 일절 입에 올리지 말라는 암묵적 경고 같았다.

은수는 혀끝까지 올라온 질문들을 그냥 삼켜버렸다.

은수가 아는 한, 사람들이 자기 자신을 돌보지 못하는 건 대체로 생계 때문이다. 보육원에 함께 있던 미나 아빠도 그랬다. 공장 생산라인 노동자였던 미나 아빠 역시 몸이 안 좋았지만, 먹고 살기 바빠 병원에 갈 생각조차 못 했었다고 했다. 그리고 어느 날 근무 중에 쓰러지면서 그대로 숨을 거뒀다. 과로로 인한 심장마비였다. 미나 엄마는 재혼하면서 미나를 보육원에 맡겼다. 보육원 아이들 사이에선 제법 흔한 이야기다. 하지만 노인은 미나 아빠처럼 가족의 생계를 책임지기 위해 하루하루 빠듯하게 벌어야 하는 처지도 아니었을 텐데…….

하긴 돈 많은 사람들이 오히려 더 눈에 불을 켜고 돈벌이에 매달린다는 말을 들은 것도 같았다.

"그럼…… 아줌마도 6년이나 여기 계셨던 거에요?"

어색한 분위기에서 벗어나려고 은수는 질문의 대상을 바꿔보았다. 명순이 어이없는 농담이라도 들은 것처럼 피식 웃었다. '아줌마'라는 호칭 때문인가 싶어 움찔했는데, 돌아온 대답은 생각지도 못한 내용이었다.

"6년은 무슨. 가만 보자, 올해로 20년째인가."

"네?"

은수는 아까보다 더 놀랐다. 20년이라면 명순은 은수가 태어났을 무렵부터 쭉 이곳에서 일해 왔다는 얘기다. 상상이 잘 가지 않았다. 일반 회사원도 아닌데 가사도우미가 한 집에서 20년 동안이나 일한다는 건 어지간해선 드문 일이다. 그렇다면 명순의 몸에 밴 집사 같은 태도와 노인에 대한 충실한 마음이 이해가 안 되는 건 아니었다.

"내가 생각해도 참 오래도 있었네. 볼 거 못 볼 거도 많이 봤고……."

혼잣말처럼 중얼거리던 명순은 '아차, 지금 내가 무슨 말을 하는 거야' 싶었는지 서둘러 밥숟가락을 놀리기 시작했다. 대화는 시작했을 때와 마찬가지로 갑작스럽게 끝이 났다. 거실에서 들려오는 무의미한 텔레비전 소리가 둘 사이에 내려앉은 어색한 침묵을 메워주고 있었다.

명순이 퇴근한 뒤 몇 시간 동안은 별다른 일 없이 무사히 지나갔다. 은수는 밤 열 시에 노인에게 약을 먹이고, 한두 차례 화장실 앞까지 전동 휠체어를 밀고 갔다. 노인을 휠체어에서 내리고 다시 올리는 일은 제법 체력이 필요했지만, 명순에게 요령을 배운 덕분에 그럭저럭 할 만했다.

며칠이 지나도록 노인은 은수에게 말을 건 적이 없었다. 화장실에 가려고 이리 와보라 손짓하거나, 작은 소리로 기침했을 때를 제외하면 은수의 존재를 깡그리 무시하는 것 같았다.

은수 역시 딱히 할 말이 없어 노인과 조금 떨어져 앉아 멍하니 텔레비전만 보고 있었다. 시간이 흐르기를 멈춘 것 같았다. 앞으로 얼마나 더 이렇게 생활해야 하는 걸까. 언제까지고 이렇게 갑갑하게 있을 순 없는데. 그 전에 행동으로 옮겨야 한다. 노인과 자신에게 남아 있는 시간을 가늠해보며 은수는 한번씩 텔레비전을 보는 척하면서 노인을 곁눈질했다.

밤 열한 시쯤, 노인의 요청으로 그를 침대까지 데려가 눕히고 나자 비로소 하루가 끝났다는 안도감을 느꼈다. 오후에 낮잠을 잔 노인이 지금 다시 눈을 붙이긴 어려울 것이다. 그래도 깨어 있어 봤자 딱히 할 일도 없으니 일찌감치 잠자리에 들었을 테지. 어차피 앉아 있으나 누워 있으나 별 차이도 없다. 차라리 간병인의 일을 덜어주고자 그렇게 한 걸지도 모른다. 노인에게 그 정도의 이성과 배려심이 있다는 걸 전제로 하고 내린 추측이지만.

2층 방으로 올라오자 무거운 굴레에서 해방된 것 같은 기분까지 들었다. 그렇게 그대로 설핏 잠이 들었던 것 같다.

께름직한 꿈에서 깬 은수는 벽에 걸린 시계를 바라보았다. 시곗바늘은 새벽 2시 15분을 가리키고 있었다. 꿈 속에서 은수에게 다가오던 노인과 명순의 모습이 여전히 손에 잡힐 듯 생생하게 눈앞에 아른거렸다. 이대로라면 당장은 다시 잠이 오지 않을 게 틀림없다. 목이 칼칼했다. 자면서 땀을 많이 흘려 수분이 부족한 탓인지도 모른다. 갑자기 강렬한 갈증을 느꼈다. 은수는 침대에서 몸을 일으켜 아래층 주방으로 내려갔다.

생수병 물을 유리잔에 부어 두 컵 정도 벌컥벌컥 한꺼번에 들이켜자 경직된 몸이 노곤해졌다. 기운을 차린 은수는 주방의 불을 끄고 행여나 큰 소리가 날까 발소리를 죽이고 2층 계단을 올랐다.

시커먼 어둠이 집 안 전체를 뒤덮고 있었다. 한낮에도 음울해 보이던 실내에 한 줄기 가느다란 빛조차 없으니 공간 전체가 커다란 암흑 덩어리로 변한 것 같았다. 누군가 뒤에서 다리를 잡아당기거나 옷자락을 낚아채는 영화의 한 장면이 떠올라 괜히 은수는 목덜미가 쭈뼛해졌다.

안 돼.

어둠 속에서 탁하고 무딘 말소리가 들렸다. 오랫동안 입을 다물고 있던 사람의 입에서 나온 것처럼 목이 꽉 막힌 소리였다.

은수는 온몸에 소름이 쫙 돋았다.

무슨 소리지?

이미 다 지난 일이야.

목소리는 아까와 똑같이 높낮이가 없었다. 행여나 잘못 들은 게 아닐까 했는데, 아니었다. 누군가 어둠 속에서 말을 하고 있었다. 누구지? 혹시나 귀신 같은 건 아니겠지? 은수는 자신의 머리에 떠오른 어처구니없는 생각을 떨쳐버렸다. 말도 안 되는 소리. 그러고 보니 어디선가 저 소리를 들은 적이 있는 것 같았다. 단조로운 어조, 먼지가 낀 듯 탁한 음성.

혹시?

은수는 다시 계단을 내려와 노인의 방으로 발걸음을 옮겼다. 불을 켜지 않은 방은 다른 곳과 마찬가지로 캄캄했다. 살짝 열린 문틈 사이로 노인의 중얼거리는 소리가 주문처럼 새어 나왔다. 방으로 다가갈수록 소리는 조금 더 또렷하게 들렸다.

그때는 그럴 수밖에 없었어.

그 애가 죽은 건 내 잘못이 아니야.

노인의 말은 끊어질 듯 끊어질 듯하면서 계속 이어졌다. 곁에 사람도 없는데 잠꼬대를 하는 건가? 아니면 정말 정신이 이상해 계속 혼잣말을 하는 건지도 몰랐다. 혹시나 노인이 어둠 속에서 자신의 눈엔 보이지 않는 무언가를 보고 있는 게 아닌가 싶어 은수는 소름이 오싹 끼쳤다.

그냥 모르는 척하고 2층으로 올라가 버릴까도 생각했다. 노인이 호출한 것도 아니잖아. 어떻게 해야 할지 몰라 문 앞에서 망설이고 있는데, 노인이 먼저 은수의 기척을 알아챈 모양이었다.

"거기, 누구지?"

단조롭던 노인의 어조가 겨울 칼바람처럼 날카롭게 변했다. 어두워서 잘 보이지도 않을 텐데 어떻게 사람이 있는 걸 알았을까. 은수가 우물쭈물하는 사이 노인이 팔을 짚고 불편한 몸을 일으키려 했다. 하지만 뻣뻣한 몸은 노인의 뜻대로 움직여주지 않았다. 간신히 위로 조금 올라왔던 상체가 다시 침대에 털썩 쓰러졌다. 저러다 잘못하면 침대에서 굴러떨어지겠다 싶어 은수의 몸이 저절로 움직였다.

"괜찮으세요?"

노인이 슬로우 모션처럼 천천히 고개를 돌렸다. 은수는 방문 쪽으로 돌아가 불을 켰다. 새카맸던 방안에 빛이 들어오자 노인의 얼굴이 갑자기 나타난 것처럼 드러났다. 약 기운에 취한 건지, 잠이 덜 깬 건지 흐릿한 눈동자는 얇은 회색 막을 덧씌운 것처럼 탁해 보였다. 그 눈동자가 은수의 뺨과 눈매, 얼굴 윤곽을 찬찬히 내리훑었다.

"……연수니?"

잔뜩 날이 서 있던 노인의 목소리가 조금 누그러졌다. 그 때문인지 몰라도 밀랍 인형으로 만든 것처럼 표정 없는 노인의 굳은 얼굴과 경직된 뺨이 아주 조금은 부드러워진 것 같았다.

"새로 온 간병인이에요. 저 기억 안 나세요?"

노인의 얼굴에 아주 희미하게 떠올랐던 감정이 서서히 사라지기 시작했다. 손 안 가득 움켜쥔 모래가 손가락 사이로 스르르 빠져나가듯 느리고 미묘한 변화였다.

이런 얼굴에도 표정이 나타나긴 하는구나, 생각하고 있는데 어느새 노인의 얼굴은 가면을 쓴 것처럼 딱딱해졌다.

"넌 누구지?"

노인의 두 눈이 은수를 빤히 바라보았다. 얇은 막을 덮어놓은 것 같은 흐릿함은 사라지고, 은수가 처음 만났을 때처럼 투명한 유리구슬 같았다. 몸 안에 무언가 위험한 기운을 품고 있는 유리구슬. 은수는 그때의 불안감이 되살아나는 걸 느꼈다.

"새로 온 간병인이라니까요. 저녁에 식사도 챙겨드렸잖아요?"

태연하게 대답했지만, 은수의 가슴은 중요한 시험을 앞둔 학생처럼 두근거렸다. 금방이라도 노인의 입에서 '넌 서연주가 아니라 정은수지?'라는 말이 튀어나올 것만 같았다. 아니야, 그럴 리 없어. 어쩌면 내가 간병인이라는 사실도 제대로 인식하지 못하고 있을걸.

하지만 깊이를 알 수 없는 어두운 우물 같은 노인의 눈빛엔 어딘지 모르게 기묘한 기운이 감돌고 있었다. 마치 은수의 속내를 꿰뚫어 보는 것처럼.

"간병인이라……."

노인이 성가신 걸 입에서 내뱉듯이 말했다. 은수가 간병인이라는 사실을 새삼스럽게 깨달아서 한 말인지, 은수의 설명에 뭔가 문제가 있다고 생각해서 한 말인지 구별이 안 가는 덤덤한 어투였다. 그는 자신이 한 말을 스스로 곱씹어보기라도 하듯 주름진 미간을 살짝 찌푸렸다.

"정말로, 간병을 하러 왔나?"

노인은 아까처럼 덤덤하게 물었다. 부드럽다고 할 순 없지만, 적의도 없었다. 아무 감정도 담기지 않은 중립적인 어투였다. 하지만 은수는 무방비 상태로 급소를 공격당한 기분이었다. 손바닥에 축축하게 땀이 배어 나왔다. 자신을 관찰하는 노인의 시선이 느껴졌다. 노인은 동물학자가 희귀 동물을 관찰할 때처럼 집요하게 은수를 훑어보았다. 그 눈빛은 판사가 죄인의 형량을 가늠하고 있는 것처럼 위압적이기까지 했다.

"그게…… 무슨 말씀이세요?"

고작 이렇게밖에 대답하지 못하다니. 한심스러웠지만, 딱히 다른 말을 생각할 수가 없었다. 꿍꿍이가 없어 보이게 좀 더 능청을 떨어야 했나 싶었다. 아니면 노인의 말을 잠꼬대처럼 대수롭지 않게 받아넘겨야 했을지도. 아냐, 노인이 무슨 뜻으로 물었는지 모르니 그저 무난하게 대응하는 게 최선일지도 몰라.

노인이 한참 동안 말없이 은수를 바라보았다. 노인의 시선을 피하고 싶었지만, 그러면 어쩐지 불필요한 의심을 살 것 같아 은수도 긴장을 억누르고 마주 보았다. 검버섯과 주름이 핀 초췌한 얼굴. 황무지 같은 그곳에서 유일하게 생명력이 느껴지는 건 은수를 탐색하는 한 쌍의 눈밖에 없었다. 어둠 속에서 그렇게 서로를 쳐다보고 있자니, 마치 세상에 둘만 오도카니 남겨진 것 같았다.

"됐네. 그만 가봐."

얼마나 시간이 흘렀을까, 마침내 노인이 먼저 시선을 거뒀다. 그저 바라보기만 했는데도 기력을 소진한 것처럼 갑자기 지쳐 보였다. 은수도 어쩐지 온몸에서 힘이 쭉 빠져나가는 것 같았다.

노인을 부축해 다시 침대에 눕히고 방에서 나왔다. 밖은 여전히 시커먼 어둠으로 덮여 있었다. 체감하기엔 시간이 꽤 지난 것 같은데, 사실은 노인의 방에 머무른 시간이 얼마 되지 않았을 수도 있다는 생각이 들었다. 방금 물을 충분히 마셨지만 다시금 갈증이 느껴졌다.

정말 간병을 하러 온 거냐니, 대체 무슨 생각으로 그렇게 물은 거지?

의문이 은수의 머리를 스치고 지나갔다.

내가 누군지 진짜로 알아챈 걸까?

은수는 자꾸만 고개를 들려는 의구심을 억지로 눌렀다. 이대로 가다간 꼬리에 꼬리를 무는 생각들로 심란해져 밤을 꼬박 새울 게 틀림없었다. 궁금해한다고 답이 나오는 것도 아니잖아. 우선은 조용히 상황을 지켜보자.

혹시 노인이 다시 부를지도 몰라 잠시 방 문틈으로 낌새를 살폈다. 노인은 잠이 들었는지, 호출할 기미가 없어 보였다. 그제야 은수는 방으로 돌아왔다.

이불을 덮고 잠자리에 누웠지만 한번 달아난 잠은 쉽게 돌아오지 않았다.

누구지?

컴컴한 방안에서 노인이 자신의 인기척을 느끼고 처음으로 내뱉었던 말. 날카로운 그 음성이 떠올라 은수는 저도 몰래 부르르 몸이 떨렸다.

목소리를 떨쳐버리려는 듯 이리저리 뒤척이던 은수가 이불을 머리 위로 끌어올려 뒤집어썼다. 어둠 속에서 어슴푸레하게 보이던 주위 사물들이 순식간에 시야에서 사라지자 어쩐지 바깥세상으로부터 멀리 떨어져 나온 것 같았다.

할 수만 있다면 세상으로부터 격리된 것 같은 안전한 그곳에 그대로 머무르고 싶었다. 자신이 선택한 현실을 외면하고 싶었다. 앞으로 또 어떤 예상치 못한 상황과 맞닥뜨릴지 모른다고 생각하니 떨리고 두려웠다.

은수는 이불 속에서 양팔로 제 몸을 감싸고 태아처럼 동그랗게 몸을 말았다. 마치 지 자신을 보호하려는 것처럼.

그냥 이대로 사라지고 싶다. 사라져서 돌아가고 싶다. 노인을 만나기 전으로, 노인에 관한 이야기를 듣기 전으로. 아니, 할 수만 있다면 아예 다른 환경에서 다른 사람으로 태어나 모든 걸 새로 시작하고 싶다.

속으로 그렇게 되뇌는 동안, 문득 노인이 자신을 '연수'라고 부른 게 이번이 처음이 아니라는 생각이 머리를 스쳤다.

3
오래된
고독

 창문으로 햇살이 들어오는 걸 보니 벌써 날이 밝은 모양이었다. 시간은 아직 오전 6시도 되지 않았다. 은수는 좀 더 누워 있을까 하고 침대에서 몸을 뒤척이다 마지못해 일어났다. 뭉기적거려 봐야 잠이 오지 않을 게 뻔했다. 밤새 잠을 설친 탓에 몸이 노곤하게 늘어지고 머리가 멍했다.

 새벽에 노인의 방에 들어갔다 나온 뒤로 은수는 잠이 들지 못했다. 아마 노인 역시 금방 잠을 이루지 못했을 것이다. 아무런 근거는 없지만, 은수는 어쩐지 그런 확신이 들었다. 깨어 있는 노인이 금방이라도 호루라기를 불어 자신을 호출할지도 모른다고 생각하니 긴장감 때문인지 잠기운이 싹 사라졌다. 하지만 은수가 잠들지 못한 진짜 이유는 노인이 한 말 때문이었다.

정말로, 간병을 하러 왔나?

그 말을 할 때 자신을 뚫어지게 쳐다보던 눈동자는 마치 모든 비밀을 꿰뚫고 있는 것처럼 보였다.

아냐, 은수는 고개를 흔들었다. 신경이 예민해서 생각이 너무 내달린 거야. 어쩌면 노인은 정말 정신이 왔다 갔다 하는 건지도 모른다. 치매 환자 특유의 변덕으로 은수를 채용하자고 해 놓고선 누군지 까맣게 잊어버린 걸 수도 있다. 노인의 머릿속을 열어 들여다볼 수도 없는데, 적어도 그렇게 생각하는 편이 견디기 쉬울 것이다.

세면대에 서서 거울을 보니 잠을 못 잔 탓인지 푸석푸석하고 눈 밑엔 검게 그늘이 져 있었다. 은수는 몽롱한 정신을 차리려 얼굴에 찬물을 끼얹었다. 피부에 찬 기운이 스며들자 실타래처럼 얽힌 복잡한 잡념이 서서히 사라지는 듯한 기분이 들었다.

방에 있다고 딱히 할 일이 있는 것도 아니라 아래층으로 내려갔다. 살짝 열린 문틈으로 보니 노인은 아직 잠이 깨지 않은 것 같았다. 깨고서도 그냥 누워 있는 것인지도 모르지만 딱히 부를 기미는 없어 보였다. 괜히 그 자리에 머뭇거리며 서 있다간 노인이 자신의 기척을 알아차릴 것 같아 조용히 문을 닫고 물러났다. 어젯밤 일이 아직도 석연치 않은데 노인과 마주치는 횟수를 굳이 더 늘리고 싶진 않았다.

오늘은 화요일이니 명순이 오지 않는 날이다. 노인과 둘이서만 하루를 보내야 한다. 그 생각만 해도 은수는 마음이 무거워졌다. 단순히 노인을 대하기가 껄끄러워서만은 아니었다. 종일 뭘 하면서 시간을 보내야 할지 몰라 고민스러웠다. 그렇지 않아도 숫기가 없어 낯선 사람들 대하는 게 어려운데, 조개처럼 입을 꽉 다문, 치매인지 아닌지 헷갈리는 노인 곁을 내내 지키고 있어야 한다니.

오전 6시가 조금 넘었으니 하루 일과를 마칠 때까지 적어도 아직 14시간 이상은 남았다. 견뎌내야 할 길고 긴 시간을 떠올리니 은수는 어쩐지 절망적인 기분이 들었다.

문득 '책이라도 읽어드리지'라던 명순의 말이 생각났다. 명순이 집 안을 안내할 때 잠깐 보았던 1층 서재엔 책이 제법 많이 꽂혀 있었다. 어쩌면 거기서 읽을 만한 책을 한 권쯤 발견할 수 있을지도 모른다. 딱히 독서를 즐기는 편은 아니지만, 노인 옆에서 텔레비전을 보거나 핸드폰에만 코를 박고 있기엔 하루가 턱없이 길었다.

은수는 거실을 지나쳐 서재 쪽으로 향했다. 1층은 현관에서 제일 멀리 떨어진 안쪽에 노인의 침실과 거기에 딸린 욕실이 있고, 한복판엔 가장 넓은 공간을 차지하는 거실, 거실 한쪽 옆엔 부엌을 겸한 주방이 위치했다. 서재는 현관과 제일 가까운 방이었다. 거실에서 서재로 이어지는 통로 양옆은 창이 없는 벽이 마주 보고 있는 바람에 빛이 들지 않아 어두컴컴했다. 명순이 열심히 청소해서인지 마룻바닥에선 반들반들 빛이 났지만, 어두운 실내와 대조되게 반짝거리는 바닥은 오히려 위화감마저 느끼게 했다. 서재 문을 열자, 널찍한 책상이 제일 먼저 눈에 들어왔다.

마호가니인지 뭔지 모르겠지만, 하여튼 고급 원목으로 만든 것 같았다. 은수는 노인이 이 책상에 앉아 일하는 모습을 그려보려 했으나, 도저히 상상이 가지 않았다. 아마도 그가 마지막으로 여기 앉은 건 꽤 오래전일 것이다. 어쩌면 이곳은 집 안에서 육체와 정신이 멀쩡했던 시절의 노인을 기억하고 있는 유일한 장소일지도 모르겠다는 생각이 들었다.

책상은 깨끗하게 정리돼 있었다. 분명 노인이 오랫동안 사용하지 않았을 터인데, 손바닥으로 문질러봐도 먼지 한점 묻어나지 않았다. 명순이 틈틈이 부지런히 닦은 덕분이겠지. 꽤 성가신 데가 있지만, 맡은 일 하나만큼은 야무지게 처리하는 사람인 것 같다. 하긴 그랬으니 20년이나 한 집에서 일할 수 있었겠지.

평소 사용하지 않는 게 분명하다는 건 금방 알 수 있었다. 책상 위엔 작업 중인 서류 뭉치나 책 따위가 일절 없었다. 판사직 퇴직할 때 받은 것으로 보이는 감사패, 각종 필기구 따위를 가지런히 꽂아 놓은 필통과 사진이 든 액자 몇 개가 전부였다.

사진 속에는 지금보다 최소 20년은 더 젊어 보이는 노인이 몇 살 아래로 보이는 여자와 함께 웃고 있었다. 오래전 세상을 떴다는 아내인 것 같았다. 뼈대가 가늘고 얌전해 보이는 여자였다. 자기 주장을 강하게 내세우기보다는 남편 뒤에서 조용히 내조하는 걸 더 편하게 여길 것 같은 유순한 인상의 여자. 그 옆에서 미소 짓고 있는 20여 년 전의 노인은 지금과는 완전히 다른 사람이었다. 검버섯과 주름도 없을뿐더러 얼굴엔 자신감과 여유가 넘쳐흘렀다. 저 사진을 찍을 때만 해도 훗날 자신이 육체라는 감옥 안에 갇히게 될지 몰랐겠지. 속이 텅 빈 유리구슬 같은 공허한 눈빛을 갖게 될지도 몰랐을 테지. 은수는 늙는다는 건 단순한 시간의 흐름이 아니라 몹시 두려운 감정과 어쩌면 깊은 슬픔까지 동반하는 변화일 거라고 처음으로 진지하게 생각했다.

노인의 부부 사진 옆엔 나무로 프레임을 짠 액자가 나란히 놓여 있었다. 액자에 든 사진 속 여자는 스무 살이 갓 넘은 듯 보였다. 피부가 하얗고 얼굴이 갸름한 게 노인의 아내로 보이는 여자와 생김새가 흡사했다. 그렇다면 노인의 딸이 아닐까. 미국 어딘가에 가서 아버지를 저대로 내버려두고 있는 딸. 그러고 보니 콕 집어서 설명할 순 없지만, 눈매나 입 언저리가 어딘가 노인을 닮은 것도 같아 보였다.

은수는 사진 속 여자를 오래 들여다보았다. 어깨까지 내려오는 갈색 머리에 심플한 디자인의 금빛 목걸이를 건 여자에게서 딱히 독하거나 모진 구석을 찾아내기 어려웠다. 냉담하고 무심하다기보다는 오히려 어딘지 모르게 소심하고 유약해 보이는 인상이었다. 자신이 막연히 상상한, 혈육을 내친 여자의 기 세고 강한 모습이 아니었다. 하긴 외모만 보고 사람의 속마음을 판단할 순 없는 거지만.

책상 아래로 높이가 한 뼘 정도 되는 서랍이 두 개 붙어 있었다. 오른쪽 서랍을 당겨보았다. 단단하게 잠겨 있었다. 아마도 중요한 문서를 보관하고 있는 모양이었다. 통장이나 인감, 혹은 알려져선 안 될 비밀 같은. 영화 속에서 머리핀이나 작은 클립을 이용해 잠긴 문을 여는 장면이 머리를 스쳤다. 하지만 은수는 그런 영화 같은 일이 가능할 거라 생각하지 않아 금방 생각을 접었다.

반면 왼쪽 서랍은 손쉽게 열렸다. 별 기대를 않고 손잡이를 당겨봤는데 생각지도 않게 서랍이 쑥 튀어나오는 바람에 오히려 깜짝 놀랐다. 속이 드러난 서랍 안은 텅 비어 있었다. 그럼 그렇지. 내용물도 없는 서랍을 굳이 잠가둘 필요는 없을 테지.

어쩐지 맥이 빠져 서랍을 닫으려는데, 시선이 잘 닿지 않는 안쪽에 뭔가가 있는 것 같았다. 손을 뻗어 더듬어보니 차가운 금속성 물체가 피부에 닿았다. 열쇠였다. 서랍 깊숙이 보관하고 있는 것으로 미루어 보아 남들 눈에 띄고 싶지 않은 물건 같았다.

은수는 방안을 한번 쓱 둘러보았다. 금고 따위는 보이지 않았다. 노인이 머무는 방에서도 그런 건 본 기억이 없다. 그러면 이 열쇠는 대체 뭘까. 가장 먼저 떠오른 건 책상 오른쪽 서랍이었다. 하지만 작고 좁은 열쇠 구멍에 비해 한눈에 보기에도 열쇠는 너무 컸다. 책상 서랍보다는 좀 더 덩치가 큰 무언가를 잠가두는 것 같은데…….

은수는 손에 쥔 열쇠를 한참 바라보다가 청바지 호주머니에 집어넣었다. 자신이 열쇠를 가져간 사실을 알아챌 사람은 아무도 없을 거라고 은수는 확신했다. 거동이 불편한 노인은 물론이고, 서재를 청소하러 오는 명순도 서랍 속을 열어 확인해보진 않을 것이다. 어쩌면 열쇠의 존재 자체를 모르고 있을 가능성도 컸다.

뭔지는 몰라도 꽤 중요한 게 틀림없어.

몸에 지니고 있다가 짐작이 가는 곳이 있으면 열어보기로 하고 은수는 책이 빽빽하게 꽂혀 있는 서가로 다가갔다. 다른 것들에 정신이 팔려서 하마터면 이 방에 들어온 원래 이유를 잊어버릴 뻔했다.

책꽂이에 꽂힌 책은 대부분 법률 관련 서적이었다. 두꺼운

판례집과 제목이 한자나 영어로 된 전문서적들. 간간이 소설책과 에세이도 있었지만 특별히 은수의 관심을 끄는 책은 없었다. 하나같이 너무 지루하거나 어려워 보였다. 괜히 찾아봤나 싶어 후회가 들려는데 한쪽 구석에 꽂힌 책 제목이 눈에 들어왔다.

  백 년 동안의 고독

  은수는 팔을 뻗어 책을 끄집어냈다. 꽤 오래전에 펴낸 듯 낡고 빛바랜 책이었다. 지금보다 훨씬 더 조악한 활자체에다 편집 상태도 눈에 거슬렸다. 하지만 은수는 어쩐지 그 책을 다시 서가에 꽂아두고 싶지 않았다. 딱히 더 흥미로워 보이는 책도 없거니와 '백 년 동안의 고독'이라는 제목이 그늘이 드리워진 듯한 집과 세상을 등진 것 같은 노인의 이미지에 딱 맞아떨어져서 그랬는지도 몰랐다. 은수는 그 자리에 서서 책장을 넘겼다.

  몇 년이 지나 총살당하게 된 순간, 아우렐리아노 부엔디아 대령은 아버지를 따라 오래전 어느 오후에 얼음을 찾아 나섰던 일이 기억났다.

  첫 문장만 봐서는 어떤 내용일지 도무지 상상조차 가지 않았다. 책 안쪽 날개를 보니 작가 이름과 사진이 박혀 있었다. 이미 세상을 떠난 것으로 나오는 작가는 주름진 이마에 슬퍼 보이는 눈을 하고 있었다. 딱 이렇게 우울한 제목의 책을 쓸 것 같이 생긴 얼굴이라고 은수는 생각했다.

삐익 삐익 삐익.

갑자기 높고 날카로운 소리가 들렸다.

은수는 펼치고 있던 책을 덮었다. 조용한 집과 전혀 어울리지 않는 금속성 소리는 곧 닥쳐올 위험을 알리듯 어딘지 모르게 불길하게 들렸다. 은수는 곧장 노인의 방으로 잰걸음을 옮겼다.

노인은 침대 가장자리에서 둥글게 몸을 말고 누워 있었다.

얇은 삼베 이불이 옆으로 제쳐져 몸의 굴곡이 그대로 드러났다. 자세히 보니 뼈대가 굵은 것이 한때는 제법 탄탄했을 체구였다. 하지만 살과 근육이 모두 사라진 지금은 얇게 늘어진 피부가 뼈대를 감싸고 있을 뿐이었다. 콘크리트와 벽돌을 전부 해체하고 골조만 남은 집처럼.

은수를 발견하자 노인은 눈짓으로 방 구석에 접혀 있는 휠체어를 가리켰다. 은수는 휠체어를 펼쳐 침대 앞까지 가져갔다.

"좀 일으켜줘."

노인의 목소리는 비에 젖은 낙엽처럼 힘이 없었다. 은수는 노인의 겨드랑이 쪽에 팔을 넣고 조심조심 그를 안아 일으켰다. 노인의 무게가 은수의 몸에 그대로 전해졌다. 뼈와 가죽만 남은 것 같은 몸이지만, 부축할 때마다 은수는 적잖은 무게감에 놀라곤 했다. 노인이 지고 있는 삶의 무게 같았다. 문득 그가 몸짓이나 표정이 아니라 직접 말로 의사 표시를 한 건 이번이 처음이라는 생각이 들었다.

휠체어에 올라탄 노인은 방향 조정 컨트롤러를 향해 손을 뻗었다. 손이 덜덜 떨리고 있었다. 전날은 이렇게까지 떨리지 않았던 것 같은데. 그날그날 상태에 따라 떨림이 심해지기도 하고, 약해지기도 하는 모양이었다. 스스로 경련이 주체가 안되는 손은 기어에 힘을 넣지 못하고 자꾸만 미끄러졌다.

"화장실에 가실 거죠?"

노인을 지켜보던 은수가 조심스럽게 물어보았다. 거기 말고는 이른 아침부터 달리 갈 만한 곳도 없었다. 노인은 눈을 질끈 감았다가 작게 고개를 끄덕거렸다. 표정 없는 얼굴에 좌절 비슷한 감정이 스쳤다 지나간 것 같았지만, 어쩌면 은수가 그렇게 느낀 걸 수도 있었다.

은수는 잠자코 휠체어 뒤에 달린 손잡이를 잡고 밀었다.

화장실에서 은수의 손은 기계적으로 움직였다. 칫솔에 치약을 짜서 노인의 입에 넣고 아래위로 움직였다. 컵에 물을 받아 입안을 헹구게 한 뒤 수건에 따뜻한 물을 묻혀 얼굴을 찬찬히 닦았다. 막상 해보니 안아 일으키거나 부축하기와는 달리 그렇게 어렵지 않은 일이었다. 노인은 마치 언제나 그랬냐는 듯 고분고분 은수에게 몸을 내맡기고 있었다.

노인이 용변을 보려는 것 같아 은수는 변기 뚜껑을 열고 조심조심 부축해 변기 위에 앉혔다. 입고 벗기 쉽게 허리 부분에 고무줄을 넣은 여름 면바지와 속옷을 내리려다 은수는 잠시 손을 멈췄다. 좀 민망하기도 했지만, 그보다는 어쩐지 노인이 자신에게 그런 모습을 보이고 싶어 하지 않을 거라는 생각이 들어서였다.

노인의 윗옷을 늘어뜨려 앞섶을 가리고 은수는 면바지와 속옷을 허벅지 언저리까지만 내렸다. 은수가 보지 않을 때 앞섶을 걷고 바지를 좀 더 밑으로 내리는 것 정도는 노인도 할 수 있을 것이다. 은수는 허락을 구하듯 조용히 노인의 눈치를 살폈다. 노인이 가만히 고개를 끄덕였다.

"필요할 때 부를 테니 그만 나가봐."

다행히 불쾌하거나 언짢은 기색을 보이지 않았다. 혹시나 실수해서 적응하기도 전에 빨리 집을 나가야 하면 어떡하나, 바짝 긴장해 있던 은수는 그제야 조금 마음이 놓였다. 문을 닫고 나가려는데 뒤에서 노인이 부르는 소리가 들렸다.

"뒤처리는 혼자 할 수 있으니 신경 쓰지 말아."

은수와 시선을 마주치고 싶지 않은지 노인의 시선은 바닥을 향한 채였다. 그렇지 않아도 그게 제일 걱정이었는데 은수는 무거운 짐을 내려놓은 기분이었다. 그런데 예전 간병인들한테도 이랬을까. 안도감이 드는 한편 문득 궁금증이 일었다.

혹시나 손녀뻘 되는 어린 여자애한테 치부를 드러내기 싫어서 저러는 건 아닐까. 그렇다면 의식이 말짱하다는 얘긴데. 만약 노인이 정신이 말짱해서 내 계획을 알아채면 어쩌지?

 아냐, 아냐.

 은수는 밀려드는 불안을 애써 밀쳐냈다.

 타인에게 수치스러운 모습을 보이기 싫어하는 건 이성보다 본능에 가까울지도 몰랐다. 노인이 수치스러운 모습을 보여주기 싫어하는 건 머리가 아닌 본능이 시키는 일이다. 그러니 아무것도 걱정할 게 없다. 은수는 노인의 반응을 자신에게 유리한 쪽으로 생각하기로 했다.

 노인이 은수를 다시 부른 건 변기 물 내리는 소리가 들리고 나서도 꽤 오랜 시간이 흐른 뒤였다. 고무줄이 달린 바지는 노인의 허벅지 언저리에 어정쩡하게 걸려 있었다. 일을 본 뒤 노인이 다시 올린 모양이었다. 윗옷 옷자락과 바지 사이로 탄력을 잃고 축 늘어진 살가죽이 언뜻 보였다. 은수는 노인의 바지를 끌어 올려 옷매무새를 정리한 뒤 그를 다시 휠체어 위에 앉혔다. 고작 생리적 욕구를 해결한 것뿐인데도 마치 격한 노동이라도 한 것처럼 노인의 이마엔 땀방울이 점점이 맺혀 있었다.

 자신이 힐끔힐끔 쳐다보고 있다는 사실을 노인이 알아챌까 봐 은수는 황급히 고개를 돌렸다. 은수라면 생물적 욕구를 해결하기에도 버거워하는 자신의 모습을 누군가 곁에서 쳐다보는 걸 견디지 못할 것 같았다. 비록 그 '누군가'가 무력한 자신에게 없어선 안 될 존재라 하더라도.

왜 그런 걸 신경 쓰고 있는 거지?

은수는 노인의 기분 따위를 헤아리고 있는 자신이 한심했다. 사실은 통쾌해야 하는 거 아냐? 날 이렇게 만든 사람이 고통받는 걸 보면 기분이 좋아야 하는 거 아니냐고. 그걸 위해서 이 집에 들어온 거잖아. 그런데 왜 이렇게 눈치를 보고 있는 거지?

"후회되나?"

곁에서 노인의 음성이 들렸다. 퉁명스러운 것 같기도, 자조적인 것 같기도 했다. 갑작스러운 질문에 은수는 뭐라고 답해야 할지 몰라 멍하니 노인을 바라보았다.

"몸이 불편한 늙은이 병수발이 유쾌한 일은 아니겠지."

혹시 모르는 사이에 언짢게 만들기라도 한 걸까, 싶어 은수는 그의 표정을 살폈다. 안면 근육이 잘 움직이지 않아서인지 그가 무슨 생각을 하는지 알아차리기란 쉽지 않았다. 그래도 말투에 책망하는 기색이 없으니 화가 난 건 아닌 것 같았다.

"앞으로도 좋아지진 않아. 아니, 계속 나빠질 일밖에 없지."

은수는 잠자코 노인이 말을 잇길 기다렸다.

"언제가 될진 모르겠지만 조만간 용변 뒤처리도 혼자선 할 수 없게 될 거야. 그러니 후회스러우면 지금이라도 그만둬."

감정이 섞이지 않은 덤덤한 어조가 은수를 위협하는 것 같지는 않았다. 오히려 지극히 사무적으로 들렸다. 지금 상황이 이러이러한데, 네 의향은 어때, 같은.

혹시 나를 시험해보는 건가.

은수는 다시 노인의 얼굴을 유심히 들여다보았다. 여전히 무심한 얼굴에선 아무런 감정을 읽을 수 없었다. 어쩔 수 없지. 하지만 적어도 지금 이 순간만큼은 노인은 간병인으로서 은수의 존재를 또렷하게 인식하고 있는 게 틀림없었다. 다른 누군가와 헷갈리지 않고. 그래서 물러설 테면 물러서라고 선택권을 주는 거다. 그러니 은수로서도 솔직하게 대응하는 수밖에 없었다.

"제가 선택한 건데요."

노인에게 한 말이지만, 은수의 귀엔 스스로 의지를 다짐하는 것처럼 들렸다. 그래, 이건 내 선택이야. '서연주'라는 이름을 빌린 것도, 정우 오빠에게 위험한 부탁을 한 것도 다 이 노인을 만나기 위한 선택이었어. 그러니 후회 따위는 하지 않아.

"게다가 아직까진 혼자서 뒤처리하실 수 있으시잖아요."

말을 하고 나서 괜한 소리를 덧붙인 건가 후회도 됐지만, 이미 내뱉은 말을 다시 주워 담을 순 없었다. 왜 그런 쓸데없는 소리를 했을까. 자신의 무력함을 자조적으로 토로한 노인이 어딘지 모르게 처량해 보여서였는지도 모른다. 그래도 아직 당신에겐 할 수 있는 일이 남아 있지 않냐고 말하고 싶었는지도.

그 말을 듣고 노인은 미동도 하지 않았다. 휠체어 손잡이에 올려둔 오른쪽 팔이 약하게 떨리고 있었지만, 그건 본인의 의지와는 무관한 움직임일 것이다. 은수의 답변이 타당한지 가늠해 보기라도 하는 것처럼 노인은 한동안 눈을 감고 아무런 말이 없었다.

"날씨가 좋은데 바람이라도 좀 쐴까."

그대로 자신만의 세계에 빠져드는 게 아닌가 싶었는데, 노인이 불쑥 말을 꺼냈다.

생각지도 못한 순간에 화제를 바꿔 상대를 종잡을 수 없게 만드는 게 이 노인의 특징인 듯했다. 아니면 치매기가 있는 사람들이 으레 그러하거나. 어쨌든 은수는 그의 관심이 자신에게서 멀어진 게 반가웠다. 자칫하다간 제 발이 저려 모든 걸 툴툴 털어놓고 말 것 같았으니까.

은수가 다시 휠체어를 밀려 하자, 노인이 막으려는 듯 왼손을 들어 올렸다. 노인의 왼손이 느릿느릿 컨트롤러 기어를 잡아당겼다. 손이 여전히 가늘게 떨리고 있었지만, 아까보다는 힘이 들어가는 게 보였다. 전동 휠체어가 서서히 방향을 틀어 현관문 쪽으로 향하기 시작했다. 은수도 그 뒤를 따라갔다.

노인이 은수 쪽을 힐끗 돌아보았다. 낯선 사람을 바라보듯 심드렁한 눈빛은 마치 조금 전 은수에게 했던 말들을 모두 잊어버린 것 같았다.

바깥은 쨍한 여름 햇살이 화창하게 빛나고 있었다. 텁텁한 실내와는 대조적인 이른 여름 아침의 청량한 공기가 상쾌하게 피부에 와 닿았다. 정원에 심은 이름 모를 나무의 푸릇푸릇한 잎사귀들이 투명한 햇살을 머금고 반짝거렸다.

은수는 간만에 속이 탁 틔는 것 같았다. 침침하고 음산하기까지 한 실내에서 노인과 단둘이 시간을 보내다 보니 바깥세상이 이렇게 환하다는 사실을 잠시 잊어버리고 있었다. 앞으로 틈나는 대로 자주 바깥 공기를 마셔야겠다, 생각하며 노인 쪽을 바라보았다.

노인은 망연하게 나무를 쳐다보고 있었다. 한여름 햇빛에 생명의 싹을 푸릇푸릇하게 틔운 나무와 달리 노인의 시들어가는 몸은 겨울철 잎이 다 떨어지고 앙상한 고목을 연상시켰다. 본인도 그 사실을 자각하고 있을까. 그렇다면 저 나무를 보는 게 노인에겐 기쁨일까, 슬픔일까. 어쩌면 저 사람은 풍경을 보고 있어도 보는 게 아닐지도 몰라. 빛을 그대로 투과시켜버리는 유리구슬처럼 저 사람 눈에 비친 광경은 아무런 잔상도 남기지 않을 거야.

은수는 저도 모르게 자신이 노인에게 감정이입을 하고 있다는 사실을 알아차렸다. 왜 자꾸만 쓸데없이 이상한 생각을 하는 거지? 저 사람은 그저 남이거나 어쩌면 그보다 못한 사람일 뿐인데.

"보육원서 살았댔지?"

노인이 은수 쪽은 쳐다보지도 않고 입을 열었다. 주변에 달리 사람도 없으니 자신에게 물은 게 틀림없지만, 은수는 순간적으로 노인이 말을 건 게 맞나 싶었다. 그건 어떻게 알았지? 혹시나 명순과 면접을 볼 때 했던 말을 저 노인이 기억하는 걸까? 축 늘어져 있던 모양새만 봐선 귓전으로 다 흘려듣고만 있는 것 같았는데.

"부모님은?"

어차피 다 알고 있는 사실이라 확인할 필요도 없다 싶었는지, 노인은 은수가 대답할 짬도 주지 않고 이어서 물었다. 부모님이 어떻게 됐길래 보육원에 들어갔냐고 묻는 걸까? 아니면 얼마나 형편없는 부모길래 제 자식을 보육원에 맡겼느냐고 묻는 걸까? 어느 쪽이든 상관없다. 사실은 둘 다니까.

"돌아가셨어요."

"두 분 다?"

다른 때 같았으면 거북했을 질문이 희한하게 아무렇지도 않게 들렸다. 이런 걸 묻는 사람들 얼굴이나 말투엔 으레 동정

심과 호기심이 섞여 있게 마련이었다. 표정 없는 노인의 입에서 나온 말은 타인을 향한 불필요한 감정이 배제돼 있었다. 마치 혼잣말 같았다.

"아빠만요."

이제는 은수가 기억조차 하지 못하는 아빠. 은수와 아빠가 보낸 시간은 같이 어딜 갔다, 뭘 했다, 같은 구체적인 추억이 아니라 사진을 통해 본 단편적인 장면으로만 남아 있다. 웃을 때 아빠의 눈 양옆에 지는 눈주름, 스러질 듯 희미한 미소.

얼굴은 전혀 생각나지 않는데, 얼굴에 뺨을 비볐을 때 아빠의 까슬까슬한 수염 자국 감촉은 아직도 제법 또렷하게 기억이 난다. 어쩌면 그건 기억이 아니라 그저 상상일지도 모르지만.

"모친은?"

"살아있어요, 아직."

은수는 짤막하게 대답했다. 별로 꺼내놓고 싶지 않은 얘기였다. 죽어서 자신을 '떠난' 아빠와 달리, 엄마는 자신을 '버린' 사람이니까. 꽤 시간이 흘렀지만, 아직도 분명하게 기억이 난다. 엄마 손을 붙잡고 보육원 갔던 날을.

엄마는 중간에 중국집에 들러 은수가 좋아하는 자장면을 사먹였다. 은수가 입가가 거뭇해지도록 게걸스레 먹는 모습을 물끄러미 바라보더니 군만두까지 시켜줬다. 신이 난 은수는 의자 위에서 발을 대롱대롱 흔들었다. 평상시엔 그럴 때마다 주의를 주던 엄마가 그날은 아무 말도 하지 않았다.

  식당을 나와 둘이 도착한 곳은 한 번도 본 적 없는 3층짜리 붉은 벽돌 건물이었다. 널찍한 안마당에서 또래 아이들 서넛이 미끄럼틀을 타다 말고 은수를 멀거니 쳐다봤다. 문 앞엔 엄마보다 조금 더 나이가 들어 보이는 낯선 여자 두 명이 서 있었다. 마치 은수가 오길 기다렸던 것처럼.

  은수야, 미안해.

  엄마는 코트를 단단히 여며주며 그렇게 말했다. 엄마의 손이 은수의 뺨을 가만히 쓰다듬고 머리를 어루만졌다. 은수는 뭐가 미안하다는 건지 몰라 그저 부드러운 손길에 자신을 내맡겼다. 한참을 그러던 엄마는 결심한 듯 은수를 내버려둔 채 혼자 건물 밖으로 나갔다. 엄마가 '잘 있어'라는 말을 하지 않았기에, 그게 작별인지도 몰랐다. 엄마는 한 번도 뒤를 돌아보지 않았다. 훗날 그날 일을 돌이켜 볼 때마다 가장 용서할 수 없는 건 바로 그 부분이었다. 자신이 '버려졌다'는 사실을 그 이상 뼈저리게 깨우쳐줄 순 없었다. 엄마의 단호한 뒷모습을 떠올릴 때마다 은수는 마치 자신이 처분해야 할 쓰레기 봉지인 것처럼 느껴졌다.

"재혼했어요."

생각지도 않던 말이 제 입에서 불쑥 튀어나와 은수는 조금 놀랐다. 왜 이 노인한테 이런 얘길 하는 거지? 보통 때라면 절대 먼저 꺼내지 않을 말인데.

노인을 힐끗 보니, 그는 미동도 없이 앞만 바라보고 있었다. 일방적으로 질문을 던진 뒤에 은수의 답을 그대로 흡수해 버리는 것 같았다. 이래서야 벽에다 얘기하는 거랑 다를 바 없지 않나, 하고 은수는 생각했다.

하지만 아마도 그래서였을 것이다. 자신이 노인에게 묻지도 않는 말을 꺼낸 이유는. 벽은 가치 판단을 하지도 않고, 들은 말을 다른 사람들에게 옮기지도 않는다. 남들에겐 차마 하지 못하고 가슴에만 꾹꾹 눌러 담은 이야기를 이런 식으로 털어놓을 수 있다면 그건 그것대로 그리 나쁘지 않을 것 같았다.

노인은 한참 동안 아무런 말이 없었다. 남편이 죽은 뒤 아이를 보육원에 맡기고 새출발한 여자 이야기 따위, 전혀 새롭지 않아서일까. 노인 정도의 연륜과 경력이라면 은수가 띄엄띄엄 늘어놓은 말만 듣고 전체적인 상황을 다 파악했는지도 모른다. 반대로 맥락 없이 툭툭 던진 정보들이 머릿속에서 실타래처럼 뒤죽박죽 얽혀 있거나.

"어떻게 알았지?"

노인이 갑자기 입을 여는 바람에 은수는 순간적으로 질문의 의도를 제대로 파악하지 못했다.

어떻게 알았냐니, 여길 어떻게 알고 왔냐는 걸까? 자신을 어떻게 찾았냐고? 하지만 착 가라앉은 노인의 눈빛은 지극히 일상적인 이야기를 하는 것처럼 아무런 동요가 없었다. 그제야 은수는 노인이 엄마가 재혼한 사실을 어떻게 알았는지 묻고 있다는 걸 깨달았다.

"찾아가 봤어요. 보육원을 나온 뒤에요."

15년이 지났지만, 그 사람은 그리 많이 변하지 않았다. 몸집이 조금 불고 살이 붙어 갸름하던 턱선이 둥글어진 걸 빼면 은수가 기억하는 모습 그대로였다. 바뀐 건 외모가 아니라, 그 사람의 환경이었다. 넉넉해진 살림, 아직 볼에 통통한 젖살도 빠지지 않은 중학생 딸. 혹시나 해서 멀리서 유심히 살펴봤지만, 딸은 아빠 쪽을 쏙 뺐는지 자신과 닮은 구석이 하나도 없었다.

그 사람은 처음에 자신이 누군지 알아차리지도 못했다. 다섯 살이 스무 살이 됐으니 당연히 외양이 많이 바뀌었겠지만, 엄마라면 응당 자식을 알아봐야 하는 거 아닌가. 하긴 원래부터 그 사람에겐 '엄마'라는 자각조차 없었는지도 모른다. 적어도 은수에 대해서는.

자신이 누구인지를 밝히자, 그는 '아……' 하고 낮은 신음을 흘렸다. 그 소리는 '기어이 올 게 왔구나'라는 탄식처럼 들렸다. 은수는 그때 확신했다. 눈앞에 있는 여자가 자신을 반가워

하지 않는다는 걸. 자신을 평온하게 일군 새 삶을 방해할 훼방꾼으로 보고 있다는 걸.

"잘만 살고 있더라고요. 자식까지 버린 주제에."

그때 일을 떠올리니 은수는 뜨거운 무언가가 목구멍으로 치솟는 것 같았다. 그래서일까, 또다시 의도치 않았던 말이 불쑥 튀어나왔다.

그 사람은 서울 근교에 있는 아파트에서 살고 있었다. 부촌이라고 할 수는 없지만, 건물이 깔끔하고 주변 인프라도 좋은 것이 서민층 사이에서 제법 인기 있을 법한 동네였다. 은수는 보증금 400만 원에 월세 45만 원인 자신의 6평짜리 원룸을 떠올렸다.

곰팡이가 핀 반지하나, 여름철과 겨울철이 고역이라는 옥탑방은 면했지만, 동네는 지저분했고, 4층 건물 빌라의 다른 주민들과 함께 지하에 한 대 있는 세탁기를 공용으로 사용했다. 하지만 그게 은수가 할 수 있는 최선이었다. 만 18살이 되던 작년 봄, '보호 종료 아동' 꼬리표를 달고서 '희망보육원'을 나왔을 때, 은수의 전 재산은 지자체로부터 받은 정착금 500만 원과 통장에 든 300만 원까지 800만 원이 전부였으니까.

아버지가 다른 제 여동생은 또래 아이들처럼 방과 후에 영수 학원도 다니는 모양이었다. 아무 걱정 없이 고등학교를 졸업하면, 아마도 당연하다는 듯이 대충 성적에 맞춰 대학에 들어갈 테지. 부모님이 돈을 다 대줄 테니까. 보육원을 나오자마자 생활 전선에 뛰어들어 편의점과 마트 아르바이트를 전전하는 제 처지와 비교하니 은수는 명치 끝이 뻐근하게 저려 왔다.

나는 멋대로 버려놓고서!

그때 은수는 아마 그렇게 소리쳤던 것 같다. 홧김에 마구잡이로 쏟아낸 다른 말들은 모두 잊어버렸지만, 그 말만은 마음에 사무쳐서인지 확실하게 기억하고 있다. 그때 그 사람이 뭐라고 했던가. 끓어오를 것처럼 치밀어 올랐던 분노는 그 사람의 말 한마디 때문에 차갑게 얼어붙고 말았다. 은수는 그 말을 잊을 수가 없었다. 만약 그 얘길 듣지 않았더라면.

"부모 자격도 없죠, 뭐."

무의식적으로 입에서 불쑥 튀어나온 말이 제 귀에도 상당히 거칠게 들렸다. 기분 탓인지 몰라도 노인이 움찔하는 것 같았다. 은수도 덩달아 흠칫했다. 내가 지금 무슨 말을 한 건가. 왜 이 사람 앞에서 이런 얘기를 구구절절 늘어놓고 있나.

노인의 몸은 차가운 겨울바람에 앙상한 가지를 내맡긴 나무처럼 가늘게 떨리고 있었다. 자기 몸조차 통제하지 못하는 노인을 보면서 은수는 어렴풋이 깨달았다. 노인에게 자신의 상처를 드러내 보인 이유를. 다른 사람들 같으면 보육원 출신에, 미래도 불투명한 나를 동정하겠지. 하지만 저 사람은 딱히 그럴 입장이 못 된다. 몸도 불편하고, 다가올 미래라고는 죽음밖에 없으니까. 위에서 내려다보듯 내게 동정 어린 시선을 보낼 입장이 못 되는 것이다. 세간의 시선으로 보자면 우리는 둘 다 고만고만 딱한 처지일 뿐이다. 그렇게 생각하자, 은수는 노인에게 희미한 동질감을 느꼈다.

"그쪽도…… 뭔가 사정이 있었겠지."

이번에도 반응이 오지 않을 줄 알았는데, 예상외로 노인이 높낮이가 없는 어조로 말했다. 나뭇잎에 시선을 고정한 채 읊조리듯 중얼거려서인지 무대에 선 배우의 독백처럼 들렸다. 그 말 속엔 딱히 은수의 엄마를 옹호하려는 기색 같은 것은 없었다. 울컥해서 속내를 드러내고 만 은수를 달래 보려 한 말도 아닌 것 같았다. 당사자의 기분 따위를 알 길이 없는 제삼자가 으레 그러하듯 그저 무심하게 내뱉은 말에 지나지 않았다.

그런데도 은수는 뒤통수를 찰싹 얻어맞은 기분이었다. 핑계 없는 무덤은 없다고 보육원에 아이를 맡긴 부모에겐 늘 피치 못할 사정이란 게 존재했다. 먹고 살기 힘들어서, 아이를 키울 자신이 없어서, 훌륭한 양부모를 만나는 게 아이의 미래를 위해서도 더 좋아서……. 듣기엔 그럴듯하지만, 그들은 버려진 아이의 사정 따위는 생각해보지 않는다. 낳아달라고 조른 것도 아닌데, 제멋대로 낳아 놓고 사정이 좀 어렵다고 버리다니 그걸 '이기적'이란 말 외에 달리 어떻게 표현할 수 있을까.

노인에게 뭘 기대한 건 아니었지만, 은수는 어쩐지 배신감마저 들었다. 한순간이지만, 비슷한 처지라고 생각했는데. 그래서 저도 모르게 속에 있던 생각을 경솔하게 입에 올린 건데. 착각이었나. 따지고 보면 자기도 버림받은 처지면서, 어째서 저렇게 강 건너 불구경하는 사람처럼 냉정하게 말할 수 있는 거지?

"사정이야, 다들 있겠죠."

은수가 듣기에도 제 말투는 잔뜩 비아냥이 섞여 있었다. 이대로라면 스스로 제어가 안 될 것 같아 은수는 황급히 스스로를 다독거렸다. 이제 그만해, 노인에게 화풀이해서 어쩌자는 거야. 몸도 성찮은 노인이 별 생각 없이 한 말일 뿐인데. 애초에 날 버린 그 여자랑 크게 다를 바 없는 형편없는 인간이란 것도 알고 있었는데.

하지만 어찌 된 셈인지 봇물 넘치듯 한번 터진 감정은 좀처럼 잠잠해지지 않았다. 노인이 무심코 내뱉은 말 한마디가 제 안에 숨겨진 분노 스위치를 올려버린 것 같았다. 머릿속에 빨간 경고등이 들어온 걸 감지하면서도 은수는 결국 그대로 내달리고 말았다.

"딸이 아픈 아버지를 혼자 두고 미국에 간 것도 사정이 있어서겠죠?"

노인이 은수를 향해 고개를 홱 돌렸다. 은수는 그제야 아차,

싫었지만 이미 뱉은 말을 물릴 수는 없었다. 대형 사고를 쳐 버렸다. 이러려고 한 게 아니었는데. 노인이 격노해서 나를 내보내겠다고 하면 어쩌지? 그러면 안 그래도 나를 못마땅하게 생각하는 가사도우미 아줌마는 얼씨구나 하겠지. 왜 좀 더 참지 못했을까.

노인은 은수를 쏘아보고 있었다. 잘 벼린 칼날에 흐르는 윤기처럼 서늘한 기운이 감도는 눈빛이었다. 조금 전까지 텅 빈 동굴 같은 눈을 하고 있던 사람과 동일 인물이 맞나 싶을 정도였다. 은수는 저도 모르게 몸이 오그라드는 것 같았다. 노인의 차가운 시선을 피해 잠자코 자기 발끝만 바라보았다. 평상시엔 '미련하다'는 말을 들을 만큼 고분고분 잘 참다가 꼭 결정적인 순간에 입바른 말을 내뱉고야 마는 자신의 당돌함이 지금만큼 원망스러웠던 적은 없었다.

"미국이라고?"

노인이 잔뜩 가라앉은 목소리로 물었다. 얼음장 같은 눈빛만 보면 은수를 대하는 태도도 싸늘하기 짝이 없을 것 같았는데, 의외로 노인은 기분 나쁠 만큼 차분했다. 어쩌면 조금 지쳐 보이기까지 했다.

"그런 얘기는 어디서 들었지?"

은수는 뭐라고 대답해야 할지 몰라 계속 눈을 내리깔고 바닥만 보았다.

가사도우미 아줌마한테서 들었다고 거짓말을 해 버릴까. 아냐, 나중에 노인이 명순에게 확인하기라도 하면 일이 더 복잡해질 거야. 우연히 이웃 사람들이 하는 말을 들었다고 할까? 어설픈 게 너무 티가 나잖아. 짧은 시간 동안 온갖 생각이 머릿속을 스치고 지나갔다.

"넌, 누구야?"

노인이 은수를 똑바로 쳐다보았다. 그가 이 질문을 한 건 간밤에 이어 이번이 두 번째다. 언성을 높이지 않았는데도 묘하게 듣는 사람을 내리누르는 듯한 말투였다. 기껏해야 버르장머리없는 말버릇 때문에 혼나리라고 생각했는데, 노인의 느닷없는 질문에 은수는 가슴이 쿵 내려앉았다.

이번엔 누군가와 착각한 게 아닌 것 같은데, 내가 대학생 '서연주'가 아니라는 사실을 눈치챈 걸까? 고작 방금 했던 말 한마디 때문에? 아냐, 그럴 리 없어. 하지만 만에 하나 그렇다면······. 차라리 내 편에서 그만두겠다고 하고 물러나야 할까······.

은수는 크게 심호흡을 하며 마음을 진정시켰다. 안 돼, 지금 여기서 포기할 순 없어. 얼마나 힘들게 여기까지 왔는데. 이틀 만에 관뒀다고 하면 당장 정우 오빠부터 난리를 칠 게 뻔했다.

달리 방법도 없기에 은수는 입을 꽉 다물고 묵묵히 노인의 시선을 견뎠다. 머릿속에서 시계 바늘이 째깍째깍 돌아가고 있었다. 초침이 한칸 한칸 움직일수록 은수는 몸이 1밀리미터씩 오그라드는 기분이었다. 이대로 계속 가다가는 몸이 바닥에 납작 달라붙을 것만 같았다.

"넌, 누구지?"

다시 노인의 거칠고 탁한 목소리가 들렸다. 은수는 마지못해 고개를 들었다. 노인은 어쩐지 아까와는 분위기가 좀 달라진 것 같았다. 찌를 것처럼 날카롭던 시선이 한풀 누그러져 있었다. 은수를 당혹스럽게 만들었던 서늘함도 사라진 두 눈은 물결 한 점 없는 잔잔한 호수처럼 평온했다. 수상쩍은 간병인을 추궁하는 눈빛이 아니라, 눈앞의 낯선 사람이 누구인지 진짜 궁금해하는 눈빛에 가깝다고 은수는 생각했다.

……설마?

은수는 노인을 유심히 살펴봤다. 언제 봐도 표정이 담기지 않는 얼굴 때문에 노인의 머릿속은 전혀 짐작이 가지 않는다. 혹시 그사이에 무슨 일이 일어났는지 잊어버린 걸지도 몰랐다. 치매 환자들은 밥을 먹고 돌아서는 순간 잊어버리고 또 밥을 달라고 한다던데. 저 노인도 지금 그런 상태인 걸까? 치매라는 게 스위치를 껐다 켰다 하는 것처럼 수시로 정상과 비정상을 오가는 건가? 밀려드는 갖가지 생각을 억누르며 가면을 쓴 것 같은 노인을 마주하고 있자니, 은수는 자기도 덩달아 머리가 이상해질 것 같았다.

정말 기억을 못 하는 거라면 좋겠는데.

사실 여부를 떠나 은수는 그렇게 믿고 싶었다. 그러면 조금 전 저지른 실수가 없었던 일이 될 텐데. 아무런 문제도 없다는 듯 난감한 상황을 넘길 수 있을 텐데.

은수가 물끄러미 바라보고만 있는데도 노인은 딱히 대답을 재촉하지 않았다. 굳이 답이 필요하지 않은 건지, 조금 전 자신이 한 말조차 잊어버렸는지 분간할 길이 없었다.

얼마나 시간이 흘렀을까. 노인이 얼굴을 내리쬐는 따가운 여름 햇살이 성가신 듯 눈을 몇 번 깜빡거렸다. 가늘게 떨리는 손이 방향 컨트롤러에 닿았다. 바퀴가 움직이더니 노인을 태운 전동 휠체어 바퀴가 망연자실한 은수를 홀로 남겨둔 채 집 안을 향해 굴러가기 시작했다.

휠체어가 보이지 않을 때까지 은수는 우두커니 노인의 뒷모습을 눈으로 좇았다. 뒤따라가서 휠체어를 밀어야 하나 싶었지만, 발이 생각대로 움직여주지 않았다. 다시 노인과 마주할 때 그를 어떻게 대해야 할지 몰라 막막했다.

문득 발치를 보니 정원에서 개미들이 떼를 지어 부산스럽게 움직이고 있었다. 다들 어딜 저렇게 열심히 기어가고 있는 걸까. 어쩌면 선두에 선 개미가 먹을 걸 발견하고 동료들을 이끌고 가는지도 모른다. 줄에서 뒤처진 개미 몇 마리가 길을 잃은 듯 우왕좌왕하며 행렬을 이탈했다가 부르는 신호를 어떻게 알았는지 다시 꿈틀꿈틀 무리를 향해 이동하기 시작했다.

　별안간 은수가 무리 한가운데를 발로 힘차게 짓밟았다. 순식간에 대열이 일그러지면서 개미들이 일제히 사방으로 도망갔다. 미처 도망치지 못한 개미들은 은수 신발 아래 짓눌려 짜부라졌을 것이다. 정원 곳곳으로 뿔뿔이 흩어지는 개미 떼를 은수는 표정 없는 얼굴로 무심히 내려다보고 있었다.

4

한낮의
방문자

 시간은 늘어진 엿가락처럼 끈적하게 흘렀다. 은수는 고등학교 미술 교과서에 실린 살바도르 달리라는 화가의 그림을 떠올렸다. 그림 속에는 다 녹은 아이스크림처럼 흐물흐물하게 늘어진 시계가 나뭇가지와 책상 위에 걸려 있었다. 금방이라도 땅바닥에 주르륵 흘러내릴 것만 같아 보였지만, 시계는 끊어질 듯 끊어질 듯하면서도 좀처럼 끊어지지 않고 나뭇가지에 그대로 들러붙어 있었다. 그때는 정말이지 기괴한 그림이야, 라고 생각했는데 노인의 집에 들어온 이래 시간의 움직임은 딱 그 그림과 닮아 있었다.

 은수는 노인의 곁에서 마냥 대기해야 하는 무료한 낮 시간이 갈수록 줄어들긴커녕 엿가락처럼 오히려 점점 늘어나고 있는 것처럼 느껴졌다. 이따금 시계가 멈춘 게 아닌가 싶어 건

전지를 확인하고픈 충동을 느낄 정도였다. 특히나 노인이 지금처럼 저기압일 때는 더욱 그랬다.

며칠 전 은수가 한 말실수는 별 탈 없이 넘어간 것 같았다. 적어도 겉으로는.

노인은 은수가 한 말을 진짜로 잊어버렸는지 그 뒤에도 그걸 문제 삼지 않았다. 은수는 노인이 자신을 호출할 때마다 사과할까 은근슬쩍 눈치를 봤지만, 노인은 그때 일을 꺼낼 기미가 전혀 없어 보였다. 당사자가 기억에 없는데 굳이 지나간 일을 건드려서 뭐 하나 싶어 은수도 그 일은 그냥 잊어버리기로 했다. 공연히 말을 꺼냈다가 노인이 또다시 '넌 누구냐'고 묻기라도 하면 입장이 난감해지는 건 은수 쪽이었다. 그러니 그냥 덮어두는 게 최선이라 생각했다.

변한 건 아무것도 없었다. 노인이 지난 며칠간 꼭 필요할 때를 제외하곤 은수에게 일절 말을 걸지 않는다는 걸 제외하고는.

처음엔 혹시나 그때 일을 기억하고 마음에 담아두는 건가 싶었는데, 그건 아닌 것 같았다. 명순에게도 똑같은 반응을 보였으니까.

노인이 끼니를 거르거나, 음식을 거의 입에 대지 않는 횟수가 늘어난 반면, 침대에 멍하니 누워 있는 시간은 길어졌다. 시간을 때우기 위해 틀어놓던 텔레비전도 이제는 귀찮아진 것 같았다. 종일 잠만 잘 수는 없을 터인데, 노인은 고치에 몸을 숨긴 애벌레처럼 자신만의 세계에 틀어박혔다. 마치 바깥세상과 단절하려는 것처럼.

"저래서야 큰일인데."

명순도 걱정이 되는 눈치였다. 직접 만든 음식을 뜨는 둥 마는 둥 하고 남길 때마다 명순은 망친 시험 점수를 확인하는 학생 같은 표정을 지었다. 노인의 식욕이 없는 게 그녀의 탓은 아닐 텐데도.

"병원에 모시고 가야 하는 거 아닌가 모르겠네."

명순은 급기야 병원 얘기까지 꺼냈다. 식사를 제대로 못 한 탓인지 노인의 뺨은 더 홀쭉해졌다. 그렇지 않아도 굴곡이 또렷한 광대뼈가 더 돌출한 것처럼 보였다. 이대로 계속 식사를 거부할 셈인가.

확실히 노인이 삶에 애착을 가질 만한 일은 별로 많지 않아 보였다. 은수가 노인의 입장이 되더라도 계속 살아야 할 이유를 찾기 힘들 것 같았다. 하지만 노인이 제정신이라면 이런 식으로 목숨을 끊는 게 엄청나게 번거롭고 성공률 또한 낮다는 걸 잘 알고 있을 것이다. 우선 명순부터가 큰 걸림돌이다. 만약 노인이 계속 음식을 거부한다면 명순은 우격다짐으로라도 노인의 입에 먹을 걸 밀어 넣을 것 같았.

명순과 이유는 달랐지만, 은수는 은수대로 노인의 상태가 걱정스러웠다. 노인이 저대로 계속 단식을 고집하기 어렵다는 건 잘 알고 있다. 하지만 저러다 쓰러지기라도 하면 어쩌나. 그러면 빼도 박도 못하고 간병인 노릇을 제대로 떠맡을 텐데. 노인의 온갖 뒤치다꺼리를 할 생각을 하니 상상만으로도 끔찍했다. '설마'가 현실이 되기 전에 빨리 뭔가 빠져나갈 방법을 찾는 수밖에 없다고 은수는 다짐했다.

"우울증이 다시 도진 모양이야."

은수의 속마음을 알 턱이 없는 명순이 마치 불길한 무언가를 입에 올리는 투로 말했다.

"예전에도 우울증이 심하게 와서 따로 약 처방을 받은 적이 있는데……. 그러고 나서 한동안은 잠잠하길래 큰 문제는 없을 줄 알았더니."

은수는 잠자코 다음 말을 기다렸다. 시간이 지나도 서먹하기만 한 노인과 달리 명순과의 대화는 이제 어느 정도 편해졌다. '대화'라기보다는 명순이 말하면 은수가 그냥 들어주는 게 대부분이었지만.

원래 말하기를 좋아하는 편인 건지, 말수 없는 노인과 오랜 세월을 보낸 탓에 은수의 느릿하고 미적지근한 반응이 그리 낯설지 않은 건지 명순은 혼자서 주절주절 말할 때가 많았다.

"어쨌든 며칠간 더 지켜보고 병원에 모시고 가도록 하자고. 그전까지 연주 씨가 각별히 신경 써주고."

은수가 고개를 끄덕였다.

"아마, 그래도 그럴 일은 절대 없겠지만…… 우울증이 심해지면 나쁜 생각을 하실 수도 있으니……."

명순은 먼저 말을 꺼내놓고 입에 올리기도 끔찍하다는 듯이 말꼬리를 흐렸다. 대신 은수에게 '알겠지?' 하고 확인하는 듯한 눈짓을 보냈다. 은수는 다시 고개를 끄덕거렸다.

노인은 정말로 그런 생각을 하고 있을까. 한다고 해도 딱히 이상할 건 없다. 의사가 아닌 은수의 눈에도 노인에게 우울증 증상이 있는 건 분명한 것 같고, 우울증 환자의 자살 시도율이 환자가 아닌 사람보다 높다는 건 누구나 아는 사실이다. 굳이 우울증이 아니더라도 노인이 죽음에서 위안을 찾으려는 이유는 널리고 널렸다고 은수는 생각했다. 그렇다곤 하나 저 몸으로, 혼자선 할 수 있는 일도 손꼽을 정도밖에 없는 저 몸으로 과연 그런 생각을 실행에 옮길 수나 있을까. 명순의 걱정은 기우에 가까워 보였다.

하지만…….

명순이 내뱉은 '나쁜 생각'이라는 단어가 은수의 마음 한구석에 깊이 내려꽂혔다. 예고 없이 칼에라도 맞은 것처럼, 날카로운 통증이 둔탁한 아픔으로 변해 가슴속에 서서히 번지기 시작했다.

노인과 둘만 집에 남은 날, 은수는 노인의 상태를 살펴본 뒤 방으로 돌아왔다. 노인은 여전히 침대에 누워 한쪽으로 비스듬히 몸을 말고 있었다. 껍질만 남은 누에고치처럼 아무런 생명력이 느껴지지 않았다.

은수는 혹시나 싶어 숨 쉬는 걸 확인해 보려다 노인의 한쪽 손이 가늘게 떨리고 있는 걸 발견했다. 적어도 아직 숨은 붙어 있는 모양이었다. 노인의 머릿속까지 읽을 수는 없지만, 바스러질 것 같은 육체 못지않게 그 안에 깃든 영혼도 위태로워 보인다고 은수는 생각했다.

은수는 2층 제방으로 올라가 노트북을 열고 검색어를 입력했다. '파킨슨병' 그리고 '치매'. 순식간에 수십 개의 자료가 떠올랐다. 은수는 방대한 자료에 한순간 아연해졌다. 아직도 자신에게 낯설기만 한 그 세계가 어떤 이들에게는 익숙하고 명명백백한 현실인 모양이었다. 은수는 제일 위에 있는 자료부터 클릭했다. 파킨슨병의 주요 증상이 나열된 자료였다.

떨림증, 운동 능력 상실, 마비, 피로.

여기까지는 은수도 다 알고 있는 증상들이다. 은수는 더 아래로 스크롤을 내렸다.

환시, 환청, 환후, 환촉 등의 환각 증상이 나타나기도 하는데, 파킨슨병 환자에게서 나타나는 환각은 환시, 환청 비중이 가장 높고 환미는 거의 없다.

은수는 한참 동안 화면에 나타난 글자를 들여다보았다. 환시라…….

처음 만난 날, 허공의 어느 한점을 하염없이 바라보던 노인의 무표정한 얼굴이 떠올랐다. 자신의 눈에 보이지 않는 무언가를 노인이 보고 있는 것 같아 어쩐지 등골이 오싹했었는데. 어쩌면 그때 정말로 노인의 눈엔 뭔가가 보였었던가.

……연수니?

노인은 한밤중에 자신의 방을 찾아온 은수를 그렇게 불렀었다. 그것 역시 환시로 인한 착각이었을까. 은수는 계속 자료를 읽어나갔다.

환시의 원인은 두 가지로 볼 수 있다. 하나는 약물 부작용으로, 도파민 작용을 돕는 파킨슨병 치료제 '레보도파'의 양이 과도할 때 주로 나타나는 현상이다. 신경전달물질인 도파민은 행동에만 영향을 끼치는 것이 아니라 소화 작용과 정신적인 부분에도 영향을 끼치는데, 이것이 과도하게 투여되면 환자가 아닌 사람들도 환각, 환시, 환청을 일으킬 수 있다.

그렇다면 노인이 오락가락하는 게 단순 약물 부작용에 불과하단 말인가. 은수는 미심쩍은 눈초리로 설명을 들여다보았다. 하긴 노인은 자신이 보육원 출신이라는 말을 기억하고 있었다. 간병 일을 감당할 수 있겠냐고 물었을 때도, 자신을 버린 엄마 역시 무언가 사정이 있었을 거라 말했을 때도 치매 노인이라고는 보기 힘들 만큼 정신이 말짱해 보였다. 만약 노인이 제정신이라면 지난번에 당돌하게 내뱉은 말을 아직도 기억하고 있을까. 혹시 그 말에 상처를 입어 우울증이 온 건 아닐까. 하지만 그때 일을 다 기억하고 있다면, 그래서 자신의 정체를 의심하고 있다면 왜 어태까지 아무런 조치도 취하지 않는 거지?

글이 이어졌다.

두 번째 원인은 치매다. 파킨슨병 일부 환자는 파킨슨병과 치매가 함께 오는 경우가 있는데, 이때 환각, 환시, 환청, 망상장애가 나타날 수 있다. 특히 알츠하이머성 치매 다음으로 흔한 퇴행성 치매인 루이소체 치매인 경우, 파킨슨병과 구분이 쉽지 않다.

마지막까지 읽어내려간 은수는 맥이 탁 풀렸다. 결국엔 이럴 수도 있고, 저럴 수도 있다는 말이네. 노인의 머릿속이 어떤 상태일지 알아보고 싶어서 조사했는데, 찾아보니 오히려 더 혼란스러워졌다. 노인의 정신이 오락가락하는 것처럼 보이는 이유는 파킨슨병 때문일 수도, 진짜 치매 때문일 수도 있다. 어쩌면 둘 다일 수도 있다. 해답은 노인 자신밖에 모른다.

은수는 잠시 망설이다 이번엔 검색창에 '파킨슨병', '우울증'을 입력했다. 역시 수십 개의 자료가 떴다. 은수는 제일 위쪽 자료를 클릭했다.

파킨슨병은 우울증을 기반으로 하는 경우가 많다. 이 병의 발병 원인은 도파민 부족인데, 도파민은 사람을 기분 좋고 행복하게 해 주는 신경전달물질이다. 파킨슨병은 무슨 이유에서인가 이런 도파민 분비가 억제되기 때문에 발생한다. 실제로 파킨슨병 환자의 40~70%가 우울증을 호소하고 있다.

저 말대로라면 노인은 병에 걸리고 나서 우울해진 게 아니라, 파킨슨병이 발병하기 전부터 우울했났다. 우울함에 대해서라면 은수도 제법 잘 알고 있는 편이다. 사람들은 자신이 불운하거나 불행하다고 느낄 때 우울해진다. 아이를 입양하러 온 사람들에게 선택받지 못했을 때, 보육원 출신이라는 이유로 학교에서 은근히 따돌림 당했을 때, 갑작스럽게 살던 곳을 나와 홀로서기를 해야 했을 때, 그밖에 세세하게 기억나지 않는 수많은 순간에 우울함은 은수를 괴롭혔다. 그런데 노인은 남부럽지 않은 사회적 지위와 경제력을 가졌으면서도 왜 자신이 불행하다고 생각했을까.

뭐, 사람마다 기준이란 건 다 다른 법이니까. 고등학교 때 기껏해야 이마에 여드름이 났다거나, 부모님이 갖고 싶은 패딩 점퍼를 사주지 않는다는 이유로 '나는 왜 이렇게 지지리 운이 없는 거야' 하고 투덜대던 같은 반 여자애가 떠올랐다. 내색은 안 했지만, 은수는 순간 그 아이에게 강렬한 적개심을 느꼈다. 저가 자란 보육원에선 아이들이 속옷이나 양말까지 모두 다

같은 걸 썼다. 한꺼번에 구매하면 가격이 저렴해서 그랬을 것이다. 아이들 각자의 개성 따위는 뒷전이었다. 뭔가를 갖고 싶은 게 생겨도 조를 사람도 없었다. 은수의 눈으로 보자면, 그 아이의 불평은 어지간히 배부른 투정이었다. 혹시 발병하기 전 노인도 그 아이와 비슷한 유형이었을까.

은수는 마지막으로 '우울증', '자살'을 입력했다. 망설이는 것처럼 키보드를 두들기는 손가락의 움직임이 둔해졌다.

우울증을 앓으면 잠을 이루지 못하거나, 오히려 무기력하게 잠만 자며 초조와 피로를 느낀다. 자주 죽음을 생각하고, 자살을 시도하기도 한다. 우리나라에서 자살을 시도한 사람의 60~72%, 자살로 사망한 사람의 80%가 정신질환을 앓고 있었고, 그 가운데 80~90%는 우울증을 앓고 있었다고 추정된다.

은수는 화면에 떠오른 정보를 뚫어지게 바라보았다. 나열된 숫자는 전부 은수의 예상치를 웃도는 것이었다. 자살한 사람들 가운데 우울증 환자 비중이 저렇게 높은데도 왜 주변 사람들은 그들의 심경 변화를 알아차리지 못했을까. 왜 미리 막을 수 없었을까. 적어도 가족 정도는 눈치챘어야 하는 거 아닌가.

네가 그런 말을 할 자격이나 있니?

불현듯 떠오른 생각이 채찍으로 내려친 것처럼 은수의 마음을 할퀴고 지나갔다. 가족이라는 게 뭘까? 반드시 한 지붕

아래서 같이 사는 사람만을 '가족'이라고 부를 수 있는 건 아닐 것이다. 마음으로 이어져 있는 사람, 무슨 일이 있더라도 반드시 지키고 싶은 사람 역시 가족이라 할 수 있지 않을까? 그렇다면 은수는 자살한 사람들의 가족을 무심하다고 비난할 자격이 없다. 자신 역시 소중한 사람을 지키지 못했으니까.

멍하니 화면을 들여다보던 은수는 기분 나쁜 기억을 지워버리듯 서둘러 노트북을 닫아버렸다.

다시 하루가 지났다. 이제 은수가 노인의 집에 온 지도 일주일이 넘었다. 문득 그 사실을 깨닫고 은수는 깜짝 놀랐다. 이러지도 저러지도 못하는 사이 시간이 그렇게나 흘렀다니. 아직 뭘 어떻게 해야 할지 결정도 못 했는데. 이 집에선 시간이 엿가락처럼 한없이 늘어지는 것 같다고 생각했는데, 어느 순간 자신도 거기에 동화돼 엿가락 같은 시간 속에 녹아든 것만 같았다.

손님이 온 것은 오후 3시가 막 지났을 무렵이었다. '딩동' 벨이 울리는 소리가 들렸을 때도 은수는 방문객이 왔다는 사실을 실감할 수 없었다. 명순은 항상 여벌 열쇠로 문을 열고 들어오고, 택배 같은 것도 도통 올 일이 없어서 대문 앞에 달린 벨이 울리는 일 따위는 결코 없을 거라고 막연하게 생각했다. 적막만 흐르고 있는 집 안에 불시에 울린 벨 소리는 기묘한 여운을 남겼다.

"누구세요?"

은수가 인터폰에 대고 물었다. 화면 속엔 예순 전후로 보이는 남자 하나가 서 있었다. 해상도가 좋지 않아 얼굴 생김새까지는 잘 보이지 않았다.

"최 판사님 만나러 왔습니다."

남자는 자신의 이름을 밝히지 않고 그저 그렇게만 말했다. 혹시 노인과 미리 약속하고 온 건가? 며칠째 방에 틀어박혀 은둔자 같은 생활을 하는 노인이 그랬을 것 같진 않은데. 어쨌든 확인은 해야 해서 노인의 방에 들어가 보니 노인은 어쩐 일로 일어나 침대 머리맡에 상반신을 기대고서 앉아 있었다. 벨 소리를 들었거나, 그 전부터 미리 대기하고 있었던 것 같았다.

은수가 말을 꺼내기도 전에 노인은 탁한 목소리로 '들여보내'라고 말했다.

방문객은 키가 크고 호리호리한 체구의 남자였다. 대체로 그 연령대 남자들은 몸 여기저기 살집이 붙기 마련인데, 그는 자기 관리를 열심히 해서인지 군살 하나 없었다. 머리 염색을 하면 지금보다 10살 정도는 젊어 보일 수 있을 것 같았지만, 자연스럽게 넘긴 머리에 회색 머리칼이 드문드문 섞여 있는 걸로 미루어 그런 데는 별로 관심이 없어 보였다. 고급스러워 보이는 단정한 수트 차림에 날렵한 금테 안경을 낀 남자는 지

적이고 유능해 보이는 인상이었다. 하지만 은수는 어딘지 모르게 차갑고 사무적이라는 느낌을 받았다.

방문객은 문을 열어준 은수를 의아하게 바라보았다. '누구?' 하는 듯한 시선이었다.

"새로 온 간병인이에요."

은수 쪽에서 먼저 신분을 밝혔다. 남자가 '아' 하고 짧게 고개를 끄덕였다. 그걸로 은수에 대한 관심은 깨끗이 사라졌는지 '어디?'라고 물었다. 보아하니 말을 길게 하지 않는 타입인 것 같았다. 은수는 그를 노인이 있는 방으로 안내했다.

노인은 아까처럼 침대 머리맡에 상반신을 기댄 채 앉아 있었다. 앞으로 구부정하게 굽은 어깨를 완전히 펼 수는 없었지만, 나름대로 그 자세를 유지하려고 신경을 쓰고 있는 것 같았다. 후줄근한 하의가 보이지 않도록 하반신은 얇은 여름 이불로 가린 상태였다. 누군지는 몰라도 노인에겐 중요한 손님인 모양이었다.

"오랜만에 뵙습니다."

남자가 들어오면서 노인에게 고개를 숙였다.

"바쁜데 여기까지 오게 해서 미안해. 내 상태가 이 모양이라."

노인은 묘하게 긴장하고 흥분한 어조였다. 방문객이 온 덕분인지 요 며칠간 자취를 감췄던 활기가 잠시나마 돌아온 것 같았다.

"바쁜 건 젊은 사람들이죠. 저야 뭐, 이젠 일선서 물러난 몸인 걸요."

남자는 그저 그렇게만 대답했다. 그동안 어떻게 지냈냐라거나, 얼굴이 어떻게 보인다거나 하는 의례적인 인사말 같은 건 일절 없었다. 인상처럼 메마르고 실무적인 사람인 모양이었다. 하긴 한눈에도 잘 지낸 것과 거리가 멀어 보이는 노인에게 그런 말을 하는 것 자체가 무의미하다면 무의미한 일이지만.

"오히려 저보다 시간 내기가 더 어려워 보이시던데요."

"둘만 있을 수 있는 날을 잡는 게 쉽지 않아서……."

은수를 포함하면 지금도 집에 '둘만' 있다고 할 순 없지만, 노인이 말한 건 '명순이 없는 날'을 가리킨 모양이었다. 남자도 무슨 말인지 이해가 간다는 듯 고개를 끄덕였다. 그렇다면 저 남자도 명순을 알고 있다는 건가?

"미안하지만 차라도 좀 내 오겠나?"

노인이 방문 앞에 엉거주춤 서 있는 은수를 보고 말했다. 손님 대접도 대접이지만, 그보다 은수의 존재가 신경이 쓰이는 것 같았다.

은수는 조용히 방문을 닫고 주방으로 갔다. 이제 일상으로 사용하는 식기류는 어디 보관돼 있는지 이미 다 알지만, 어지간해선 쓸 일 없는 손님용 찻잔은 좀처럼 눈에 띄지 않아 찾는 데 시간이 좀 걸렸다. 주방 수납장을 하나씩 모조리 다 열어서 살펴보니 제일 가장자리 수납장 안쪽에 눈에 익은 찻잔 세트가 보였다. 은수가 면접 봤던 날 명순이 내놨던 불투명한 파란색 자기 찻잔이었다.

찻잔을 꺼내 쟁반 위에 올려놓고 주전자 물이 끓기를 기다렸다. 한 번씩 노인 방문을 힐끔거렸다. 굳게 닫힌 문 안에서 오가는 대화 소리는 일절 새어 나오지 않았다. 노인은 언제 저 사람과 약속을 잡은 거지?

노인에겐 거의 쓸 일이 없는 비상용 핸드폰이 있고 방 안에 유선 전화도 있으니 명순이나 은수의 눈에 띄지 않고 남자에게 전화하는 게 크게 힘든 일은 아니었을 것이다. 하지만 굳이 명순이 없는 날을 피해서 몰래 약속을 잡은 이유가 뭐였을까?

주전자에서 물 끓는 소리가 들렸다. 은수는 커피 분말에 뜨거운 물을 부어 재빨리 휘저은 뒤 쟁반을 들고 방으로 갔다. 문 앞에서 노크를 하려는데, 방 안에서 남자의 목소리가 들렸다.

그건 범죕니다!

문을 두들기려던 은수의 손이 '범죄'라는 대목을 듣고 딱 멈췄다. 남자의 음성은 격앙돼 있었다. 말투에서 담백함이 사라지고 긴장이 잔뜩 묻어났다. 노인이 뭐라고 응수를 한 것 같았지만, 낮고 탁한 노인의 목소리는 굵은 문을 뚫고 나올 만큼 크지 않았다.

형사처벌 대상이 될 수도 있다고요!

이번에도 남자의 목소리였다. 대체 안에선 무슨 일이 벌어지고 있는 거지? 은수는 문에 귀를 바짝 대고 온정신을 집중했다. 범죄라니, 형사처벌 대상이 될지 모른다니. 둘이 무슨 범행이라도 공모하는 게 아니라면······.

지금 제정신이세요? 잘 아실 만한 분이 대체 왜 이러시는 겁니까.

남자는 꽤 화가 난 모양이었다. 목소리를 잔뜩 낮추고 있었지만, 그럼에도 흥분한 기색이 그대로 전해졌다. 노인이 무슨 말을 했길래 바늘로 찔러도 피 한 방울 나지 않을 것처럼 보였던 남자가 평상심을 잃어버렸을까. 궁금하기 짝이 없었지만, 은수와 둘 사이를 가로막고 있는 탄탄한 문은 노인의 목소리만 선별적으로 흡수해버리는지 전혀 들리지 않았.

조바심이 난 은수는 몸을 더 앞으로 기울였다. 마음이 급한 탓에 동작이 부주의해져서 손에 들고 있던 쟁반이 문에 살짝 부딪혔다. 그 바람에 찻잔이 달그락거리면서 쟁반 위로 넘어졌다.

방 안에서 이어지던 대화가 딱 멈췄다.

젠장, 이런 실수를 하다니. 은수는 두근거리는 가슴을 억누르며 발소리를 죽여 황급히 부엌으로 돌아갔다. 행주로 쟁반을 닦고 다시 물을 부은 전자 주전자 스위치를 켰다.

엿듣고 있는 걸 알아챘으면 어쩌지. 아마 그럴 것이다. 아니, 의심의 여지가 없이 그렇다. 그랬길래 순간적으로 말을 멈췄겠지. '범죄'라고 했는데, 혹시 들어선 안 될 걸 들어버린 건 아니겠지? 알아선 안 될 걸 알아버린 바람에 죽임을 당하곤 하는 영화 속 희생자들이 머리를 스쳤다.

상상력이 너무 과하네. 은수는 어이가 없어져서 픽 헛웃음이 나왔다. 조폭도 아니고 전직 판사였던 사람이 설마하니 그런 일에 연루되기야 하겠어. 더구나 저런 몸 상태로. 하지만…… 영화에선 법망을 교묘하게 피할 수 있는 변호사 같은 인물들이 진짜 지독한 악당이 되기도 하던데.

그 아이가 죽은 건 내 탓이 아니야.

문득 언젠가 노인의 방에서 들었던 말소리가 생각났다. 그때 노인이 한 말은 필시 잠꼬대겠지. 파킨슨병의 주요 증상 중 하나는 수면 장애였다. 노인이 밤에 심한 잠꼬대를 하는 건 자연스러운 일일 거라 넘겼었다.

은수는 이제와서 그 내용이 마음에 걸렸다. 잠꼬대는 평소 무의식이 반영되는 거 아닌가? 그 아이가 죽은 게 자기 탓이 아니라니. 노인은 누군가의 죽음에 대한 책임이 있다는 말인가. 그걸 계속 마음에 담아두고 있던 거고…….

너무 꾸물대면 오히려 이상하게 생각할 것 같아 은수는 서둘러 다시 커피를 타서 방으로 들고 갔다. 엿듣고 있었다는 걸 눈치채서인지 이번엔 닫힌 문 사이로 노인과 남자의 대화가 새어 나오지 않았다. 은수가 방 안으로 들어가자 둘은 입을 딱 다물었다. 커피잔을 내려놓고 다시 나올 때까지 두 사람은 동작 정지 버튼을 누른 것처럼 침묵만 지키고 있었다. 남자가 은수에게 기계적으로 '고맙다'고 인사했을 때만 제외하고는.

남자는 은수가 부엌에서 허둥대던 사이 원래의 냉정함을 되찾은 것 같았다. 담담한 표정이 조금 어두워진 걸 제외하곤 언제 언성을 높였나 싶게 침착했다.

볼일을 마친 은수가 다시 방문을 닫으려는데 노인이 불러 세웠다.

"강 여사한테는 손님이 왔었다는 거 얘기하지 말아."

'강 여사'가 명순을 지칭하는 거라는 걸 알아채기까지 몇 초가 걸렸다. 은수는 고개를 끄덕였다. 역시나 둘은 남들에게, 적어도 명순에게 떳떳하게 내보일 수 없는 무언가를 공모하고 있는 게 틀림없었다.

남자는 한 시간 정도 머물다 집을 나섰다. 방문객들이 흔히들 하는 과장된 인사치레도 없었다. 처음 왔을 때처럼 사무적인 태도로 '이만 가보겠다'고만 했다. 은수가 그를 대문까지 배웅했다. 남자는 어딘지 모르게 풀이 죽은 것 같기도, 지친 것 같기도 했다. 무슨 얘기가 오갔길래 이럴까, 싶어 은수는 둘의 대화 내용이 다시 궁금해졌다.

"얼굴이 너무 앳돼 보이는데."

남자가 갑자기 생각났다는 듯 말을 걸었다.

"설마 고등학생은 아니죠?"

은수는 남자를 빤히 보았다. 난데없이 이게 무슨 생뚱맞은 질문이람? 뒤늦게 자신의 쌀쌀맞은 태도를 의식해 뭐든 말을 붙여 보려는 건가. 하지만 그렇게 보기엔 남자의 눈빛이 제법 진지했다.

"대학생이에요…… 스물, 하나요."

저도 모르게 '스물'이라고 답하려다 '서연주'가 스물한 살이라는 사실을 떠올리고 서둘러 정정했다.

"아, 그렇군요."

남자는 한동안 은수를 물끄러미 훑어보았다. 고등학생이라 해도 성숙한 편이라고 보긴 어려운 자신의 나이를 의심하는 걸까. 아니면 면접 날 명순이 그랬던 것처럼 '저런 꼬마가 과연 간병 일을 해낼 수 있을까' 하고 걱정하는 걸까. 어느 쪽이든 크게 신경 쓸 일은 아니지만, 은수는 남자의 시선이 괜스레 부담스러웠다.

"실례가 많았습니다. 환자분 잘 돌봐드리세요."

호기심이 해결돼 더는 미련이 남지 않아서인지, 별 의미 없이 던진 말이었는지 남자는 갑자기 은수에게 흥미가 사라진 것 같았다. 고개를 숙여 인사한 뒤 성큼성큼 걸음을 놓았다. 은수는 남자의 모습이 점점 작아지다가 마침내 사라지는 걸 오랫동안 지켜보았다. 방문 앞에서 들었던 이야기를 다시 곱씹었다. 뭔가 찜찜한 느낌을 지울 수 없었다.

저녁 시간은 특별한 일 없이 조용히 흘러갔다. 굳이 예외적인 상황을 들라고 한다면, 노인이 다시 식사하기 시작했다는 것 정도였다. 이유는 알 수 없지만, 노인은 다소 활력을 되찾은 것 같았다. 그래봤자 밥을 먹고, 누워 있는 것보다 휠체어에 앉아 있는 시간이 길어졌다는 정도이지만 그래도 자신이 할 수 있는 한에선 힘을 내려고 하는 게 보였다. 그 남자 때문일까. 뭔지는 몰라도 남자의 방문이 노인 안에 있는 무언가를 자극한 건 분명했다.

정말 종잡을 수 없게 만드는 노인네네. 은수는 간만에 밥을 남김없이 비운 노인의 밥그릇을 보면서 그렇게 생각했다. 어떨 땐 넋이 나간 것 같다가 어떨 땐 멀쩡하고, 어떨 땐 금방이라도 죽을 것처럼 굴더니만 어떨 땐 살아보겠다고 기를 쓰는 것처럼 보이고.

그러는 넌 안 그래?

갑자기 머리를 스치고 지나가는 생각에 은수는 마음이 무거워졌다.

하긴 남의 말 할 처지가 아닐지도 모른다. 대체 나는 여기서 뭘 하고 있나? 기껏 큰 결심하고 간병인으로 들어왔는데, 어디서부터 뭘 어떻게 해야 할지 전혀 갈피가 잡히지 않는다. 며칠 지내다 보면 계획이 설 줄 알았는데 그러긴커녕 종잡을 수 없는 노인 옆에서 덩달아 우왕좌왕하고 있다. 심지어 때로는 노인한테 마음이 쏠리고 제멋대로 감정이입까지 하곤 하면서.

대체 뭘 하자는 거야.

은수는 자신이 더 한심한 존재가 된 것 같았다.

하긴 원래부터 자기애는 희박했지만, 지금은 스스로가 짜증스럽다 못해 혐오스러울 정도다. 태어나 처음으로 대담한 사고를 쳐버렸는데, 그래놓고 제대로 수습도 못 한 채 안절부절못하다니. 그래, 이렇게 노인한테 감정적으로 휘둘리지 말고 뭔가를 해야 해. 뭔가를……

문득 노인의 서재에서 발견한 열쇠가 생각났다. 입고 있던 청바지 호주머니에 손을 넣었다. 차가운 금속 물체가 피부에 닿았다. 계속 그 자리에 있어도 깨닫지 못하고 있었는데, 별안간 열쇠의 존재감이 묵직하게 느껴졌다.

어디에 쓰는 열쇠인지 점점 더 궁금해졌다. 지난 며칠간 살면서 둘러봐도 열쇠로 잠가둘 만한 귀금속 상자나 금고 같은 건 보이지 않았다. 그렇다면……

2층 자신의 방 맞은편 닫힌 방문이 떠올랐다. 특별한 용도가 없는 빈방이라고, 눈에 보이는 빤한 거짓말을 했던 명순의 당혹스런 표정도.

왜 이제껏 그 생각을 못 했을까. 어째서 줄곧 금고만 생각했을까.

이제라도 늦지 않았으니 오늘 밤 시험해보자고 은수는 결심했다. 명순도 집에 없고, 노인은 어차피 혼자선 2층에 올라올 수 없으니 들킬 염려도 없다. 노인이 잠자리에 든 다음 살짝 열어보면 결과를 알 수 있을 것이다. 만약 열쇠가 맞지 않는다면 그뿐인 거고.

은수는 손바닥 위 열쇠를 빤히 쳐다보았다. 열쇠가 얽히고 설켜 있는 감정들로 꽉 들어찬 제 마음속 문까지 열어주길 기대하면서.

노인은 열 시가 좀 넘어서 잠자리에 들었다. 은수는 잠시 거실에서 텔레비전을 더 보다가 2층으로 올라갔다.

닫힌 방문 앞에 서서 힐끗 아래층을 내려다보았다. 이미 불이 꺼진 1층은 어두컴컴했다. 절대로 노인이 낌새를 알아챌 우려는 없었다.

은수는 닫힌 방문 앞에 서서 열쇠 구멍에 열쇠를 집어넣어보았다. 마치 자신의 집에라도 온 것처럼 열쇠는 구멍 안에 자연스럽게 쏙 들어갔다. 열쇠를 오른쪽으로 돌려보았다. '달칵'

하는 소리가 들리더니 문이 열렸다. 이거였나. 이럴 줄 알았으면 진작에 열어볼 것을. 일이 너무 쉽게 풀리는 바람에 어쩐지 허탈하기까지 했다.

오랫동안 환기를 시키지 않아서 그런지 방 안 공기는 텁텁했다. 은수가 묵는 방보다 조금 더 컸다. 먼지가 여기저기 쌓여 있었지만, 한눈에도 잡동사니를 보관해 두는 창고는 아니라는 사실을 알 수 있었다. 책상과 옷장, 침대가 갖춰져 있는 걸로 보아 한때는 누군가가 이곳에서 생활했던 것 같았다.

미국에 갔다는 딸이 이 집에 살 때 쓰던 방일지도 몰랐다. 아닌 게 아니라 딱히 꼬집어 말할 순 없지만, 여자의 방이라는 게 느껴졌다. 노인은 혹시나 딸이 방문할 때를 대비해 쓰던 가구를 남겨둔 것일 수도 있다. 그렇다면 왜 감춰야 할 비밀이라도 된 것처럼 방문을 꼭꼭 닫아두고 있었을까. 명순은 왜 이 방에 대해 말하길 꺼렸던 걸까.

방 안을 휙 둘러보던 은수의 눈이 문득 벽면에 붙어 있는 포스터에 멈췄다. 지금은 활동이 뜸한, 몇 년 전 소녀팬들 사이에서 큰 인기를 끌었던 남성 아이돌 가수 그룹의 사진이었다. 은수가 중학교 다닐 때 같은 반 여자애들 가운데 3분의 1이 저 그룹의 팬이었기 때문에 딱히 연예인에 관심 없는 은수도 잘 알고 있었다.

노인의 딸이 저 그룹을 알 리가 없을 텐데? 은수는 혼란스러웠다. 정확히는 모르지만 노인의 나이를 생각했을 때 딸은 지금쯤 40대가 됐을 것이다. 40대 여성이 아이돌 그룹을 좋아하지 말란 법은 없지만, 그래도 벽에 포스터까지 붙여놓는 건 분명 평범하진 않다. 은수보다 몇 살 아래인 십 대들이나 할 법한 짓이다. 게다가 저 그룹은 딸이 미국에 건너가고 나서 훨씬 뒤에 데뷔했는데.

책상 위나 잠가두지 않은 서랍 안엔 아무것도 없었다. 책이나 문구 같은 게 있다면 방 주인의 나이대나 취향 따위를 짐작할 수 있을 텐데, 그야말로 텅 비어 있었다. 먼지가 부옇게 앉은 책상을 보니 꼼꼼한 명순조차 여길 자주 청소하진 않는 것 같았다.

옷장을 열어봐도 사용하지 않는 여름, 겨울용 이불만 보관돼 있을 뿐이었다. 주름 하나 잡히지 않은 깨끗한 시트가 깔린 침대 위에 홀로 덩그렇게 놓여 있는 핑크색 베개가 어쩐지 쓸쓸해 보였다.

은수는 침대 위에 털썩 걸터앉았다. 뭔가 석연치 않았다. 노인 혼자 사는 큰 집이니 남는 방이 있는 것 자체는 이상할 게 없지만, 굳이 이렇게 꽁꽁 문을 닫아두는 이유는 뭘까. 남들이 보면 안 되는 무언가가 존재한다는 뜻일까. 그건 그렇고 대체 이 방은 누가 쓰던 곳일까.

골똘히 생각하느라 오른손에 방 열쇠를 쥐고 있다는 사실을 잊고 있었다. 이마로 흘러내린 앞머리를 쓸어올리느라 쥐고 있던 주먹을 펴는 바람에 손에 있던 열쇠가 침대 프레임과 매트리스 사이 좁은 틈에 콕 박혔다. 은수는 그제야 아차 싶어 틈 속으로 손을 밀어 넣었다. 더듬는 손에 뭔가 이물감이 느껴졌다. 아무래도 거기엔 열쇠 말고도 다른 게 더 있는 것 같았다. 얄팍하고 편편한 무언가가. 은수는 틈새를 헤집어 쑥 끄집어냈다.

밑줄이 쳐 있는 학생 노트였다. 은수도 중고등학생 시절 교과목 노트로 사용했던 물건이다. 왜 이런 곳에 노트가 있는 걸까?

은수는 노트를 펼쳐보았다. 노트의 절반 정도 되는 분량까지 드문드문 글씨가 적혀 있었다. 글자 획이 동글동글한 것이 귀염성 있는 글씨체였다. 모양새가 딱 십 대 초중반 여자애들이 쓴 것 같았다.

오늘 방송에서도 정민 오빠는 짱 멋있었다. 나중에 정민오빠랑 꼭 결혼해야지.

날짜를 보니 6년 전, 은수가 중학교 1학년 때다. 정민 오빠라면 벽에 걸린 포스터 속 아이돌 그룹 멤버를 가리키는 건가? 그룹 안엔 그런 이름을 가진 미소년이 있긴 했다. 웬만한 여자애들보다 더 곱상하게 생긴 그를 은수는 그다지 좋아하지 않았지만.

일기장인가?

누군지는 몰라도 일기를 쓴 사람은 이 당시 중학생, 혹은 고등학생이었을 것이다. 그러면 아마 지금쯤 은수 또래가 됐겠지. 이 방의 주인이었을까? 은수는 노트를 뒤로 후르륵 넘겨 보았다.

학교에 못 간 지 너무 오래됐다. 다들 걱정하고 있을까. 설마 벌써 날 잊어버린 건 아니겠지?

아까 또래 아이들 감성으로 오빠가 멋지네 어쩌네 할 때와는 달리 일기장 주인은 기분이 꽤 가라앉아 보였다. 이 아이, 무슨 이유에선가 오랫동안 등교를 하지 못한 모양이다. 은수는 갑자기 호기심이 동했다.

엄마, 아빠가 보고 싶다. 특히 엄마가. 어제 꿈속에서 엄마를 봤다. 얼마나 지나면 엄마를 만날 수 있을까?

은수는 갑자기 심장 고동이 빨라지는 걸 느꼈다. 중간중간 내용을 건너뛰고 제일 마지막 일기가 적힌 페이지를 찾아갔다. 적힌 건 단 한 줄이었다.

죽기 싫어.

꾹꾹 눌러쓴 글씨체는 눈물인지 뭔지 모를 물기에 젖어 살짝 번져 있었다. 일기는 거기서 갑작스럽게 끝이 났다.

은수는 당혹스러웠다. 난데없이 죽기 싫다니. 그 이후에 일기를 쓰지 않은 건…… 설마 정말 죽어서 그런 건 아니겠지?

다시 일기장을 펄럭펄럭 넘겨 보았다. 그러면 뭔가 단서라도 더 찾을 수 있다는 듯이. 자세히 보니 노트 사이에 카드 같은 게 하나 끼워져 있었다. 은수는 카드를 펼쳤다.

연수야, 중학교가 다른 곳으로 배정되면 어떡하나 걱정했는데, 같은 은광중학교로 오고, 반까지 같아서 정말 다행이야. 2학년 때도 같은 반이 돼서 친하게 지내면 좋겠다. 생일 축하해! 친구 혜진이가.

은수의 시선이 '연수'라는 이름에 한참 동안 머물렀다. 귀에 익은 이름이었다. 이미 노인에게서 두 차례나 들은 적 있으니까.

그 아이가 죽은 건 내 탓이 아니야.

한밤중에 은수가 들었던 노인의 낮고 탁한 목소리가 되살아났다. 혹시 '그 아이'가 연수였을까? 연수는 일기장 마지막에 죽기 싫다고 썼다. 그렇다면, 자신의 생명이 위태롭다는 걸 감지하고 있었던 건지도 몰랐다.

그 아이와 닮았네.

처음 본 날 노인은 은수에게 그렇게 말했다. 은수의 가슴에 묘한 불안감이 번지기 시작했다. 노인이 자신을 고용한 건 뭔가 꿍꿍이가 있어서였을지도 모른다는 생각이 들었다. '그건 범죕니다!'라고 했던 남자의 목소리, 집을 나서면서 묘한 시선으로 은수를 바라보던 눈빛이 빠르게 머리를 스쳤다.

시간이 꽤 흘렀을 텐데도 은수는 좀처럼 카드에서 눈을 떼지 못했다. 제일 아랫부분에 적힌 날짜는 지금으로부터 7년 전이었다. 7년 전에 중학교 1학년이었으면 연수는 자신보다 한 살이 더 많다. 지금쯤 연수라는 아이는 어떻게 됐을지 문득 궁금해졌다. 살아있긴 한 걸까.

은수는 호주머니에서 핸드폰을 꺼내 카카오톡에서 정우와의 대화창을 찾아냈다. 은수가 일부러 무시하고 있는 동안 정우가 보낸 메시지가 열 개도 넘게 쌓여 있었다.

이젠 좀 익숙해졌냐? 어떻게 할지 정했어?

야, 카톡 좀 확인해라. 뭐 한다고 바빠서 며칠째 확인도 안 하냐.

야, 정은수! 너 일부러 내 메시지 씹는 거야, 뭐야?

일일이 읽지 않아도 정우가 보낸 메시지는 대충 다 예상한 내용이었다. 은수는 핸드폰을 손에 들고 잠시 망설였다. 더는 정우와 깊이 얽히기 싫었지만, 그 말고는 달리 부탁할 사람도 없었다. 마침내 결심한 듯 은수가 대화창에 메시지를 입력했다.

이 사람 좀 조사해줘.

7년 전 은광중학교 1학년생. 이름은 연수. 성은 모르고, 성별은 아마도 여자.

조금 생각해본 뒤 은수는 한 줄을 덧붙였다.

노인이랑 관련된 거야. 어쩌면 뭔가 엄청난 게 있을지 몰라.

이러면 정우 오빠도 나 몰라라 하진 않겠지. 필요할 때만 연락한다며 화낼 수는 있지만, 그래도 일단 발을 들인 이상 간단히 포기하려 들진 않을 것이다. 은수는 그렇게 확신했다.

방을 나서기 전, 은수는 방을 휙 둘러보았다. 아무도 누군가 여기 들어왔다는 걸 알아채지 못할 것이다. 일기장이 꽂혀 있던 틈새를 헤집어보고 그곳에 있던 일기장이 사라졌다는 걸 확인하지 않는 한.

은수가 열쇠로 방문을 단단히 잠그자, 닫힌 방이 품은 비밀이 하나 더 늘어났다.

5

희망보육원
이정우

'6, 12, 19, 23, 34, 42'

지난주 로또 당첨 번호를 조회하곤 정우는 벽에 머리를 기댄 채 '휴우' 길게 한숨을 내쉬었다. 이번에도 역시 당첨 행운은 정우를 비껴갔다. 이렇게 매주 꼬박꼬박 사는데 적어도 한두 개 정도는 맞아줘야 하는 거 아닌가. 로또로 인생 역전했다는 사람들 이야기가 들리는 걸 보면 어디선가는 매주 1등이 나오고 있을 텐데. 그런 행운은 자신과는 거리가 먼 것 같았다.

하긴 부모 복도 지지리 없는 주제에 언감생심 로또는 무슨 로또.

갑자기 허탈해져서 담배를 끄집어내 입에 물려다 그만뒀다. 담뱃갑 안에 담배가 고작 세 개비 남아 있었다. 담뱃값도 올랐는데 이런 데다 무작정 돈을 쓸 순 없다. 그렇지 않아도 돈 나갈 곳이 한두 군데가 아닌데. 당장 지금 사는 한 평 남짓한 고시원 월세 낼 날도 다가오고 있다. 두루마리 휴지며, 세탁 세제 같은 생필품도 재고가 간당간당 바닥을 드러내려는 중이다. 게다가 현철 형한테도 조만간 답해야 한다. 정우는 머리를 감싸쥐고 손에 쥔 담뱃갑만 하릴없이 우그러뜨렸다.

세상에 공짜는 없다. 가는 게 있으면 오는 것도 있어야지. 안 그래?

파충류처럼 차가운 현철의 눈빛을 생각하니 정우는 가슴이 답답해졌다. 결국 참으려던 담배를 꺼내 라이터로 불을 붙였다. 공중에 몇 모금 연기를 뿜고 나니 심란했던 가슴이 조금은 진정되는 것 같았다.

정우는 스마트폰으로 온라인 구인구직 사이트를 다시 한번 클릭했다. 마트 경리/배달 직원, 기계 부품 회사 생산 직원, 창고 관리 직원······. 딱히 정우의 관심을 끌 만한 일은 없었다. 게다가 지원서를 내서 운 좋게 면접까지 가더라도 채용까지 이어질 확률은 그리 높지 않다는 걸 정우는 경험상 알고 있었다.

군엔 언제 입대할 건데?

면접에서 빠지지 않고 나오는 질문이었다. 고용자 입장이라면 당연히 궁금할 수밖에 없다. 기껏 사람을 뽑아놨는데 몇 달 근무하다 쓸 만하니 군대에 간다면 난처해질 테니까. 하지만 군 면제자라고 하면 대번에 미심쩍다는 표정이 나왔다. 겉보기엔 멀쩡해 보이는데 알고 보면 무슨 이상이라도 있는 건가, 군대도 못 가는 몸으로 일이나 제대로 할 수 있으려나 의심하는 것이다.

정우가 '보육원에서 5년 이상 살아서요'라고 대답하면 놀라움과 동정이 뒤섞인 표정으로 바뀌곤 했다.

아, 그런 규정이 있나? 미처 몰랐네.

그들은 당황스러워하며 그렇게 얼버무렸다. 병역법 65조와 병역법 시행령 136조에 따르면, 부모가 모두 13세 이전에 사망하고 민법상 부양해줄 가족이 없거나, 아동양육시설 등에 5년 이상 생활한 사람은 전시근로역 처분을 받을 수 있다. 전시근로역은 현역 복무뿐만 아니라 예비군 훈련도 없기 때문에 사실상 군 면제나 마찬가지다. 평범한 대한민국 남자라면 굳이 알 필요가 없는 정보였다. 하지만 정우는 그 '평범'의 카테고리에서 벗어나 있다. 그래서인지 면접을 보고 나서 채용 연락이 온 건 세 손가락에 꼽을 정도였다.

언젠가 면접을 마치고 건물 뒤편에서 담배를 피우는데, 면접관으로 들어왔던 남자가 동료에게 하는 얘기를 들은 적이 있었다.

……아무래도 고아는 뭔가 찝찝해서 말이야. 어디서 어떻게 굴러먹다 왔는지 모르잖아.

순간적으로 피가 거꾸로 솟는 것 같았지만, 그렇다고 따질 수도 없었다. 어차피 세상 사람들 눈에 비친 '고아'는 저자가 생각하는 것과 크게 다르지 않았다. 어쩌면 화를 내는 게 무의미할지도 몰랐다. 정우는 눈에 띄지 않도록 몰래 그 자리를 빠져나왔다.

역시나 휴대전화 대리점 직원이 딱 좋았는데.

정우는 담배 연기를 길게 뿜어냈다. 기기의 성능과 요금제를 설명할 때마다 마치 외계어를 듣는 것 같은 표정으로 멍하니 자신을 쳐다보던 노인 고객이나, 반대로 무슨 심문관이나 된 것처럼 온갖 것을 꼬치꼬치 캐묻던 20대 고객을 상대할 때면 다소 피로감을 느끼기도 했지만, 본래부터 기계에 흥미가 있어서인지 정우는 그 일이 싫지 않았다. 하지만 몇 달 전 자신의 의지와 무관하게 일을 관둘 수밖에 없었다. 대리점 사장이 정우가 고객들의 개인 정보를 몰래 빼돌리고 있다는 사실을 눈치챘기 때문이다.

솔직히 너한테 굉장히 실망했다.

정우에게 그렇게 말할 때 사장의 눈빛은 어쩐지 슬퍼 보였다. 차라리 경멸이나 혐오감 섞인 태도를 보였더라면 견디기 쉬웠을 텐데. 정우는 사장의 눈을 똑바로 쳐다볼 수가 없었다.

원래대로라면 형사적 책임을 물어야 했겠지만, 같은 밥 먹고 지낸 사이에 차마 그렇게까진 못하겠었는지 사장은 사직

서로 마무리하자고 먼저 제안했다.

정우는 사장의 말대로 다음날 오전 사직서를 제출했다.

직원들 일에 딱히 관심이 없는 것 같았던 그가 어떻게 자신의 범행을 알아냈을까. 어쩌면 무심함을 가장한 채 지켜보고 있었는지도 모른다. 지나고 보니 그가 아침밥을 먹지 않은 자신에게 아무렇지 않게 삼각김밥을 건네거나, 감기몸살로 열이 오를 때 빨리 퇴근시키기도 하며 소소하게 배려해 주고 있었다는 사실을 깨달았다. 그랬는데 정우는 그 사람을 실망시켜버렸다. 배신해버렸다.

이미 몇 달이나 지난 일인데도, 돌이켜 보니 씁쓸했다. 정우는 몇 번 빨지도 않은 담배를 재떨이에 신경질적으로 비벼서 꺼버렸다. 그 바람에 새것이나 마찬가지인 담배가 몸통 한가운데가 툭 부러진 채 재떨이 위에 팽개쳐졌다. 정우는 어쩐지 그 모습이 자신과 닮았다고 생각했다. 시작하기도 전에 꺾여버린 자신의 인생도 저 담배 개비만큼 초라하고 안쓰러웠다.

만약 그 일이 없었으면 지금쯤 인생이 어떻게 달라졌을까. 쓸데없는 일인 줄 알면서도 정우는 자주 보육원을 나온 날을 떠올렸다.

정우 또래 중에는 보육원을 나오는 걸 엄청나게 두려워하는 애들도 있었다. 만 18살이 되자마자 초라하지만 안전한 둥지를 떠나야 하는 현실이 버거웠던 것이다. 보육원 출소를 앞둔 한 아이가 높은 건물 옥상에서 뛰어내려 목숨을 끊었다는 것도 뉴스에서 본 적이 있다.

하지만 정우는 그런 아이들이 이해가 되지 않았다. 정우에게 보육원은 감옥이나 마찬가지였다. 밥 먹는 시간, 잠자는 시간이 다 정해져 있고 규칙을 어길 때마다 선생님들의 잔소리가 끝없이 이어졌다. 고등학생이 된 뒤 소위 '불량 청소년'들과 어울려 다닌 것도 어쩌면 그런 갑갑한 현실에서 벗어나고 싶어서였을 것이다.

수업을 땡땡이치고 낮부터 친구들과 어울려 술을 마시거나 오락실을 전전할 때, 정말 아무것도 아닌 이유로 주먹질을 하고 패싸움을 벌일 때 정우는 일종의 해방감을 느꼈다. 학교 선생님에게 꾸지람을 듣거나, 보육원 선생님이 학교에 불려 오는 일도 종종 있었지만, 누구도 관심 가져주지 않던 자신을 그제야 돌아봐 주는 건가 싶어 오히려 묘한 쾌감까지 느꼈다. 기왕에 꼬리표가 달릴 바에야 '고아'라는 처량한 꼬리표보다 '불량 청소년'이라는 꼬리표가 더 멋있어 보였다.

정우가 '정신을 차렸다'는 소리를 들은 건 보육원 출소를 앞둔 시점이었다. 드디어 감옥을 나가게 됐는데, 계속 지금처럼 아무렇게나 살 순 없다는 생각이 들었다. 이 지긋지긋한 곳에서 나가 새 출발을 하고 싶었다. 보란 듯이 홀로서기에 성공하고 싶었다.

그랬는데……

그날 보육원 문 앞엔 재혁이 기다리고 있었다.

정우보다 다섯 살 많은 재혁은 5년 먼저 '희망보육원'을 퇴소했다. 정우와 달리 보육원 선생님한테 꾸중 한번 들은 적 없는 성실하고 착실한 재혁은 처음엔 자립에 어려움을 겪었던 모양이지만, 이젠 렌트카 회사에 취업해 안정된 생활을 하고 있다고 했다.

보육원에 같이 있을 때는 별로 친하지 않았는데, 최근 몇 달 사이 정우는 재혁과 부쩍 가까워졌다. 스승의 날에 선생님들에게 인사드리러 보육원을 찾아온 재혁이 출소를 앞둔 정우에게 이런저런 상담을 해준 게 계기가 됐다.

"기분이 어때?"

재혁은 정우를 보고 씨익 웃었다. 평소엔 차가운 인상인데, 양쪽 눈가에 주름이 잡히게 활짝 웃으면 서글서글한 호인 같았다.

"생각보다는 별거 없네요."

정우가 솔직하게 대답했다. 그토록 나가고 싶어 했는데, 좀 허탈하기까지 했다. 재혁이 또다시 사람 좋아 보이는 웃음을 지었다.

"그러냐. 일단 점심이라도 먹자."

재혁이 정우를 데려간 곳은 동네 어귀의 허름한 중식당이었다. 재혁은 '외관은 좀 그래도 중국인이 하는 곳이라 맛은 좋아'라면서 탕수육과 깐풍기를 시켰다. 주문을 마치고 재혁은 정우에게 핸드폰을 내밀었다.

"기기는 저렴한 거 찾느라 완전 최신은 아니고."

정우는 반색을 하며 핸드폰을 받아 들었다. 휴대전화 개통은 자기 같은 보호종료아동들이 겪는 제일 큰 골칫거리 중 하나다. 만 18살이 되면 보육원을 나와야 하는데, 휴대전화는 만 19세가 돼야 개통할 수 있기 때문이다. 보육원 선생님의 도움으로 당장 살 월세방은 구해놨지만, 핸드폰 없이 일자리를 구하긴 어려웠다.

보육원을 찾아온 재혁에게 고민을 털어놓자, 재혁은 흔쾌히 '내 명의로 개통해 놓을게'라고 했다. 같은 처지끼리 돕고 살아야 하는 거 아니냐면서.

"네 명의로 변경하기 전까지 당분간은 매달 이용료랑 기기 할부금은 나한테 보내."

정우는 재혁에게 꾸벅 고개를 숙였다. 이렇게 여러모로 신경 써주다니 마음이 뭉클했다. 역시 사정을 속속들이 다 아니까 남의 일 같지 않은가 보다.

"근데 앞으로 무슨 일할 거냐?"

재혁이 앞접시에 탕수육을 덜어주며 물었다.

"딱히 자격증이 없어서…… 오토바이 택배기사 같은 걸 알아보려구요."

"오토바이 면허도 만18세 이상 돼야 따는 거지?"

"조만간 시험 보려고요."

사실 자격증만 없다뿐이지 예전에 친구들과 어울리며 숱하게 타봐서 오토바이 정도는 눈 감고도 탈 수 있었다. 하지만 재혁에게 그런 말을 해봤자 괜히 이미지만 나빠질 것 같아 정우는 자세한 설명은 하지 않았다.

"아, 마침 잘 됐다. 친구 녀석이 중고 오토바이 처분한다고 알아보던데 내가 한번 말해볼까? 시중에서 파는 것보다 싸게 살 수 있을 거야."

"그러면 저야 좋죠."

시작부터 술술 풀리는 게 정우는 자신의 앞날에 희망 신호가 들어온 것 같았다. 아직 갈 길은 멀지만 이렇게 하나하나 해결해 가다 보면 분명 빠른 시일 내 자립할 수 있을 거라는 자신이 생겼다. 그러면 구질구질한 과거랑은 영영 안녕이다.

"야, 누가 보면 너랑 나랑 엄청나게 나이 차가 많은 줄 알겠다. 뭘 그렇게 꼬박꼬박 존댓말을 쓰냐. 앞으로 편하게 말 놔."

재혁의 말에 정우는 머쓱해져서 씩 웃었다. 따끈따끈한 탕수육을 집어 들면서 오랜만에 마음이 따스해지는 걸 느꼈다.

며칠 뒤 재혁이 정우를 찾아왔다. 예의 오토바이 거래 건 때문이었다. 급전이 필요한 재혁의 지인은 시세보다 꽤 저렴하게 가격을 불렀다. 사진을 통해 오토바이 상태와 사양을 확인하자 정우는 그 가격에 살 수 있다면 절대 손해는 아니라고 생각했다.

구매 의사를 밝히자, 재혁은 친구를 소개해 주겠다고 했다. 셋이 만난 자리에서 정우가 재혁의 친구에게 현찰을 주고 오토바이를 넘겨받기로 이야기가 됐다. 친구 사정으로 약속은 평일로 잡고 재혁이 점심시간을 빼서 정우와 동행하기로 했다.

함께 약속 장소로 가고 있는데, 재혁의 핸드폰이 울렸다. 대화 내용을 들어보니 재혁이 일하는 렌터카 사무실에서 온 전화인 것 같았다. 통화를 끝낸 재혁은 난감한 표정이었다.

"어떡하냐. 담당 고객이 교통사고가 나서 지금 곧장 사무실에 가봐야 할 것 같은데."

"그래요? 그럼 약속을 다른 날로 미룰까요?"

"약속 시간 15분 전에 취소하긴 좀 그렇잖아. 그냥 네가 먼저 만나고 있어. 내가 상황 보고 합류할 수 있으면 다시 올게."

정우는 알겠다고 했다. 약속 장소는 그리 멀지 않은 곳이었다. 재혁의 친구가 산다는 한적한 주택가 골목. 그곳에 정우가 사겠다고 한 오토바이가 주차돼 있을 거라고 했다. 재혁은 사무실로 출발하기 전에 정우에게 오토바이 열쇠를 건넸다.

"그 자식 스케줄이 들쭉날쭉해서 어쩌면 좀 기다려야 할지도 몰라. 혹시 자기가 많이 늦으면 먼저 타보고 있으라고 열쇠도 맡겼는데, 계속 안 오면 먼저 한번 몰아보고 있든지."

"그래도 돼요?"

"안 될 게 뭐 있냐. 타봐야 이상이 있는지 없는지 알 거 아냐."

정우는 아무런 의심 없이 열쇠를 받아들었다. 재혁의 친구라는 사람은 대체 무슨 일을 하기에 그렇게 일정을 예측할 수 없는 건지 궁금하긴 했지만, 그건 딱히 정우가 알 바 아니었다. 그보다는 재혁이 안절부절못하고 있는 게 걱정스러웠다. 재혁은 한시바삐 사무실로 가야 하는 것처럼 보였다. 늘 침착했던 그가 저렇게 허둥지둥하는 걸 보면 꽤 긴급 상황인 것 같았다.

정우는 혼자 오토바이가 주차된 장소로 갔다. 주택가라더니 인적이 드문 으슥한 골목이었다. 낮에도 오가는 사람이 거의 없을 것 같았다. 이런 곳에 주택가가 있나, 싶어 정우는 주변을 둘러보았다. 저만치 오래된 다세대 빌라 건물 몇 개가 보이긴 했지만, 주택가라고 부르기엔 빈약했다. 하지만 그런 거야 아무래도 좋았다. 재혁의 말대로 오토바이가 주차돼 있었으니까.

정우는 오토바이를 꼼꼼히 살펴보았다. 사진에서 봤던 대로 거의 새것이나 마찬가지였다. 긁힌 자국이나 흠도 없었다. 이런 물건을 중고로 팔려고 내놓다니 좀 아깝다는 생각마저 들었다. 하지만 주인한테도 사정이 있겠지. 덕분에 자신은 거저나 다름없는 가격에 오토바이를 살 수 있는 거고. 곧 저 오토바이를 손에 넣을 수 있다고 생각하자 절로 콧노래가 나왔다.

친구는 예상했던 것처럼 꽤 늦을 모양이었다. 정우가 오토바이 옆에서 서성거리는 동안 약속 시간은 벌써 20분을 넘겼다. 재혁에게 전화해볼까 하다가 그만뒀다. 지금쯤 사무실에 막 도착해 사고 뒷수습을 하느라 한창 바쁠 것이다.

오토바이라도 타고 있을까. 이렇게 계속 멍하니 서서 기다리느니 차라리 그편이 나을지도 모른다. 일면식도 없는 사람한테 타보라고 열쇠를 맡기다니 그 친구라는 사람도 어지간히 배짱이 좋다, 싶었지만 생각해보면 크게 이상할 일도 아니었다. 중간에 서로 잘 아는 사람이 껴 있으니, 돈을 떼이진 않을 거라 여겼을 것이다.

정우는 잠시 망설이다가 들고 있던 열쇠를 꽂고 오토바이 시동을 걸었다. '부릉부릉' 엔진 소리가 시원하게 들렸다. 겉보기와 마찬가지로 성능도 이상이 없는 모양이었다. 이대로 동네라도 한 바퀴 돌고 올까, 그사이 주인이 오면 정우가 시험 운전하는 모양이라고 생각하고 기다리겠지. 막 핸들을 돌리려는데 근처에서 킬킬거리는 웃음소리가 들렸다.

"하, 이것 봐라. 환한 대낮에 노상에 있는 물건을 당당하게 도둑질 한다? 간이 배 밖으로 나온 새끼네."

정우는 깜짝 놀라 돌아보았다. 어디서 나타났는지 덩치 큰 남자 넷이 몰려와 오토바이를 빙 에워쌌다. 나이는 모두 자신보다 너덧 살 많아 보였다. 한눈에도 인상이 불량했다. 행동거지도 껄렁껄렁했다. 학창시절 자신이 잠시 어울렸던 멤버들이 그대로 나이를 먹으면 저렇게 될 것 같았다. 아니, 그보다 더 안 좋아 보였다.

"뭔가 오해가 있는 것 같은데요. 도둑질이 아니라……."

정우가 애써 아무렇지 않은 척 설명하려는데, 팔뚝에 얼룩덜룩한 문신을 한 남자가 말을 가로막았다.

"훔친 열쇠로 남의 오토바이에 앉아 시동 거는 게 도둑질이 아니면 뭔데?"

"훔친 게 아니라 아는 형한테 받았어요."

"하, 그래? 공범이 있으시다?"

"그러니까, 훔친 게 아니라니까요! 아는 형이 소개해 줘서 형 친구 오토바이를 사기로 했는데……."

문신을 한 사내가 코웃음을 쳤다.

"나는 오토바이 팔기로 한 적 없는데?"

"네?"

정우는 한순간 말문이 막혔다.

"통 말귀 못 알아듣는 새끼네. 오토바이 주인인 내가 팔려고 한 적이 없는데, 지금 무슨 헛소리를 하고 자빠졌냐고."

정우의 머릿속이 하얘졌다. 뭔가가 잘못돼도 크게 잘못된 것 같았다. 아냐, 그럴 리 없어. 저것들이 단순히 공갈 협박하는 걸 수도 있어. 주인 없는 틈을 타 나한테 시비를 걸려는 걸 수도 있다고. 정우는 지지 않으려고 목소리에 힘을 줬다.

"오토바이 주인이라고? 그럼 증거를 대보든지."

순간 탁, 소리가 들렸는데 뒤통수가 얼얼했다. 에워싼 남자들 가운데 하나가 뒷머리를 후려갈긴 모양이었다. 다시 킬킬거리는 웃음소리가 들렸다.

"도둑놈이 맹랑하네, 증거? 자, 여기 있네. 네 눈깔로 똑똑히 봐라, 이 증거."

문신한 남자가 기다리고 있었다는 듯 차량등록증과 주민등록증을 정우 앞에 내밀었다. 등록증에 적힌 이름과 번호판, 주민등록증에 나온 이름이 일치했다. 어떻게 이런……

"할 말 있으면 경찰서 가서 하자고. 저기 CCTV가 찍고 있으니까 빼도 박도 못해."

머리를 바짝 깎은 남자가 전봇대 뒤 CCTV를 가리켰다.

카메라에 찍힌 영상만 보면 자신이 도둑으로 몰릴 법했다. 그래도 그때까지 정우는 한 가닥 희망을 놓지 않았다. 저런 서류 정도야 얼마든지 위조할 수 있다. 오토바이를 훔치려 한 게 아니라는 사실은 재혁이 확인해줄 것이다.

"작정하고 나한테 사기 치려는 모양인데, 잠깐 기다려봐. 증인도 있으니까."

정우는 얼른 핸드폰을 꺼내 재혁의 번호를 눌렀다. 연결음이 한 번 울리자마자 재혁이 전화를 받았다. 정우가 형, 하고 부르기도 전에 재혁은 '미안하다'는 말부터 꺼냈다. 울음기 섞인 그의 목소리에 정우는 그대로 얼어붙고 말았다.

"너한테는 너무 미안한데, 나도 어쩔 수 없었어. 사기를 당해서 빚을 졌는데, 이번에도 못 갚으면 사채업자들이 그냥 두지 않겠다고……."

"……."

"능력이 안 된다고 했더니 아는 사람을 통해서라도 갚으라고……."

정우는 서서히 사태가 파악되기 시작했다. 저 남자들과 재혁은 한통속이었다. 처음부터 덫을 만들어놓고 걸려들기만 기다리고 있었던 거다. 재혁이 열쇠를 건네준 것도, 갑자기 사정이 생겼다며 먼저 돌아간 것도 전부 계획의 일부였다. 인적이 드문 골목에 CCTV에 찍힐 위치를 고려해 오토바이를 주차해놓은 것도 그래서였다. 하지만 한 가지 이해가 안 가는 게 있었다. 어째서 하필이면 나를 선택한 거지?

"왜! 왜 나예요?"

정우의 귀에 들린 자신의 목소리는 꽉 잠겨 있었다.

"형, 나 돈 없어요. 내 처지 다 알면서 어떻게 이럴 수 있어요?"

수화기 건너편에선 아무런 말이 없었다. 몇 초가 흘렀다. 재혁이 다시 입을 열었을 때 그 목소리엔 아무런 감정도 담기지 않았다. 마치 기계 음성 녹음을 재생한 것 같았다.

"정착 지원금."

"……뭐?"

"정착 지원금 나왔을 거 아니냐고. 한 800만 원 되지?"

그거였나……. 정우는 허탈감이 밀려들었다. 재혁이 친절하게 대해줬던 건 다 그 돈 때문이었다. 자신의 처지를 잘 아니까 믿고 의지할 수 있으리라 생각했는데, 사정을 속속들이 다 알고 있는 상대에게 정우는 더없이 손쉬운 먹잇감이었다. 역시 세상은 그렇게 만만한 곳이 아니었다. 정우는 힘이 쭉 빠졌다.

사채업자들은 경찰서에 가지 않는 대신 합의금 조로 500만 원을 요구했다. 정우는 이가 갈렸지만 어쩔 수 없었다. 원래 살던 방의 보증금을 빼서 합의금으로 건네고, 월세 25만 원 고시원으로 옮겼다. 재혁은 그 후 연락이 끊겼다. 전화를 걸면 결번이라는 음성 메시지만 흘러나왔다. 다닌다던 렌터카 회사는 그만둔 지 오래였다. 재혁의 행방을 아는 사람들도 없었다. 재혁이 자신의 명의로 들어놓았다고 했던 정우의 핸드폰 역시 얼마 지나지 않아 사용이 중지됐다.

정우는 사람이 한 해, 한 해 나이를 먹지 않는다는 사실을 알게 됐다. 어느 한순간에 수십 살씩 나이를 먹어버리기도 한다. 그 일을 겪고 나서 정우는 자신이 갑자기 나이 들어버렸다고 느꼈다. 나이가 들면 즐거운 일도, 삶에서 기대하는 것도 없어진다고 했다. 인생의 쓴맛을 충분히 봐서 희망도 사라진다고 했다. 만약 그게 늙어가는 거라면 정우는 자신이 이미 일흔 살 노인이 되어버린 것 같았다.

은행 잔고는 하루가 다르게 줄었다. 월세, 통신비, 식비, 교통비……. 사람이 사는 데 이렇게 돈이 많이 든다는 사실을 보육원에 있을 때는 미처 몰랐다. 처음 출소할 때는 정착 지원금을 받고 부자가 된 것 같았는데, 알고 보니 그 돈이 자립하기엔 형편없이 부족하다는 사실을 뒤늦게 깨달았다. 게다가 그중 500만 원은 재혁한테 휘말린 탓에 이미 날려버렸다. 일자리도 찾기 전에 돈까지 다 떨어지면 어떻게 하나 싶어 밤에 잠도 오지 않을 지경이었다. 그러다 불행인지 다행인지 우연히 준현을 다시 만났다.

하도 되는 일이 없어 한낮에 동네 PC방에서 게임을 하며 시간을 죽이고 있는데, 누가 자신의 어깨를 툭 치며 아는 척을 했다. 돌아보니 정우와 비슷한 나이 또래 남자가 자신을 보며 짓궂게 웃고 있었다. 정우가 한창 엇길로 나갔던 시절 같이 어울려 다녔던 준현이었다.

정우는 처음엔 그를 금방 알아보지 못했다. 고등학교 때까지만 해도 키가 그리 크지 않고 소년처럼 앳된 인상으로 남아 있었는데, 못 보던 사이 키와 덩치도 커지고 얼굴도 완전히 성인 티가 났다.

"세상 참 좁네. 어쩌다 이런 곳에서 다 만나냐."

준현의 말에 정우는 기억을 더듬었다. 둘이 마지막으로 본 게 언제더라. 고3 올라가기 전 겨울방학 때였던가. 그 무렵 정우는 패거리로 몰려다니던 친구들과 서서히 거리를 두기 시작했다. 준현도 비슷한 시기에 자퇴서를 냈다고 들었다. 자세한 사정은 정우도 들은 바 없었다. 걸핏하면 엄마와 그에게 손찌검해대는 의붓아버지를 지독하게 증오했다는 건 기억했다. 한시바삐 집을 떠나고 싶어 했으니 아마 그 이유도 있지 않을까 어렴풋이 짐작할 뿐이었다.

준현은 학교를 그만둔 뒤 아는 형의 일을 도와주고 있다고 했다. 무슨 일이냐고 묻자 '뭐 그냥 이것저것 잡심부름 같은 거지'라고 얼버무렸다. 고등학교 중퇴 학력으로 할 만한 일이 빤하기에 정우도 더는 캐묻지 않았다. 어쩐지 남들에게 떳떳하게 밝힐 만한 일은 아닐 거라는 느낌이 들었지만, 백수인 자신이 준현보다 딱히 나을 것도 없었다.

몇 차례 함께 밥을 먹고 술을 마신 뒤 정우는 준현에게 돈 좀 빌려줄 수 없냐고 넌지시 떠봤다. 학창 시절에 어울려 다녔다고는 하나 친하다고 할 사이는 아니라 그런 말을 꺼내는 게 창피했지만, 수치심 따위에 신경 쓸 때가 아니었다. 게다가 소지품이나 돈 씀씀이로 미뤄 보아 준현은 경제적으로 쪼들리는 상황은 아닌 것 같았다.

"야, 나도 간신히 밥 안 굶는 정도야. 여윳돈 같은 거 없어."

어렵게 말을 꺼냈지만 준현은 어이가 없다는 듯 픽 웃었다. 역시나 무리한 부탁이었다. 하긴 한눈에 봐도 형편도 안 좋아 보이고 언제까지 갚겠다는 보장도 없는 자신에게 선뜻 돈을 빌려주려는 바보는 없을 것이다. 처지를 바꿔놓고 보면 자신의 반응도 준현과 다르지 않았을 것이다. 하지만 그렇다고 실망스럽지 않은 건 아니었다. 준현이 그런 정우의 기분을 눈치챘는지 서둘러 덧붙였다.

"네가 정 급하면 형님한테 한번 부탁해 볼게. 동생들 잘 챙겨주는 사람이니까 나 몰라라 하지는 않을 거야."

'형님'이라는 건 아마 준현이 모시는 상사를 가리키는 것 같았다. 큰 기대는 하지 않았지만, 그래도 이렇게 말해주는 것만 해도 어디냐 싶어 정우는 고맙다고 했다. 며칠 뒤 준현에게서 연락이 왔다. 현철 형님이 자신을 만나보고 싶어 한다는 거였다.

준현의 소개로 만난 현철은 인상이 거칠고 무뚝뚝해 보이는 남자였다. 코가 기묘한 각도로 조금 휘어져 있는 걸 보니 아마 한두 차례 부러졌던 모양이었다. 입술 주변엔 하얀 흉터 자국이 희미하게 남아 있었다. 좋다고 할 수 없는 실력으로 서둘러 꿰맨 것 같았다.

현철이 정우를 관찰하듯 유심히 바라보았다. 정우에겐 그게 먹잇감을 감별하는 파충류처럼 보였다. 현철을 직접 만나고 보니 준현이 뭔가 꺼림칙한 일에 발을 담그고 있을지 모른다는 의심은 확신으로 굳어졌다. 범상치 않은 외모, 사용 용도도 불분명한 으슥한 사무실 건물, 그 주위를 어슬렁거리는 덩치 큰 한 무리의 남자들은 아무리 호의적으로 보려 해도 건실한 사람들 같지 않았다.

"준현이한테서 말은 많이 들었다."

현철은 인사 대신 그렇게 말했다. 정우는 준현이 현철에게 자기를 뭐라고 소개했을지 궁금했다. 학창시절 문제아? 아니면 보육원 출신 사회 부적응자?

"돈 때문에 쪼들린다고. 젊은 친구가 고생한다니 모른 척할 수는 없지. 이거라도 받아."

현철이 두툼한 봉투를 하나 건넸다. 정우는 어리둥절하며 봉투를 받아들었다. 안을 들여다보니 만원짜리 지폐가 잔뜩 들어 있었다. 자세히 세어 보진 않았지만, 저 정도라면 몇 달 치 생활비는 족히 될 것 같았다.

"가, 감사합니다. 하지만 언제 갚을지도 모르는데……."

자신을 보자고 할 때 기대를 안 한 건 아니지만, 그래도 예상을 훨씬 뛰어넘는 액수에 정우는 저도 모르게 말까지 더듬었다.

"신경 쓰지 말고 형편 되는 대로 천천히 갚도록 해. 내가 그렇게 야박한 놈은 아니니까."

정우는 현철에게 꾸벅 고개를 숙였다. 보기와 달리 제법 너그러운 사람 같았다. 세상이 '고아'에 대한 선입견을 갖고 있는 것처럼 어쩌면 자신 역시 현철의 외모만 보고 선입견을 가졌던 모양이라고 생각했다. 설령 현철이 조폭이나 전과자라 하더라도 그런 건 중요하지 않았다. 지금 자신에게 손을 내밀어주는 이는 저 사람밖에 없으니.

"다들 서로 도와가며 사는 거야. 혹시 아나. 나중엔 내가 너한테 도와달라고 할 일이 생길지."

현철이 슬며시 웃었다. 웃으니 입꼬리가 말려 올라가면서 상처 부분이 기괴하게 일그러져 평상시 얼굴로 말할 때보다 훨씬 더 섬뜩해 보였다. 입은 웃고 있는데 차가운 눈에는 웃음기가 전혀 없었다.

그냥 없었던 일로 하고 돈을 받지 말까. 정우는 불현듯 발을 들여선 안 되는 곳에 한 발을 성큼 내디딘 기분이 들었다. 곰곰이 생각해보니 현철이 아무 조건도 달지 않고 선뜻 돈을 내준 것도 찜찜하고 꺼림칙했다. 하지만 손에 들린 현금 뭉치는 정우가 뿌리치기엔 너무 큰 유혹이었다. 설마 큰일이야 있겠어 싶었다. 게다가 이 돈만 있으면 재혁 때문에 날려버릴 뻔한 새 출발의 기회를 되찾을 수 있을 것 같았다. 정우는 머릿속에 쉴새 없이 울리는 경고등을 그대로 무시해버렸다.

그 뒤 두 달간은 별다른 문제 없이 평온하게 흘러갔다. 현철이 준 돈 덕분에 경제적 어려움은 해결됐고, 얼마 후 휴대전화 대리점에 취직도 했다. 이대로라면 머잖아 현철에게 진 빚도 다 갚고 마음의 부담을 덜 수 있을 것 같았다.

현철에게서 연락이 온 건 석 달쯤 지나고 나서였다. 별다른 인사말도 없이 현철은 돈을 갚으라고 독촉했다. 빌려준 돈에는 눈이 튀어나올 만큼 높은 이자까지 붙어 있었다. 조금만 더 시간을 달라고 하자 현철은 빚을 탕감해주는 대신 자기 밑으로 들어와 일하라고 했다.

혹시나 했지만 역시나 현철이 하는 일은 범죄와 연루돼 있었다. 사채, 불법 흥신소, 때로는 자잘한 사기와 폭력까지. 준현은 그런 현철 밑에서 각종 뒤치다꺼리를 하는 소위 '시다바리'인 게 분명했다.

들자 하니 너, 싸움을 제법 한다던데. 잔재주도 있고.

현철은 그렇게 말했다. '잔재주란' 문서 위조 기술을 가리키는 것 같았다. 정우는 어릴 때부터 반 친구들 성적표에서 원래 점수를 교묘하게 지우고 높은 점수로 고쳐주는 일을 곧잘 했다. 포토샵과 일러스트레이터를 배운 뒤에는 감식을 철저히 하는 공문서가 아닌 한, 어지간한 문서들은 그럴듯하게 꾸밀 수 있었다.

정우는 고민 끝에 현철의 제안을 거절했다. 자칫 잘못 휘말렸다간 감옥에서 청춘을 썩히기 딱 좋을 것 같았다. 현철은 예상외로 흔쾌히 알겠다고 했지만, 쉽사리 물러나진 않았다. 정우에게 대신 대리점 고객 신상정보를 넘기라고 했다. 어디에 쓸 목적인지는 얘기하지 않았지만, 부정하게 사용될 거라는 건 불 보듯 뻔한 일이었다.

세상에 공짜라는 건 없잖아. 가는 게 있으면 오는 것도 있어야지. 안 그래?

현철은 그렇게 말하면서 입꼬리를 말고 웃었다. 입술에 난 흉측한 상처가 마치 올가미처럼 정우의 목을 휘감는 것처럼 느껴졌다. 정우는 어쩔 수 없이 명단을 넘겼고, 다시 실업자 신세가 됐다.

카톡.
카톡 메시지 알림음이 울렸다. 은수에게서 온 메시지였다.
이 사람 좀 조사해줘.
7년 전 은광중학교 1학년생. 이름은 연수. 성은 모르고, 성별은 아마도 여자.

메시지를 읽고 나자, 정우는 짜증이 북받쳐 올랐다. 이제껏 계속 연락할 때는 씹어대더니 이젠 또 사람을 조사해 달라고? 나를 흥신소 직원으로 보는 거야, 뭐야?

카톡.

다시 알림음이 울렸다.

노인이랑 관련된 거야. 어쩌면 뭔가 엄청난 게 있을지 몰라.

정우는 핸드폰 화면을 물끄러미 들여다보았다. 노인과 관련된 일이라……. 엄청난 일이란 건, 어쩌면 노인을 협박할 거리가 될 수 있지 않을까? 그렇다면 시도해보는 게 좋을지도 모르겠다.

같은 보육원 출신 은수가 정우를 찾아온 건 한 달쯤 전이었다. 정우가 빌린 돈 때문에 마음 졸이며 날마다 구인구직 온라인 사이트에 올라온 아르바이트 자리를 샅샅이 뒤지고 있을 무렵이었다. 한 살 어린 동생이지만 별로 친하지 않아서 어쩐 일인가 싶었는데, 다짜고짜 이력서와 자격증을 위조해 달라고 했다. 갑자기 얘가 왜 이러나, 싶어 정우는 어안이 벙벙했다. 정우가 기억하는 한, 은수는 얌전하고 말수가 없는 애였다. 적어도 문서 같은 걸 위조해 달라고 부탁하는 부류는 전혀 아니었다. 가끔씩 예상치 못한 순간에 욱할 때가 있긴 했지만.

"대학생이라고 속이려고? 야, 학교에다 신원 확인하면 어떡하려고 그래."

정우의 말에 은수는 마치 그런 지적하길 기다렸다는 듯 막힘없이 말했다.

"내 이름 말고 '서연주'로 하려고."

서연주라고? 정우는 거기서 또 한 번 말문이 막혔다. 서연주라니, 자신이 알고 있는 서연주가 맞나? 그 서연주가 이런 일을 하도록 허락했다는 게 좀처럼 믿기지 않았다. 하지만 사람은 다 변하기 마련이다. 재혁만 봐도 알 수 있지 않은가. 무슨 이유로 허락했는지는 몰라도 어쩌면 서연주 역시 지금쯤 세상살이가 만만치 않다는 걸 절감하고 있을지도 몰랐다.

정우가 만든 위조 서류가 어느 정도 위력을 발휘했는지 모르지만, 은수는 계획대로 노인의 간병인으로 취업했다. 노인을 어떻게 알게 됐는지, 왜 하필 그 노인 집에 간병인으로 들어가려는 것인지 은수는 전혀 설명하지 않았다. 정우도 딱히 알고 싶지 않았다. 은수는 노인 집에 위장 취업한 다음, 크게 한탕 할 거라고만 했다. 통장과 인감도장을 훔치거나, 은행 비밀번호를 알아내거나 해서. 아직 구체적인 방법은 정하지 않았지만, 며칠 간병인으로 지내다 보면 길이 보일 거라면서 은수는 계획에 성공하면 도와준 정우에게 훔친 몫의 절반을 떼주겠노라고 약속했다. 정우에게 중요한 건 '절반을 주겠다'는 말 한마디뿐이었다.

이제 은수는 정우에게 유일한 희망이 됐다. 현철은 돈을 갚든지, 자신의 밑으로 들어오든지 택일하라며 또다시 정우를 협박하고 있었다. 더욱이 이번엔 제안이 아니라 최후의 통첩에 가까웠다. 만약 은수가 성공하지 못한다면……. 상상만 해도 진저리가 쳐졌다.

7년 전 은광중학교 1학년 여학생 연수.

정우는 은수가 보낸 메시지를 다시 한번 읽었다. 성(姓)을 몰라 아쉽긴 하지만, 이 정도라면 그렇게 찾기 어렵진 않을 것이다. 현철이 흥신소 업무를 겸하고 있으니 준현을 통한다면 조직 내부 인맥을 통해 어떻게든 정보를 알아낼 수 있을지도 모른다. 정우는 핸드폰에서 준현의 연락처를 찾아 발신 버튼을 눌렀다. 준현이 전화를 받자마자 대뜸 물었다.

"야, 오래간만이다. 이제 드디어 결심이 섰냐?"

"아니, 그것보다 알아봐 줬으면 하는 게 있어서."

준현의 목소리에 실망한 기색이 어리는 걸 모른 척하며 정우는 은수가 보내준 정보를 또박또박 읽었다.

6

소녀의
이름은

 텔레비전에선 예능 프로그램이 한창 방송 중이었다. 진행자가 프로그램에 게스트로 등장한 연예인들을 두 팀으로 나눠 줄다리기 대결을 시켰다. 지는 팀에겐 무슨 벌칙이 주어지는 모양이었다. 은수는 출연자들이 얼굴이 벌겋게 될 정도로 기를 쓰고 줄을 잡아당기는 걸 멍하니 바라보고 있었다.

 줄다리기 시합을 구경하는 건 오랜만이었다. 은수가 초등학생 시절, 같은 보육원의 비슷한 또래 아이들과 함께 인근 초등학교와 친선 줄다리기 시합을 한 적이 있다. 은수가 속한 보육원 아동 팀이 이겼다. 다들 좋아서 어쩔 줄 모르고 있는데, 진 팀 가운데 누군가가 비아냥거리는 소리가 들렸다.

 고아들이 할 일이 없어서 운동만 했나 보네.

 들뜬 분위기는 한순간 착 가라앉았다. 다들 풀이 죽어 뭐라고 대꾸도 못 하고 선생님한테 잔뜩 꾸중을 들은 것 같은 표정을 하고 보육원으로 돌아왔다. 요즘도 보육원에선 그런 종류의 행사를 하고 있을까. 그렇다 하더라도 아마 줄다리기 같은 고리타분한 경기는 하지 않을 테지.

은수는 곁눈질로 노인을 슬쩍 보았다. 그도 몽롱한 눈길로 멀거니 화면만 보고 있었다. 초점이 없는 눈은 뜨고 있다기보다는 벌어져 있다고 하는 게 더 정확할 것 같았다. 문득 은수는 자신과 노인도 일종의 줄다리기를 하고 있다는 생각이 들었다.

노인은 무언가 꿍꿍이가 있다. 하지만 카드게임에서 절대 자신이 쥔 패를 보여주지 않는 것처럼 그걸 꽁꽁 감춰놓고 있다. 자신도 마찬가지다. 둘은 서로를 견제하면서 줄을 잡아당기고 있다. 팽팽하게 긴장한 줄은 지금까지는 어느 한쪽으로 힘의 균형이 쏠리지 않았다. 조만간 무슨 돌파구가 생기지 않는 한, 현재 상태가 언제까지고 계속될 것 같다.

은수는 핸드폰 화면을 들여다보았다. 열흘이 지났는데도 정우에게선 아직도 연락이 없다. 그게 그렇게 시간이 걸리는 일인가. 연수라는 아이는 노인과 자신 사이의 긴장을 해결할 열쇠를 쥐고 있는 게 분명하다. 아무런 근거도 없지만, 은수는 어쩐지 그런 느낌이 들었다.

만약 연수로 인해 돌파구가 만들어진다면 팽팽하게 당겨

진 줄은 누구 쪽으로 기울게 될까. 자신일까, 노인일까. 정우의 연락을 애타게 기다리면서도 은수는 자신이 알게 될 비밀이 두려웠다.

일상의 시간은 겉으론 평화롭게 흘렀다. 노인은 다시 규칙적으로 식사를 하기 시작했고, 심각한 우울증 증세에선 다소 벗어난 것처럼 보였다. 입원 치료까지 생각하고 있던 명순은 한시름 놓은 분위기였다. 신이 나 노인이 좋아하는 밑반찬을 이것저것 만드느라 바빴다. 노인의 상태가 갑자기 호전된 이유가 뭔지 신경이 쓰일 법한데도 그런 데까지는 전혀 생각이 미치지 않는 듯했다. 어쩌면 지난 몇 년간 노인이 계속 좋았다가 나빠졌다가를 반복해서 그런 것인지도 모른다.

딱 한 번 명순이 뭔가를 눈치챈 듯한 기색을 비친 적이 있었다. 은수와 단둘이 있을 때 명순은 목소리를 낮추고 은근슬쩍 물었다.

"혹시 나 없는 사이에 누가 왔었어?"

은수는 속으로 뜨끔했다. 하지만 최대한 아무렇지도 않은 척 태연히 고개를 저었다. 거짓말을 하는 게 내심 찔리긴 했지만, 노인이 비밀로 하라고 당부하지 않았나. 혹시나 명순에게 들통나면 난감해질 수도 있지만, 어쨌든 고용주는 명순이 아닌 노인이었다.

"거참 이상하네."

명순이 고개를 갸웃했다.

"손님용 찻잔이 원래 있던 자리가 아니라 다른 곳에 있더라고. 누군가 와서 사용한 게 아니라면 자기가 발이 달려서 움직이지도 않았을 텐데."

은수는 아차 싶었다. 남자가 왔을 때 찻잔을 사용한 뒤 아무 데나 집어넣었나 보다. 명순이 강박증 아닌가 싶을 정도로 살림살이와 가재도구를 딱딱 정해진 장소에 보관한다는 사실을 깜빡하고 말았다.

"아, 그거 제가 썼어요."

은수가 명순의 눈치를 보며 우물쭈물 말했다. 명순이 미심쩍다는 시선으로 은수를 보았다.

"모양이 예뻐서 써봤는데 원래 장소에 넣어두는 걸 잊어먹었어요. 죄송해요."

혹시나 속마음을 들킬까 봐 은수는 고개를 푹 숙였다. 생각해보면 아주 거짓말도 아니다. 찻잔을 쓴 것도 사실이고, 본래 장소에 넣어두는 걸 잊은 것도 사실이다. 사실과 다른 건 그 잔으로 커피를 마신 사람이 은수가 아니라 남자라는 것뿐.

명순이 대번에 얼굴이 환해졌다.

"아, 그랬어? 난 또 내가 치매가 오려는 건가 싶었지. 살면서 한 번도 그릇 위치 같은 거 헷갈린 적이 없거든."

정말로 그것 말곤 의심스러운 게 없었던지 명순은 한결 후련해진 표정으로 찻잔을 다시 원래 있던 곳에 집어넣었다.

"하긴 올 사람이 누가 있겠어. 판사님 상태도 저런데."

혼잣말하듯 중얼거리는 명순의 뒷모습을 쳐다보며 은수는 어쩐지 안쓰러운 감정이 일었다.

저 사람은 노인에 대해 항상 진심인데. 노인을 자기 일처럼 걱정하고 있는데. 노인은 자신을 위해 20년이나 일한 명순에게조차 완전히 마음을 열지 않는다. 정체를 알 수 없는 남자와 뭔가를 꾸미면서 명순을 따돌리고 있다.

뭔지는 몰라도 노인의 비밀이 드러난다면 명순은 어떤 반응을 보일까. 은수는 그게 궁금했다.

"고독을 알기엔 너무 어린 것 같은데."

곁에서 들린 낮고 탁한 목소리에 은수는 고개를 들었다.

명순은 일찌감치 퇴근하고 집안엔 은수와 노인 둘밖에 없었다. 그러니 말한 사람은 노인이 틀림없는데, 어쩐지 은수는 현실감이 들지 않았다. 노인이 몸을 좀 일으켜 달라거나, 휠체어를 끌어 달라거나 하는 지시가 아니라 사적인 이유로 은수에게 말을 건 건 이른 아침에 함께 정원으로 나갔던 날 이후 처음이었다.

그 뒤로 은수는 노인이 자신에게 마음을 닫았다고 생각했다. 아니면 그날 일이 까맣게 머리에서 지워졌거나.

은수는 처음엔 무슨 말인지 몰라 어리둥절한 채 있다 비로소 노인의 말을 알아들었다. 자신이 읽고 있는 책을 가리킨 거였다. 백 년 동안의 고독. 얼마 전 노인의 서재에서 발견해 꺼내온 것이다. 명순의 지시대로 노인에게 읽어주는 대신 은수는 자신의 소일거리로 책을 읽기 시작했다. 그런데 노인은 언제부터 지켜보고 있었을까. 시선은 언제나 텔레비전 아니면 창밖으로만 향하고 있었던 것 같았는데.

언제부터 지켜보았는지 몰라도 은수는 노인이 한 말이 그리 유쾌하게 들리지 않았다. 뭐지, 저 내려다보는 듯한 말투는? 너 따위가 그런 책을 읽고 이해할 수 있냐는 뜻일까? 솔직히 말하자면 책은 별로 재미가 없었다. 일단 등장인물 이름부터가 너무나 길었다. 호세 아르카디오 부엔디아, 아우렐리아노 부엔디아, 멜키아데스……. 누가 누군지 헷갈려 내용이 좀처럼 머리에 들어오지 않았다. 그렇지만 난데없이 '고독'을 이해하냐니. 누굴 바보로 아나?

"저, 보육원 출신인데요."

은수가 부루퉁하게 대답했다. '기억하실지 모르겠지만'이라고 덧붙이려다 관뒀다. 이미 노인한테 점수가 깎일 말을 많이 했다는 자각이 들어서였다. 물론 그것도 노인이 기억하고 있다는 전제하에서 얘기지만.

노인의 입꼬리가 누가 잡아당기기라도 한 것처럼 한쪽으로 실쭉 올라갔다. 근육이 잔뜩 경직된 뺨과 어울리지 않는 부자연스러운 얼굴의 움직임. 은수는 그 모습을 예전에도 한 번 본 적이 있는 것 같았다. 언제였더라. 그래, 면접 봤던 날. 미소를 지으려는데, 잔뜩 굳은 안면 근육 때문에 얼굴이 일그러지는 것처럼 보였다.

"보육원 출신이라……."

은수가 한 말을 곰곰이 곱씹듯이 따라하던 노인이 불쑥 질문을 던졌다.

"그래서 고독을 이해한다고?"

은수는 갑자기 말문이 막혔다. 자기가 내뱉은 말 한마디면 모두가 충분히 납득할 수 있을 거라 생각했다. 책에도, 텔레비전 드라마에도 고아는 항상 쓸쓸하고 어둡게 그려졌으니까. 모르긴 몰라도 아마 고아야말로 고독 분야에선 전문가일 거다. 그런데 저 노인은 이제 그런 것도 이해하지 못하는 걸까?

"그건 외로움이지."

노인이 은수의 생각을 읽은 것처럼 중얼거렸다. 답을 틀린 학생에게 정답을 일러주는 선생님 같은 어조였다. 은수는 반발심이 드는 와중에도 살짝 호기심이 동했다.

"둘이 뭐가 다른데요?"

"글쎄…… 외로움은 주변에 사람이 없을 때 느끼는 감정이고."

노인이 잠깐 생각하다가 덧붙였다.

"고독은 나를 이해해주는 사람이 없을 때 드는 감정이라고 해야 할까."

높낮이 없는 노인의 목소리가 역설적으로 은수에게 기묘한 여운을 남겼다. 은수는 머릿속이 혼란스러웠다. 외로움과 고독의 차이라니. 그런 건 생각해본 적도 없었다. 아니, 굳이 생각할 필요조차 느끼지 못했다. 울타리가 되어줄 가족이 없는 고아란 당연히 외롭고 고독한 사람이어야 했으니까. 하지만 돌이켜보면 자신 곁에는 늘 여진이가 있었다. 언제나 자신을 이해하고, 응원해 줬던 여진이가. 노인이 정의한 대로라면, 자신은 외로울망정 고독하지는 않았을지도 모른다.

그런데 여진이는 어땠을까. 은수는 갑자기 가슴이 메어왔다. 자신은 여진이에게 든든한 버팀목이 되어줬을까. 아냐, 그랬더라면 여진이가 그런 선택을 하지는 않았을 테지. 어쩌면 여진이는 외로울뿐더러 고독하기까지 했을지도 몰라. 뼛속까지.

"……외로우세요?"

여진이 생각이 나서 그랬는지 물으려고 했던 게 아닌데 은수의 입이 제멋대로 움직였다.

노인은 고개를 까닥였다.

"고독하세요?"

노인의 눈이 허공의 어느 한점을 뚫어지게 바라보았다. 거기에 질문에 대한 해답이 존재하기라도 한다는 듯이. 마침내 노인이 입을 열었다.

"아마도."

은수는 노인을 똑바로 쳐다보았다. 외롭고 고독하다고 한다. 은수는 놀라 가슴이 콩닥거렸다. 그가 이렇게 솔직하게 마음을 터놓을지는 미처 몰랐다. 노인과는 입장과 처지가 다르지만, 둘이 닮은 꼴이라는 생각이 들었다. 외롭거나, 고독하거나, 어쩌면 둘 다를 가슴에 품고 사는 사람들.

"따님이 보고 싶으세요?"

위태위태한 질문이라는 걸 알면서도 은수는 내친김에 조심스럽게 떠보았다. 이러다 노인이 벌컥 화를 내면 어떡하나 가슴이 조마조마했다. 하지만 노인은 대수롭지 않다는 듯 태연스레 대답했다.

"얼마 전에도 봤는걸."

은수는 갑자기 잠이 확 깨는 기분이었다. 이건 또 무슨 말이람? 은수가 이 집에 입주한 이래 방문객이라고는 남자 하나밖에 없었다. 그런데 갑자기 얼마 전에 봤다니? 게다가 딸은 미국에 있는 게 아니었던가?

"꿈⋯⋯에서죠?"

은수가 노인의 눈치를 살폈다. 그렇다고 말해주면 좋겠다고 생각했다. 그러면 적어도 헛소리를 한 건 아니니까. 노인의 머리가 아주 돌아버렸다는 뜻은 아니니까.

노인은 아련한 시선으로 무언가를 바라보는 것 같았다. 파킨슨병의 증상 중 하나라는 환각이 다시 발현된 것처럼. 이미 다 알고 있어도, 밤중에 자기 눈에는 안 보이는 무언가를 보고 있는 노인과 함께 있자니 은수는 어쩐지 등골이 오싹했다.

"꿈이라……."

노인이 느릿느릿 중얼거렸다. 그걸로는 은수의 질문에 대한 답이 될 수 없지만, 그런 건 딱히 신경 쓰이지 않는 것 같았다. 갑자기 생각났다는 듯 노인이 은수 쪽으로 고개를 돌렸다.

"자네 꿈은 뭐지?"

잔뜩 긴장하고 있었는데 예상치 못한 질문에 은수는 기가 막혀 웃음이 터지려고 했다. 이건 또 무슨 동문서답이람. 이 노인의 의식의 흐름은 대체 어떤 식으로 진행되고 있는 건가. 외로움이니 고독이니 철학적인 얘기를 할 때는 정신이 멀쩡한 것 같더니만 지금은 뒤죽박죽 전혀 맥락이 없다.

"전 꿈 없어요."

그래도 어쨌든 물었으니 성의는 표시해야겠다 싶어 은수는 솔직하게 대답했다.

"꿈 같은 거, 어떤 사람들한테는 사치예요."

노인이 과연 자신이 한 말을 이해했을까. 은수는 노인의 옆모습을 흘깃 쳐다보았다. 노인은 무언가 골똘히 생각에 잠긴 듯한 표정이었다. 더는 은수에게 말을 걸지 않았다. 어쩌면 아마도 다시 자신만의 세계에 빠져 있을 테지.

노인이 이미 흥미를 잃은 것처럼 보여 은수는 읽던 책을 다시 펼쳐 들었다. 문득 노인과 자신이 이렇게 길게 이야기를 나눈 건 이번이 처음이라는 생각이 들었다.

노인에게 새로운 증상이 생겼다. 얼마 전부터 노인은 우편물에 집착하기 시작했다. 묘하게 초조해하면서 하루에도 몇 번씩 은수더러 우편함을 열어보라고 했고, 아무것도 온 게 없다고 하면 눈에 띌 정도로 기분이 착 가라앉았다. 감정 기복이 이전보다 더 심해진 것 같았다.

"대체 무슨 우편물인데 그러세요?"

절대 집배원이 올 리가 없는 늦은 밤에 우편함을 열어보고 오라는 노인에게 은수는 그렇게 물어보았다. 솔직히 낮이고 밤이고 간에 올 만한 우편물은 고작해야 고지서 정도밖에 없을 것 같았지만. 노인의 눈동자 초점이 순간적으로 흔들렸다.

"외국에서 오는 거라고."

노인은 자세한 설명 없이 그렇게만 대답했다.

외국에서? 혹시 미국에 간 딸한테서 우편물이 오기를 기다리는 건가. 이제껏 전화 한 통 한 적 없는 딸이 그랬을 것 같진 않은데.

명순과 둘이 있을 때 은수는 명순에게 슬쩍 물어보기도 했다.

"혹시 미국서 판사님 앞으로 올 우편물이 있나요?"

"응, 뭐라고?"

명순은 갑자기 무슨 뚱딴지같은 질문을 하냐는 표정이었다. 딸이 가끔씩 한국으로 소포 같은 걸 보내기라도 했으면 명순이 저렇게 생뚱맞다는 반응을 보이지 않을 텐데, 싶어 은수는 서둘러 입을 다물었다. 명순이 은수의 질문을 물고 늘어졌다.

"미국서 우편물이 오냐니, 그게 무슨 소리야?"

은수는 우물쭈물하다가 마지못해 대답했다.

"얼마 전부터 계속 우편물이 왔냐고 물어보셔서요. 외국에서 왔을 거라고."

명순이 작게 한숨을 쉬었다.

"예전에도 한 번 그러신 적이 있어. 있을 리가 없는 물건이 없어졌다고, 찾아보라고 보채시더라고. 차근차근 설명해 드려도 짜증을 내시고. 의사 말로는 그것도 병 증상 가운데 하나라네."

은수는 아, 하고 고개를 끄덕였다.

"일시적인 거니까 너무 신경 쓰진 마."

은수는 알겠다고 했다. 그 정도 변덕이야 받아주면 그만이다. 좀 성가시긴 하겠지만, 딱히 누군가에게 큰 피해를 주는 건 아닐 테니까. 하지만 우편물에 대한 노인의 이상한 집착은 질기고 오래갔다.

며칠 뒤, 노인이 명순을 불렀다. 목소리엔 초조함과 짜증이 섞여 있었다. 딱딱하게 굳은 안면 근육 때문에 무슨 생각을 하고 있는지 파악하기는 어려웠지만, 어딘지 모르게 화가 난 것 같았다. 노인이 명순을 대하는 태도가 평상시와 달리 날이 선 것처럼 보여 은수는 주방에서 물을 마시는 척하며 둘을 몰래 지켜보았다.

"혹시 강 여사가 내 앞으로 온 우편물 감춰두지 않았어?"

노인의 추궁에 명순은 어이없다는 표정을 했다.

"제가 판사님 우편물을 왜 감추겠어요."

노인은 그래도 여전히 미심쩍게 명순을 노려보았다.

"그 말, 사실이겠지?"

처음엔 그저 기가 막혔던 명순도 노인이 의심을 풀지 않자, 화가 나는 모양이었다. 어느새 목소리가 높아졌다.

"그럼 사실이지 거짓말이겠어요! 제가 이 집에서 일한 게 몇 년인데 고작 판사님 물건이나 가로챌 사람으로 보이세요!"

명순이 생각보다 격렬한 반응을 보여서인지 노인은 움찔했다. 부모에게 된통 야단을 맞은 어린애처럼 풀이 죽어 '미안하네' 하고 중얼거리고는 전동 휠체어를 움직여 방으로 들어갔다.

명순은 그래도 여전히 화가 안 풀리는 모양이었다.

"아무리 병 때문이라곤 하지만 어떻게 저런 말씀을 하시나. 저런 말도 안 되는 생각을……."

주방으로 돌아와 설거지를 하면서도 명순은 씩씩거리며 혼잣말을 중얼중얼 늘어놓았다.

은수가 보기에 명순이 화가 난 진짜 이유는 노인이 자신을 의심해서가 아니라, 노인의 병이 점점 깊어지고 있다는 사실 때문인 것 같았다.

파킨슨병 환자의 망상.

환자는 배우자가 외도한다고 믿고 화를 내거나, 의심하거나, 공격적으로 행동할 수 있다. 또는 누군가 자기를 괴롭힌다고 생각해 편집증적 행동을 보일 수도 있다.

은수가 찾아본 온라인 자료엔 그렇게 나와 있었다. 우편물에 집착하는 노인의 행동 역시 파킨슨병 환자들이 보이는 편집증의 일종일까. 저 증상은 갈수록 심해지는 건가. 오지도 않은 우편물을 찾아내라고 들들 볶기라도 하면 어떡하지. 하지만 유감스럽게도 온라인엔 증상만 소개할 뿐 증상이 나타날 경우, 어떻게 하라는 대책 같은 건 없었다.

카톡.

노트북을 닫으려는데 카톡 메시지 알림음이 울렸다. 정우에게서 온 것이었다. 드디어 부탁한 걸 알아낸 걸까. 허겁지겁 메시지를 열었다. 예상했던 것보다 글은 꽤 길었다. 은수는 서둘러 메시지를 읽기 시작했다. 학교 측에서 학생 신상을 알려주려 하지 않아 시간이 걸렸다고 했다. 좀 더 정보를 줬으면 찾기 쉬웠을 텐데 그렇지 않아 애를 먹었다는 불평도 담겨 있었다. 은수는 쓸데없는 내용은 대충대충 건너뛰고 본론으로 넘어갔다.

7년 전 은광중학교 1학년생 중 연수라는 이름을 가진 애는 세 명이야. 김연수, 허연수, 박연수. 그중에서 네가 찾는 애는 아마도 박연수 같아.

은수의 시선이 황급히 다음 줄로 넘어갔다.

박연수는…….

이어지는 내용에 은수는 가슴이 쿵 내려앉는 것 같았다. 다음 줄도, 그 다음 줄도 은수가 전혀 예상하지 못한 문장이 이어졌다. 메시지를 다 읽은 뒤에도 두근거리는 심장은 진정되질 않았다.

그 아이랑 닮았네.

처음 자신을 봤을 때 그렇게 말했던 노인의 말이 떠올랐다. 이제는 은수도 이해할 수 있을 것 같았다. 노인이 왜 그렇게 말했는지, 왜 한밤중에 자신을 보고 '연수'라고 불렀는지. 그리고 어쩌면…… 왜 명순의 반대를 무릅쓰고 자신을 고용했을지.

은수가 미국에 있는 딸 얘기를 꺼냈을 때 화들짝 놀랐던 노인의 반응도 지금은 이해가 갔다. 그때 노인이 어떤 감정이었을까 생각하니 은수는 얼굴이 화끈 달아오르는 것 같았다.

죽기 싫어.

그 아이가 죽은 건 내 탓이 아냐.

연수가 일기장에 적었던 마지막 문장과 언젠가 한밤중에 노인이 중얼거렸던 말이 쌍으로 은수의 머릿속을 뱅뱅 돌아다녔다. 제각각 따로 놀았던 작은 조각들이 하나씩 맞춰지면서 완전한 그림이 되어 은수 앞에 모습을 드러낸 것 같았다.

하지만 명확해진 실상과 대조적으로 자신이 뭘 해야 할지는 여전히 종잡을 수 없었다. 아니, 오히려 더 갈피를 잡을 수 없게 된 것 같았다.

은수가 방 한 귀퉁이에 그대로 스르르 주저앉았다. 다리 힘이 완전히 풀리기라도 했는지 좀처럼 몸을 일으키지 않았다. 마치 방안 정물의 일부가 되어버린 것처럼 은수는 한동안 꼼짝도 하지 않고 앉아 있었다.

차라리 몰랐더라면 더 좋았을걸.

정우에게서 받은 메시지 때문에 마음속에 불필요한 감정이 싹텄다는 사실을 은수는 부인할 수 없었다. 그 감정은 은수가 계획한 일을 실행하는 데 걸림돌이 될 게 뻔했다. 그러니 이제 둘 중 하나를 선택하는 수밖에 없었다. 계속 밀고 나가거나, 아예 포기하거나.

은수는 쪼그리고 앉은 채 무릎을 세우고 그 사이로 얼굴을 깊이 파묻었다.

7

희망보육원
서연주

 8교시 수업이 끝나고 교수가 강의실을 나서자 조금 전까지 조용했던 실내는 갑자기 활기를 띠기 시작했다. 금요일 오후라 다들 뭔가 일정이 있는 것처럼 보였다.

 연주는 주섬주섬 교재와 필기구를 챙겼다. 교수가 수업을 늦게 끝마치는 바람에 서두르지 않으면 아르바이트에 늦을지도 몰랐다. 연주가 일하는 패밀리 레스토랑은 금요일 저녁과 주말이 시급이 더 높았다. 일주일에 두 번씩 가는 과외 아르바이트 두 개를 금요일을 제외한 평일로 몰아넣은 것도 바로 그 때문이다. 그래도 애들 부모는 주말에 좀 더 집중적으로 수업을 해 줬으면 하는 눈치였다. 일정을 잘 조정하면 주말에 레스토랑 아르바이트를 마치고 늦은 밤에 과외까지 뛸 수 있을 것이다. 물론 체력적으론 힘들겠지만.

연주랑 몇 좌석 떨어져 앉아 있던 여학생들이 무슨 할 말이 있는지 연주에게 다가왔다. 같은 과라서 얼굴은 알지만, 개인적으론 말을 섞은 적이 없는 애들이다. 하긴 저들뿐 아니라 같은 학교에 다니는 누구와도 이제껏 사적인 대화를 나눈 적은 없었다. 대표 격으로 나선 애가 머뭇거리다 연주에게 말을 붙였다.

"저기, 나 누군지 알지? 사회복지학과 2학년 이채연."

괜히 친한 척하는 채연의 태도가 부담스러워 연주는 미리부터 경계 태세를 취했다.

"응, 알아. 같은 과잖아."

"기억하는구나. 워낙 딴 사람들한테 관심이 없어 보여서 이름도 기억 못 할 줄 알았지."

빨리 용건이나 말해줬으면 좋겠는데 채연은 말을 질질 끌며 연주의 눈치를 살폈다. 대체 왜 저러는 거람. 연주는 슬슬 조바심이 났다.

"나 지금 빨리 가봐야 하는데."

"아, 쏘리."

채연은 조금 머쓱한 듯 굴면서도 바로 본론으로 들어갔다.

"오늘 저녁에 미팅 안 할래? 경영대 2학년 남자애들이랑 과 미팅이 잡혀 있거든. 근데 갑자기 우리 쪽에서 한 명이 빠져버리는 바람에."

"미안한데 난 오늘 아르바이트 있어."

채연이 말을 다 마치기도 전에 연주는 가방을 챙겨 자리를 떴다. 의도했던 건 아니지만 연주의 반응이 너무 쌩했는지 채연은 어리둥절한 모양이었다.

"쟤는 대체 뭐가 문제야? 아주 혼자 잘났지."

"내버려 둬. 오죽하면 별명이 얼음공주겠냐? 말 건 우리가 잘못이지."

채연과 여학생들이 내뱉은 말이 연주의 뒤통수에 껌딱지처럼 들러붙었다. 연주는 안 들리는 척 바삐 발걸음을 옮겼다. 괜찮아, 신경 쓸 것 없어. 무시하면 돼. 고작 미팅 인원 부족한 게 인생의 걱정인 팔자 편한 애들이잖아. 어차피 쟤네들이랑은 사는 세계가 달라. 하지만 씁쓸한 기분은 좀처럼 가시질 않았다.

얼음공주. 연주는 남들이 자신을 그렇게 부른다는 걸 처음 알았다. 보육원에 있을 때는 '공부벌레'로 불렸는데. 그래도 벌레에서 공주가 됐으니 나름 업그레이드된 거 아닌가. 연주는 반쯤은 자조적으로 중얼거렸다. '고아'에서 '대학생'이 된 것처럼.

고등학생 시절 연주는 항상 학교에 가장 늦게까지 남아 공부하던 학생 중 하나였다. 보육원으로 돌아가봤자 왁자지껄

한 분위기 때문에 제대로 집중할 수 없었다. 다른 애들처럼 학원에 다니거나 독서실에 갈 돈도 없었다. 연주에겐 학교가 유일하게 맘 편히 공부할 수 있는 곳이었다.

대학에 가겠다고?

연주가 진로계획시를 냈을 때 담임 선생님은 놀랍다는 듯 그렇게 물었다. 마치 연주가 대단히 이례적인 선택을 한 것처럼. 연주와 성적이 비슷한 다른 애들에겐 절대로 그런 질문을 하지 않았을 것이다. 오히려 대학 진학을 포기했으면 제정신이냐고 닦달을 했겠지. 딱히 편견 없이 자신을 대해줬던 담임 선생님조차 고아에 대한 선입견을 품고 있다는 걸 연주는 그때 깨달았다.

하긴 담임을 탓할 수만은 없었다. 연주가 아는 한, 희망보육원 설립 이래 대학에 진학한 건 자신이 처음이었다. 아마 다른 보육원에서도 사정은 비슷할 것이다. 좋은 대학에 가려면 부모의 경제력과 정보력이 필수라는데, 연주 같은 보육원 아동들은 애초에 출발 조건부터가 남들보다 뒤처졌다. 믿을 건 자기 자신밖에 없었다. 연주가 또래 보육원 아동들보다 성적이 월등하게 뛰어났던 건 그 사실을 유달리 빨리 깨친 덕분이었다.

연주는 희망보육원에 두 차례 입소했다. 생후 얼마 안 됐을 때 누군가의 손에 이끌려 처음 보육원에 맡겨졌고, 여섯 살에 보육원을 나갔다가 여덟 살에 다시 돌아왔다. 양부모가 연주를 파양했기 때문이다.

아빠와는 별다른 문제가 없었다. 너무 바빠 집에 있는 시간이 적긴 했지만, 항상 연주에게 다정했다. 관계가 묘했던 건 엄마 쪽이었다. 연주는 엄마가 자신에게 처음 시선을 준 순간을 아직도 기억하고 있다. 보육원에서 연주를 발견한 엄마는 뭔가에 홀린 듯한 표정을 하고 다가왔다.

은아야······.

엄마는 연주를 꼭 끌어안고 처음 들어보는 아이 이름을 불렀다. 엄마가 너무 세게 끌어안는 바람에 숨이 막혔지만, 연주는 그 느낌이 싫지 않았다. 보육원 선생님이 아이들 누구에게나 공평하게 해주는 포옹이 아니라, 자신만을 위한 다정하고 넉넉한 포옹. 연주의 머리 위로 엄마가 흘린 눈물이 뚝뚝 떨어졌다. 이유는 알 수 없지만, 연주의 눈에도 덩달아 눈물이 괴었다.

얼마 후 연주는 그 집에 양녀로 들어갔다. 부모는 연주를 '은아'라고 불렀다. 나중에야 알게 된 사실이지만, 은아는 양부모의 친딸이었다. 교통사고로 갑작스럽게 세상을 떠난 연주 또래의 딸. 자신이 은아를 꽤 닮았다는 사실도, 은아가 죽은 뒤 심각한 우울증에 시달리던 엄마를 위해 아빠가 입양을 제안했다는 사실도 연주는 꽤 시간이 흐른 뒤에야 알게 됐다.

다만 연주가 끝끝내 알 수 없었던 건 엄마의 속마음이었다. 엄마는 어떨 때는 세상에서 둘도 없이 다정하게 굴다가 어떨 때는 별것도 아닌 이유로 불같이 화를 냈다.

너 왜 흰 우유를 먹는 거지? 우유를 마시면 항상 배탈이 났잖아.

이 이야기 재미없니? 네가 제일 좋아했던 동화책인데.

예전엔 안 그랬는데 도대체 왜 이러는 거야, 은아야!

그러다 어느 순간 돌변한 엄마는 '저리 가, 넌 은아가 아니야'라고 연주를 세게 밀쳐버리기 일쑤였다. 그럴 때면 연주는 너무 놀라 눈물도 나오지 않았다. 한번은 쥐고 있던 빗으로 연주를 때리려 드는 바람에 아빠가 달려와 겨우 말린 적도 있었다.

여보, 진정해. 쟤는 은아가 아니야. 은아는 이제 없다고!

엄마가 세차게 고개를 흔들며 아빠의 가슴팍을 주먹으로 마구 때렸다.

아냐, 아냐, 아냐! 그런 말 하지 마!

연주는 은아가 되고 싶었다. 은아가 돼서 엄마의 사랑을 받고 싶었다. 은아라면 어떻게 했을까, 은아는 뭘 좋아할까. 하지만 아무리 노력해도 자신이 은아가 되는 건 불가능해 보였다. 대신 연주는 착한 아이가 되기로 했다. 착한 아이를 싫어하는 어른은 없을 테니까.

음식을 흘리지 않고, 방은 깨끗이 정리하고, 어른들한텐 깍듯하게 인사했다. 그래도 엄마는 연주가 마음에 차지 않는 것 같았다.

어쩜 저렇게 애 같지 않은지 모르겠어. 정이 안 가게.

연주가 곁에 없을 때 엄마는 아빠에게 그렇게 말했다. 우연히 방문 앞에서 대화를 들은 연주는 그대로 얼어붙고 말았다. 착한 아이가 되려고 그렇게 노력했는데, 아예 아이 같지도 않다니. 엄마의 마음에 들려면 도대체 뭘 어떻게 해야 한다는 걸까.

얼마 후 남동생이 태어났다. 엄마는 드디어 웃음을 되찾은 것 같았다. 연주의 존재는 안중에도 없고 오로지 남동생만 끼고 살았다. 아빠의 애정까지 단박에 남동생에게로 옮아갔다. 연주는 자신이 그 집에서 불필요하고, 거추장스러운 존재 같았다. 그런 불안감은 남동생을 향한 강한 증오로 변했다. 자신은 그렇게나 노력해도 받지 못하는 사랑을, 밤새 울고 칭얼대고 똥오줌도 못 가리는 남동생은 당연하다는 듯 받고 있다니. 불공평해, 불공평해, 불공평해.

엄마가 보지 않을 때 남동생을 베개로 세게 눌렀다. 아이를 해칠 생각 따위는 추호도 없었다. 다만 아기가 너무 미워서 견딜 수가 없었다. 그냥 조금만, 아주 조금만 남동생을 괴롭히고 싶었다. 자지러지는 울음소리에 놀란 엄마가 달려왔다. 연주의 손에서 베개를 떼 내고 아기를 품에 안더니 연주의 양 뺨을 찰싹찰싹 때렸다.

나쁜 년!

연주는 엄마를 멍하니 올려다보았다. 엄마에게 얻어맞은 뺨보다 그 말이 더 아팠다.

얼마 후 연주는 보육원으로 돌려 보내졌다. 엄마가 그러자고 주장해서였다. 아빠는 처음엔 반대했지만, 어쩔 수 없었다. '쟤를 여기 놔두면 영준이가 위험해'라는 엄마의 말에 못 이기는 척 고개를 끄덕였다.

연주는 '최은아'에서 다시 '서연주'로 돌아왔다.

애가 물건도 아니고 친자식이 생겼다고 냉큼 파양하다니.

연주가 보육원으로 돌아온 뒤, 사정을 잘 모르는 보육원 선생님들은 그렇게 말하며 화를 냈다. 하지만 연주는 알고 있었다. 파양된 이유가 자신이 완벽하지 못해서란 걸. 완벽해지면 누군가 자신을 원하는 사람이 나타날 것 같았다. 다시 사랑받을 수 있을 것 같았다. 그러니 어떻게든 완벽해지는 수밖에 없었다.

돌이켜보면 연주의 성장 과정은 완벽해지기 위한 몸부림이었다. 그래야 된다고 마음먹은 이유는 갈수록 흐릿해졌지만,

희한하게 결심만은 더 강해져 일종의 집착이 됐다. 완벽에 걸림돌이 되는 쓸데없는 짓은 절대로 하지 않았다. 친구 사귀기도 그중 하나였다. 어차피 가까워지면 자신의 출신 배경을 다 털어놔야 하는데, 구질구질하게 동정 어린 시선을 받고 싶지 않았다. 그러느니 누구와도 가깝게 지내지 않는 편이 시간도 절약되고 좋았다. 보육원을 나와 대학 기숙사에 살면서도 룸메이트에게조차 마음을 터놓지 않았다. 어차피 룸메이트는 남자친구한테 완전히 정신이 나가 있어 쌀쌀맞은 자신한테 별 관심도 없는 것 같았다.

그런 자신의 선택에 아무런 후회도 없었다. 하지만 가끔은 연주도 지쳐서 주저앉고 싶었다. 장학금을 놓치지 않으려고 기를 쓰고 공부하고, 그러면서도 여러 아르바이트까지 해야 하는 빠듯한 삶을 잠시 내려놓고 남들이 말하는 청춘이라는 걸 즐겨보고 싶었다. 그게 비록 친구들과의 수다 떨기나 연애놀음에 불과하다 하더라도.

"서연주 학생이지? 방문객이 와 계시네."

아르바이트를 마치고 기숙사로 돌아오는데, 출입문을 지키는 교직원이 연주를 불러세우더니 로비 한쪽을 가리켰다. 오래돼 천이 너덜너덜해진 간이 소파에 예순 가까이 되어 보이는 여자가 앉아 있었다. 누구지? 과외 학생 학부모로 보기엔 너무 나이가 많았다. 게다가 그들 얼굴은 연주도 다 알고 있다. 짐작가는 사람이 없었다.

"저를 찾으셨어요?"

연주가 다가가 조심스럽게 말을 걸었다. 여자가 고개를 들었다. 얼굴에 잔주름이 좀 있긴 하지만, 곱게 나이 먹은 얼굴이었다. 어디선가 본 듯도 한 얼굴이라고 연주는 생각했다. 여자가 연주를 보더니 나지막하게 아, 하고 탄성을 내뱉었다.

"네가 연주구나."

여자의 말로 미뤄 보아 둘이 만난 적이 없는 건 분명했다. 그런데 저 여자는 어떻게 내 이름을 알고 있는 거지? 왜 본 적도 없는 나를 찾아온 거지? 혹시, 하는 생각이 머리를 스친 순간 여자가 먼저 말을 꺼냈다.

"보육원 통해서 여기 산다는 걸 알았다."

역시나였군. 괜히 여자를 아는 척했다 싶어 연주는 후회가 몰려왔다. 얼마 전 보육원에서 연락을 받았다. 자신을 보육원에 맡긴 친부모 측에서 만나고 싶어 한다는 거였다. '이제 와서 왜요?'라고 묻자, 보육원 선생님은 난감한 듯했다.

그래도 혈육인데 궁금하지 않겠니?

그 말에 연주는 '그렇게 궁금한데 이때까진 어떻게 참았대요' 하고선 전화를 끊었다. 그 뒤에도 두어 차례 더 연락이 왔지만, 연주는 그때마다 단호하게 거절했다. 자신을 버린 부모 따위, 보고 싶지 않았다. 뻔뻔하게 이제 와서 무슨 꿍꿍이람.

보육원에 아이를 맡겼다가 자녀의 정착 지원금을 노리고 출소할 무렵에야 연락하는 부모들도 적지 않았다. 괜히 그런 일에 휘말리느니 애초부터 상종하지 않는 게 속 편했다. 그런데 여기까지 찾아오게 만들다니. 이다음에 보육원 선생님에게 단단히 따져야겠다고 연주는 마음먹었다.

"저는 할 말 없어요. 그러니 돌아가세요."

연주는 여자를 지나쳐 돌아가려 했다. 여자가 연주의 손목을 붙잡았다.

"잠깐, 잠깐이면 되니까 어디 조용한 데 가서 얘기 좀 할 수 없을까? 부탁이다."

"이거 놔요!"

연주가 여자의 손을 뿌리치려 했다. 하지만 여자는 연주 손을 꽉 붙들고 놓아주려 하지 않았다. 나이답지 않게 손아귀 힘이 꽤 세서 놀랐다. 낯이 익은 기숙사 학생들이 호기심 어린 얼굴로 연주와 여자를 힐끔거리면서 지나갔다. 연주는 얼굴이 벌겋게 달아올랐다. 여자는 호락호락 물러나려 할 것 같지 않았다. 이러다간 구경거리가 되기 딱 십상이었다.

"10분만이에요."

그제야 여자는 연주의 손목을 놓아주었다. 연주가 앞장서서 걷기 시작했다. 기숙사 근처 커피숍은 아직 문을 닫지 않았을 것이다. 아마 30분 정도 뒤엔 영업을 종료할 테지만, 연주는 어차피 그 이상 여자와 얘기할 생각도 없었다.

음료를 주문하고 나서 자리에 앉은 연주는 여자를 찬찬히 뜯어보았다. 이 사람이 내 생모인가. 그렇다면 마흔은 돼서야 아기를 낳았다는 건데. 나이도 먹을 만큼 먹어서 왜 자기가 낳은 자식을 버렸을까.

그만큼 내가 싫었던 걸까?

나도 마찬가지라고, 자식 버린 부모 따윈 상종하고 싶지도 않다고 생각하면서도 연주는 한편으론 생모가 왜 자기를 버렸는지 궁금했다. 당장 눈앞에 있는 여자를 뿌리치고 일어나고 싶다는 마음과 자신을 버린 이유를 물어보고 싶다는 마음이 실타래처럼 연주 안에서 뒤엉켰다.

"용건이 뭐예요?"

여자는 말하기 곤란한 듯했지만, 계속 우물쭈물하고 있을 수는 없다 싶었는지 조심스럽게 입을 뗐다.

"인혜를, 네 친엄마를 한번 만나주면 안 되겠니?"

뜻밖의 말에 연주는 조금 놀랐다. 굳이 기숙사까지 찾아와서 자신을 만나겠다고 떼를 쓰기에 당연히 마주 앉은 사람이 친엄마일 줄 알았다. 그런데 아니라니. 그러면 이 사람은 대체 누구지.

"당신이 친엄마 아니었어요?"

말을 뱉어놓고 보니 '당신'과 '엄마'라는 단어가 충돌해 굉장히 어색하게 들렸지만, 달리 어떻게 표현할 수도 없었다. 여자가 쓸쓸하게 웃었다.

"난 인혜 엄마야."

아, 그럼 이 사람은 내 외할머니구나. 어쩐지 낯이 익었다 싶었는데, 속쌍꺼풀이 진 기르스름한 눈이나 얄팍한 입술이 자신과 닮은 것도 같았다.

"날 보고 싶으면 직접 올 것이지 왜 엄마를 대신 보냈대요?"

딱히 의도한 건 아닌데, 연주의 말엔 비아냥거림이 섞여 있었다.

여자가 흑, 하는 울음소리를 내더니 토해내듯 말했다.

"올 수가 없으니까. 네 엄마, 지금 죽어가고 있어."

여자는 감정이 북받쳤는지 옆에 있던 종이 냅킨을 뽑아 눈시울을 꾹꾹 눌렀다. 연주는 여자가 한참 동안 감정을 추린 뒤 다 쓴 냅킨을 둥글게 말아 호주머니에 집어넣는 걸 냉담한 시선으로 바라보았다.

"무슨 병이에요?"

"난소암."

여자가 한 음절, 한 음절 곱씹듯이 말했다. 마치 딸을 죽인 원수라도 된다는 듯이.

"의사 말로는 살 날이 얼마 안 남았다더라. 죽기 전에 네 얼굴을 꼭 한 번만 보고 싶다는데, 마지막 소원을 들어줄 순 없겠니?"

연주는 여자의 간절한 시선을 피해 창밖을 바라봤다. 이미 어둠이 내려앉은 거리엔 오가는 사람들이 별로 없었다.

"낳아놓고 버릴 땐 언제고 이제 와서 보고 싶다는 건가요?"

"인혜는 널 버리지 않았어."

연주가 여자에게로 고개를 돌렸다.

"널 보육원에 보낸 건 나랑 남편이야. 하마터면 죽을 뻔했을 만큼 난산이었다. 회복하기까지 시간이 오래 걸렸어. 그사이 우리가 널 보육원에 보낸 거고."

연주는 여자를 똑바로 쏘아보았다.

"왜요?"

"그때 인혜는 열여섯이었거든."

"……"

여자가 머뭇거리다 덧붙였다.

"성폭행으로 애를 밴 거였어."

연주는 머릿속이 하얘졌다.

"누, 누구한테요?"

"그건 우리도 몰라. 인혜가 밤늦게 독서실에서 돌아오는 길에 그…… 일을 당한 모양이니까."

여전히 그때 일을 입에 올리기 싫은 모양이었다.

친부모가 대단한 사람들일 거란 생각은 한 적 없지만, 그래도 생부가 강간범이란 결말을 상상한 적은 결코 없었다. 쉽게 받아들이기 어려운 충격이 머리부터 온몸으로 퍼졌다.

"처음엔 인혜가 사춘기라 방황한다고만 생각했는데, 사실을 털어놨을 땐 이미 중절 수술이 가능한 때가 지나 있었어."

그때 중절 수술로 없애버릴 수 있었던 애가 지금 눈앞에 있다는 사실을 의식했는지 여자의 목소리가 점점 작아졌다.

"그래도 인혜는 널 키우고 싶다고 했어. 하지만 중3짜리가 애를 키운다는 건 남은 인생 전부를 포기하겠다는 뜻이나 다름없잖니. 부모로서 그대로 보고 있을 수가 없었어."

"그 사람 대신 날 키울 생각은 안 해봤어요?"

"안 해본 건 아니지만 네가 곁에 있으면 인혜가 마음을 못 잡을 것 같았어. 되도록 안 보이는 곳에 멀리 떼놓는 게 상책이라 생각했다. 그리고……."

"그리고요?"

"인혜 아빠가 절대 안 된다고 펄펄 뛰었으니까. 인혜는 우리 외동딸이거든."

외동딸이 누군지 모를 놈팡이에게 당해 강제로 낳은 자식을 곁에 두고 싶지 않았다는 뜻이겠지. 연주는 그렇게 이해했다. 하긴 냉정하게 따지고 보면 이해가 안 될 것도 아니었다.

"그런데 그 사람, 왜 날 안 찾았어요? 지금까지 얼마든지 찾을 수 있었잖아요."

"찾았었어."

여자가 황급히 말했다.

"성인이 된 후에 널 맡긴 보육원을 찾아갔어. 하지만 그때는 네가 이미 다른 곳에 입양된 뒤더라. 네가 새 가정에 적응하는 데 방해가 될 수 있다기에 인혜도 더는 너를 찾지 않기로 한 거야. 좋은 양부모 만나 잘살고 있을 줄 알았는데……."

여자의 말꼬리가 점점 흐려졌다.

"그랬는데 알고 보니 파양 당해 다시 보육원에 돌아갔다가 성인이 돼서 혼자 나와 살고 있더라는 거네요."

여자가 차마 잇지 못한 말을 연주가 대신 끝맺음했다. 여자가 거북한지 고개를 숙였다.

생모가 자신을 찾았었다는 얘길 왜 못 들었을까. 연주는 기억을 곰곰이 되짚어봤다. 파양돼 보육원으로 돌아온 이후 한동안 극심한 대인기피증을 앓았으니 선생님들이 일부러 쉬쉬했을지도 모른다. 친부모래서 안심하고 맡겼는데 또다시 버림받고 돌아오기라도 하면 그땐 정말 큰일이니까. 아니면 보육원에서 단순히 실수한 건지도 모른다. 항상 일손이 딸렸고, 행정이 체계적이라고 할 만한 수준은 못 됐던 보육원 생활이 되살아났다. 어느 쪽이든 이미 오래전에 지나간 일이다.

"그동안 고생 많았지? 그래도 혼자 힘으로 이렇게 잘 커줘서 고맙고, 미안하다. 인혜도 틀림없이 자랑스러워할 거야."

연주가 자리를 박차고 일어섰다. 생각지도 못했던 정보가 물밀 듯 마구 밀려오는 통에 정신을 차릴 수가 없었다. 지금 자신이 느끼는 감정이 억울함인지, 분노인지, 실망인지 자신도 정확히 알 수 없었다. 분명한 건 저 여자를 계속 마주 보고 있다간 이성을 잃어버릴 것 같다는 두려움뿐이었다.

"그딴 거 전 상관없어요. 가서 그 사람한테 전하세요. 전 엄마 같은 거 없다구요!"

여자가 가방을 챙겨 일어나는 연주 옷자락을 붙잡았다.

"원망하는 건 당연하다만, 그래도 한 번만 보러와 주면 안 되겠니? 경동병원 중환자실 302호야."

연주는 매몰차게 여자의 손을 뿌리치고 커피숍을 나왔다.

"혹시라도 생각이 바뀌면 꼭 들러다오. 경동병원 중환자실 302호로!"

여자가 따라 나와 연주의 뒤통수에 대고 외치는 소리가 들렸다. 하지만 연주는 한 번도 뒤를 돌아보지 않았다.

연주가 찾아왔던 여자를 다시 만난 건 한 달 정도 뒤였다. 그동안 여자가 전혀 생각나지 않은 건 아니었다. 이따금 '경동병원 중환자실 302호!'라고 외치는 여자의 목소리가 귓전에 되살아나 저도 모르게 깜짝깜짝 놀라곤 했다.

한번 찾아가 볼까.

어쩌다 그런 생각이 드는 때도 있었다. 아냐, 가서 뭘 하려고. 죽어가는 사람에게 왜 나를 버렸냐고 따지기라도 하려고? 그래도 친엄마가 어떻게 생겼는지 얼굴이라도 볼 수 있잖아. 봐서 뭐 해. 그런다고 네 인생이 크게 달라지기라도 하니? 그런 데 신경 쓰지 말고 네 할 일이나 열심히 해. 할 게 산더미잖아. 장학금을 안 놓치려면 기말시험도 잘 봐야 하고. 아르바이트해서 돈도 벌어야 하잖아.

하지만 전부 다 변명인지도 몰랐다. 어쩌면 연주는 단순히 두려운 건지도 몰랐다. 그 사람을 실망시킬까 봐. 혹시나 마음을 줬다가 또다시 버림받을까 봐. 그럴 바엔 차라리 만나지 않는 게 낫다고 생각했다.

그러면서도 연주는 한편으론 자기를 버린 엄마를 그리워하고 있었다. 다들 엄마는 무슨 일이 있어도 내 편을 들어주는 존재라고 했다. 어떤 상황 속에서도, 내가 무슨 짓을 저지를지라도. 본인은 깨닫지 못했지만, 연주도 제 엄마가 그런 사람일 거라고 남몰래 상상하곤 했다. 자기 배로 낳은 자식을 버린 사람이니 그럴 리가 없음에도 불구하고.

그런데 막상 생모를 만나려니 상상 속에 존재했던 엄마가 사라져버릴까 봐 겁이 났다. 막연하게 머릿속으로 그려만 봤던 엄마를 실제로 만나보고 실망하느니 태어나 단 한 번도 제 곁을 지켜주지 못한 엄마라는 존재를 상상하며 그리워하는 편을 선택하고 싶었다.

"전에 만났던 커피숍에서 차 한잔하겠니?"

기숙사 로비에 서서 기다리고 있던 여자는 연주를 보더니 그렇게 물었다.

이번엔 연주도 거부하지 않았다. 여자가 또다시 간곡하게 부탁한다면 못 이기는 척 병원에 슬쩍 가줄 의향도 없지 않았다. 아니, 억지로 갈 수밖에 없도록 여자가 좀 더 밀어붙여 줬으면 하는 마음도 있었다.

여자는 한 달 사이 많이 수척해져 있었다. 볼살이 많이 내리고 흰머리가 눈에 띄게 늘어 있었다.

"병원에 와 달라고 또 부탁하러 오셨어요?"

연주가 여자에게 물었다. 여자는 조용히 고개를 흔들었다.

"아니. 이젠 그럴 필요 없어. 인혜는 이미 세상을 떴거든."

연주는 가슴 위로 무거운 돌덩이가 쿵, 하고 내려앉는 것 같았다. 한 번도 본 적 없는 사람인데, 조만간 죽을 거라는 걸 알고 있었는데 가슴 한편이 뻐근해졌다. 그래서였나. 저 여자가 저렇게 살이 내리고, 흰 머리가 늘어난 것은.

"전해줄 게 있어서 왔어."

여자가 연주에게 하얀 편지봉투를 내밀었다.

"인혜가 부탁했어. 직접 만나서 주고 싶었는데, 그럴 수가 없으니 자기 죽은 다음에라도 꼭 너한테 전해 달라고."

테이블 위에 놓인 봉투를 선뜻 집어들지 못하고 연주는 가만히 쳐다보고만 있었다.

"가기 전에 만났더라면 좋았을 것을. 너도 참 고집이 세구나. 그 애처럼."

　여자가 연주를 물끄러미 쳐다보며 말했다. 비난의 기색은 없었다. 그저 덤덤하게 사실을 말하는 것 같았다.

"내 연락처도 함께 넣었으니 혹시나 나중에라도 생각이 있으면 연락 다오. 그 애, 결혼도 안 했고 어쨌든 너는 인혜가 남긴 유일한 핏줄이니까."

　말을 마친 여자가 먼저 자리에서 일어섰다.

"저기요."

　연주가 여자를 불러세웠다.

"……뭐 하는 사람이었어요?"

　여자가 보일락 말락 하게 미소지었다. 딸이 활발하게 일하던 모습이 그 순간 머리에 그려진 것 같았다.

"일러스트레이터였어. 어린이 동화책 그림을 주로 그렸지. 자기 입으로 말한 적은 없지만, 혹시 네가 볼 수도 있으니 그 일을 선택한 게 아닐까, 싶었다."

　말을 마친 여자가 문을 열고 나가자 커피숍 문에 달린 장식종이 딸랑거리며 긴 여운을 남겼다. 여자가 자리를 뜬 뒤에도 연주는 한동안 그 자리에 멍하니 앉아 있었다.

사랑하는 내 딸에게.

기숙사에 돌아와서 열어본 인혜의 편지는 그렇게 시작됐다.

> 사랑하는 내 딸에게.
>
> 하고 싶은 말이 너무나 많은데 막상 편지를 쓰려니 무슨 말을 어떻게 해야 할지 모르겠구나.
>
> 우선 너한테 너무나 미안하다. 네가 크는 걸 지켜봐 주지 못해서, 엄마가 필요할 때 옆에 있어 주지 못해서.
>
> 하지만 난 한순간도 너를 잊은 적이 없단다. 네 또래 아이들을 보면 그게 전부 너로 보였어. 아장아장 걸음마를 하는 아기를 볼 때도, 양갈래로 머리를 묶은 어린 소녀를 볼 때도, 교복을 입고 분식점에서 떡볶이를 먹는 여고생들을 볼 때도 아, 내 딸도 저렇겠구나, 머릿속으로 그려보곤 했어.
>
> 이제 너는 어엿한 성인이 됐겠지. 어떻게 자랐을지, 뭐를 좋아할지 너무나 궁금하구나. 너를 좀 더 알고, 이야기할 기회가 있었더라면 좋았을걸. 살날이 얼마 남지 않았다고 하니 제일 후회되는 일이 바로 그거였어.
>
> 네가 어떤 모습이든 너는 자랑스러운 내 딸이야. 네가 서 있는 곳이 어디든, 앞으로 네가 어떤 인생을 살든 엄마는 무조건 너를 사랑한다는 사실만은 꼭 알아줬으면 좋겠어.
>
> 앞으로 네가 행복한 인생을 살기를 기도할게.
>
> 엄마가.

연주는 편지를 다시 접어 책상 서랍에 집어넣었다. 하도 여러 번 읽어서 몇 구절은 보지 않고도 그대로 읊을 수도 있었다.

네가 어떤 모습이든 너는 자랑스러운 내 딸이야.

네가 서 있는 곳이 어디든, 앞으로 네가 어떤 인생을 살든 엄마는 무조건 너를 사랑한다는 사실만은 꼭 알아줬으면 좋겠어.

진작 그렇게 말해줬더라면 좋았을 것을. 연주는 가슴 속에 뜨거운 무언가가 치밀어 올랐다. 그랬더라면 버림받지 않기 위해 이렇게까지 발버둥치진 않았을 텐데. 항상 폭탄을 안고 살얼음판을 걷듯이 아슬아슬하게 살지도 않았을 텐데.

늦기 전에 그 사람을 만나봤더라면 좋았을 것을. 연주는 자신의 고집스러움에도 화가 났다. 그 사람은 이렇게 나를 항상 기억하고 있었는데. 있는 그대로 나를 사랑할 거라고 했는데.

눈물이 뺨을 타고 흘렀다. 연주가 기억하기로 자신이 눈물을 흘린 건 꽤 오랜만이었다. 연주는 눈물이 그칠 때까지 오랫동안 베개에 얼굴을 파묻고 있었다.

한 달쯤 지났을 무렵 보육원 동생 은수가 찾아왔다. 보육원에서도 데면데면한 사이였기에 이렇게 연락하고 찾아온 건 의외였다. 은수는 늘 여진이랑만 딱 붙어 다녔는데.

은수가 사람들 없는 데서 조용히 얘기하고 싶다기에 연주는 은수를 기숙사 방으로 데려왔다. 책상 의자를 빼 은수에게 앉으라고 한 다음, 연주도 침대에 걸터앉아 은수를 마주보았다.

"언니, 언니 신분 나한테 빌려주면 안 돼?"

은수는 자리에 앉자마자 단도직입적으로 그렇게 말했다.

쟤가 저렇게 뻔뻔스러울 정도로 당찬 면이 있는 애였던가 싶어 연주는 은수를 한참 동안 쳐다봤다.

"이유가 뭔데?"

은수는 주절주절 이야기를 늘어놓았다. 자세한 이유는 설명할 수 없지만, 어떤 노인에게 복수하기 위해 간병인으로 취업해 돈을 떼먹으려 한다고. 그러기 위해선 언니의 신분이 필요하다고. 정체가 발각되기 전에 노인의 집을 나올 테니 언니에게 피해는 가지 않을 거라고. 그래도 만에 하나 문제가 생기면 얼마 선 신분증을 잃어버렸다가 다시 찾았는데, 자신도 모르는 사이 신분이 도용된 모양이라고 둘러대면 될 거라고 은수는 조목조목 설득했다.

"왜 꼭 그렇게까지 해야 하는데?"

연주의 질문에 은수가 단호하게 대답했다.

"후회하기 싫어서."

연주가 은수를 똑바로 쳐다보았다.

후회하기 싫어서.

한 달 전이라면 그 말이 연주에게 아무런 반향을 일으키지 않았을 것이다. 하지만 지금 은수가 던진 말은 연주의 가슴을 그대로 파고들었다. 후회할 짓 같은 건 하지 말걸. 밤마다 잠자리에 들 때면 연주가 수십 번씩 곱씹는 말이었다. 그때 병원에 갔으면 후회는 남지 않았을 텐데.

"그래, 알았어. 너 좋을 대로 해."

연주가 대수롭지 않게 말했다. 그렇게 쉽게 승낙해줄 줄 몰랐는지 은수는 순간 멍한 표정이 됐다가 우물우물 고맙다고 했다. 보아하니 아마도 자신의 입에서 나온 '복수'라는 말이 결정적으로 연주의 마음을 움직였다고 착각하는 것 같았다.

아니, 그게 아니야.

한시름 놓은 듯한 은수 얼굴을 바라보면서 연주는 이렇게 말하고 싶었다.

네 말대로 후회가 없었으면 좋겠어.

나는 그러지 못했으니까…… .

미처 밖으로 꺼내지 못한 말들이 연주의 입안에서 계속 맴돌았다.

8

어떤 꿈,
그리고

은수는 밤새 한잠도 자지 못했다. 누워서 뒤척거리다 한 번씩 벽에 걸린 시계를 보면 시간은 두 시에서 세 시, 네 시로 넘어가 있었다. 열대야라 밤새 땀을 흘렸는지 목덜미가 닿은 베갯잇이 눅눅했다. 하지만 좀처럼 잠들지 못하는 이유가 더위 때문만은 아니라는 사실을 은수는 잘 알고 있었다. 간밤에 정우의 메시지를 받은 뒤로 머릿속에선 '포기'와 '강행' 두 가지 선택지가 맹렬하게 대립하고 있었다.

차라리 일을 그만두고 빨리 이 집을 나가 버릴까.

갑자기 무슨 그런 마음 약한 소리야. 겨우 그 정도 각오밖에 안 됐니?

아예 몰랐다면 모를까 다 알면서 어떻게 그런 일을 해?

솔직히 말해봐. 처음부터 진짜 할 생각이 있기는 했어? 화가 나서 그냥 충동적으로 벌인 일 아니냐고!

그대로 있으면 생각이 꼬리에 꼬리를 물고 끝없이 이어질 것 같아 은수는 자리에서 벌떡 일어나 앉았다. 그래, 그냥 관두자. 여기서 모든 걸 다 끝내버리자. 지금 같아서는 노인을 계속 마주할 자신이 없었다. 행여나 정체가 발각돼 저와 연루된 다른 사람들까지 피해를 주느니 차라리 지금쯤 물러나는 게 모두를 위해 좋은 일 같았다.

그런데 뭐라고 한다……

적당한 변명거리를 찾는 일쯤은 그다지 어렵지 않을지도 모른다. 생각보다 일이 지루하고 따분해서, 환자의 비위를 맞추기가 힘들어서, 체력적으로 힘에 부쳐서……. 무슨 이유를 갖다 대더라도 딱히 이상할 게 없다. 명순은 '그럼 그렇지. 경험도 없는 어린애가 얼마나 버티려나 했어'라고 생각할 테지.

은수는 노인의 방문을 열었다. 이미 일어났는지 그는 침대 위에 반쯤 몸을 일으킨 상태였다.

"휠체어까지 좀 데려다 주겠나."

노인이 은수를 빤히 보더니 말했다.

은수는 노인의 한쪽 팔을 자신의 어깨에 두르고 몸을 일으켜 세우려 했다. 평상시와 달리 이상하다 싶었는데, 노인의 몸이 바닥으로 스르르 무너졌다. 말 그대로 눈 깜짝하는 순간에 벌어진 일이었다.

정신을 차리고 보니 노인은 방바닥에 옆으로 몸을 웅크린 채 쓰러져 있었다.

"괜찮으세요?"

은수가 황급히 노인의 상체를 일으키려 하자, '으윽' 하고 괴로운 신음소리를 냈다. 바닥에 털썩 주저앉을 때 충격 때문에 어디가 부러지기라도 한 것 같았다.

"많이 아프세요?"

은수는 입안이 바짝바짝 타들어갔다. 긴장감 때문인지 땀이 밴 셔츠가 등에 찰싹 달라붙었다. 노인이 다친 건 명백하게 자기 잘못이다. 손을 놓쳤거나, 몸을 제대로 지탱하지 못했거나. 뭐가 문제였는지는 정확히 모르겠지만 자신이 저지른 사소한 실수 때문이라는 것만은 분명했다.

"뼈가…… 부러진 것…… 같은데."

노인이 띄엄띄엄 말했다. 고통을 참느라 이를 악문 탓에 음절 사이가 뚝뚝 끊어졌다.

은수는 눈앞이 하얘지는 걸 느꼈다. 턱이 덜덜 떨렸다. 침착하자, 침착하자. 이럴 땐 어떻게 해야 하지? 이게 다 어제 잠을 제대로 못 잔 탓이다. 머리가 멍해서 이런 바보 같은 실수를 한 거다. 설령 그렇다 한들 자책만 하고 있으면 어떻게 할 거야? 빨리 생각을 좀 하라고!

"구급차를…… 불러."

노인이 은수를 보며 조용히 말했다. 은수가 어찌할 바를 모르고 허둥대는 걸 눈치챈 것 같았다.

아, 그렇지. 구급차. 손에 들고 있던 휴대전화를 켰다.

"119죠? 여기 환자가 있는데요. 노인인데 넘어지면서 뼈가 부러진 것 같아요. 뭐라고요? 아뇨, 못 움직여요. 주소는……."

앰뷸런스는 10분 정도 뒤에 도착한다고 했다. 전화를 끊고 나서 은수는 노인 옆에 다가가 앉았다. 통증 때문인지 이마엔 땀이 점점이 맺혀 있었다. 은수가 마른 수건에 물을 묻혀 노인의 이마에 맺힌 땀을 닦아냈다. 이렇게 가까이서 본 노인은 평상시보다 훨씬 수척하고 나약해 보였다.

얼마 후 구급 요원들이 도착했다. 스트레처에 노인을 옮겨 눕힌 뒤 앰뷸런스 뒤에 실었다.

"연락 주신 분인가요?"

삼십 대 중반 정도 되는 남자가 은수에게 물었다. 은수가 고개를 끄덕였다.

"다른 보호자 분은 안 계세요?"

남자가 은수를 훑어보며 물었다. 설마 미성년자는 아니겠지, 하고 미심쩍어하는 표정이었다. 은수는 뭐라고 대답할지 몰라 잠시 망설이다 그냥 '지금은요' 했다.

"일단 가까운 병원으로 이송해서 엑스레이를 찍고 검사를 할 거예요. 수술이 필요하다고 하면 다시 큰 병원으로 이동할 거고요. 우선 연락 주신 분이 구급차로 함께 이동하시면서 다른 보호자 분한테 연락해보시죠."

구급차에 올라탄 은수는 바로 명순의 전화번호를 눌렀다. 아직 이른 시간인데도 명순은 연결음이 채 세 번도 울리기 전에 바로 전화를 받았다. 노인이 다쳐서 이송 중이라고 하자 화들짝 놀라며 당장 병원으로 가겠다고 했다.

"어느 병원이지?"

통화 내용이 들렸던지 곁에 있던 구급요원이 '자애병원'이라고 알려주었다.

"바로 준비하고 나갈 테니까 조금 있다가 병원서 만나."

전화를 끊고 나서야 은수는 원래는 오늘 명순이 쉬는 날이라는 사실을 깨달았다. 노인과 명순 모두에게 피해를 입혔다는 자책감에 은수는 마음이 무거웠다. 하지만 한걸음에 달려오겠다고 한 명순이 그렇게 고마울 수가 없었다. 평상시엔 그리 가까웠다고 할 수 없는 명순이라는 존재가 지금 은수에게 너무나 절실했다.

차가 시동을 걸자, 은수는 심장이 금방이라도 가슴에서 튀어나올 것처럼 두근거렸다. 은수가 구급차에 탄 건 이번이 두 번째다. 처음 구급차를 탔을 때의 기억이 툭 튀어나왔다. 되도록 생각하고 싶지 않아서 이제껏 꼭꼭 봉해놓고 있었는데, 어딘가에 숨어 있던 기억이 저도 모르게 불거져 나온 것 같았다.

　여진아, 정신 차려! 조금만 버텨!

　은수는 그때 구급차에서 계속 그렇게 소리쳤던 것 같다.

　핏기가 가신 여진의 얼굴은 하얗다 못해 푸르스름하게 보였다. 어서 빨리 병원에 도착해야 하는데, 꾸물기리는 동안 여진이가 숨을 놔버리는 일은 없어야 할 텐데. 은수는 속이 바싹바싹 타서 도로를 질주하는 구급차가 굼벵이 구르는 것처럼 느리게 느껴졌다.

　그날 저녁, 여진이가 사는 옥탑방에 도착할 때만 해도 은수는 자신이 그런 광경을 보게 될 줄은 상상도 하지 못했다. 방문을 열자 기분 나쁜 비릿한 냄새가 덮쳤다. 바닥에 의식을 잃은 채 여진이 쓰러져 있었고, 손목에서 흘러나온 새빨간 피가 바닥을 흥건히 적신 걸 본 후에야 은수는 자신이 맡은 냄새가 피비린내였다는 걸 깨달았다. 기겁해서 여진의 창백한 뺨에 손을 대보았다. 다행히도 아직은 희미하게 온기가 남아 있었다.

　은수는 휴대전화를 꺼내 119를 눌렀다. 숫자를 누르는 손이 주체할 수 없을 정도로 와들와들 떨렸다. 주소를 부르는 목소리도 덜덜 떨리는 것 같았다. 나중에 그 일을 돌이켜볼 때마다 그 상황에서 여진의 주소를 정확하게 댄 건 기적에 가까운 일이라고 은수는 생각했다.

여진은 즉시 병원 응급실로 옮겨졌다. 연락을 받고 달려온 희망보육원 선생님은 은수를 보더니 기가 막혔는지 입을 딱 벌렸다. 은수는 몰랐지만, 청바지와 하얀 윗옷이 여진의 피로 온통 붉게 물들어 있었다.

"대체 어떻게 된 일이니? 무슨 일이 있었던 거야?"

선생님이 다그쳐 물어도 은수는 '몰라요'라는 말만 반복했다. 은수는 정말 이 상황에서 아는 게 하나도 없었다.

여진이는 긴히 할 얘기가 있으니 은수더러 그날 밤 편의점 아르바이트를 마치면 자기 집에 들러 달라고 했다. 빨리 집에 돌아가 쉬고 싶었던 은수는 '전화로는 안 돼?'라고 했다.

안 돼, 전화로는.

그러면 다른 날 가면 안 돼?

오늘이라야 해.

왜?

……시간이 지나면, 네가 더 힘들 테니까.

얘가 대체 무슨 말을 하는 거야, 생각했지만 은수는 특별히 이상하다고 여기지는 않았다. 설마 여진이가 그런 짓을 할 줄은 몰랐으니까. 교대하는 직원과 떠드느라 조금만 늦장을 부렸더라면 은수가 도착했을 무렵 여진은 이미 숨을 거둔 상태였을지도 몰랐다.

한여진, 너 도대체 무슨 생각을 한 거니? 제일 친한 친구인

나한테 네 시신을 거두게 하려 했던 거야? 나한테 어떻게 그렇게 끔찍한 일을 시킬 수 있어! 여진이가 깨어난다면 그렇게 따져 묻고 싶었다. 그러기 위해서라도 여진은 꼭 깨어나야 했다.

"자살하려 했다는데 낌새는 못 차렸니? 너네는 자매지간이나 마찬가지였잖아."

책망하려 한 건 아니었을 텐데, 은수 귀에는 보육원 선생님의 말이 그렇게 들렸다. 제일 친한 친구였는데, 아니 유일한 친구였는데 은수는 여진이 마음이 지옥 같은 상태라는 걸 전혀 눈치채지 못했다.

동갑내기라 비슷한 시기에 보육원을 나온 여진은 은수와 달리 곧바로 일자리를 찾았다. 미용사가 되겠다고 일찌감치 진로를 정해 미용 특성화 고등학교를 졸업한 덕분이었다. 보육원 출소와 동시에 대형 미용실에 보조 미용사로 취업한 여진을 내심 부러워하고 있었는데. 그런데 일이 이렇게 되고 말았다.

역시 나와서 둘이 함께 살아야 했나. 그러면 여진이가 힘들어하는 걸 바로 알아챌 수 있었을 것이다. 저런 바보 같은 짓을 하지 않도록 막을 수 있었을지도 모른다.

보육원 나가면 어디서 살 거야?

여진이 그렇게 물었을 때 은수는 그게 '우리 같이 살지 않올래?'라는 뜻이란 걸 알고 있었다. 자기가 원하는 걸 강하게 주장하는 법이 없는 여진은 늘 그렇게 에둘러 의사 표현을 하곤 했으니까.

15년이나 같은 공간에서 매일 얼굴을 마주하다 보면 그 정도는 쉽게 짐작할 수 있다. 은수가 '월세가 싼 원룸을 봐뒀어'라고 하자 여진의 얼굴에 실망하는 빛이 스치고 지나갔다. 여진에겐 미안했지만, 은수는 자기만의 공간을 갖고 싶었다. 15년 동안 대여섯 명이랑 한방을 같이 썼는데 나오면 그 정도 사치는 누릴 수 있는 거 아닌가, 싶었다. 그런다고 거의 평생을 함께 지냈던 여진과 사이가 멀어질 리도 없는 거고.

은수가 신체적으로 여진과 거리를 뒀다면 여진은 은수에게 마음의 거리를 두기로 작정한 것 같았다. 어느 순간부터 여진이 은수에게 얘기하지 않는 것들이 조금씩 늘어갔다. 미용실에서 일한다면서 손톱은 왜 그렇게 길게 기르고 반짝이 따위를 붙이고 다니는지, 왜 그렇게 숙취에 고생하는 일이 많은지 여진은 일절 설명하지 않았다.

은수도 굳이 캐묻지 않았다. 보육원과 달리 세상은 그렇게 만만한 곳이 아니었다. 가끔씩 '여진이 뭔가 이상한데' 싶을 때도 있었지만, 그보다는 제 앞가림이 우선이었다. 먼저 홀로서기에 성공한 여진한테 오지랖 넓게 훈수를 둘 여유가 없었다. 그래도 은수는 여진에게 고민거리가 있으면 언제든 자기한테 터놓을 줄 알았다.

하지만 아니었다. 여진이 미용실 단골손님의 꾐에 빠져 유흥업소 아르바이트를 했다는 걸 은수는 나중에야 알았다. 어릴 때부터 예쁜 얼굴로 도드라졌던 터라 그런 유혹에 노출되기 쉬웠을 것이다. 그러다 미용실 원장에게 들통이 나 아예 미용 일을 접고 술집에 나가게 됐다고 했다.

여진은 그 상황을 제대로 받아들일 수가 없었다. 어차피 이렇게 된 거 돈 많은 남자나 하나 물어보자고 마음먹을 수도 있었겠지만, 그러기엔 여진은 너무 여리고 허술했다. 거친 환경 속에서 나날이 상처받고 몸과 마음이 지쳐갔던 것 같다.

은수는 뒤늦게 모든 사실을 알고서 펑펑 울었다. 바보야, 그런 일이 있으면 나한테 얘기하지 왜 입을 꾹 다물고 있었던 거야. 우리 사이가 그렇게 아무것도 아니었니? 하지만 죽다 살아난 여진 앞에서 은수는 아무 말도 할 수 없었다.

자신 같은 보호종료아동이 무력하기 짝이 없는 존재라는 사실을 은수는 여진의 자살 소동을 겪고 다시 한번 깨달았다. 일단 응급조치로 목숨은 구했지만, 보호자가 없으면 입원조차 할 수 없었다. 보육원 원장 선생님이 보호자를 자처한 덕분에 여진은 간신히 입원 치료를 받을 수 있었다.

그러나 여진은 은수가 아는 여진으로 돌아오지 못한 것 같았다. 정신을 차린 다음에도 여진은 다문 입을 좀처럼 열지 않았다. 눈을 뜨고 있을 때는 하염없이 창밖만 바라보았다.

우울증 증세가 심해서 혼자 두는 건 위험해요. 자칫하면 또 자살 시도를 할 수도 있어요. 성인 보호자는 안 계신가요?

여진이 퇴원할 무렵, 의료진은 그렇게 말했다. 예상도 못 했는데 보육원 원장 선생님이 선뜻 자신이 여진을 맡겠다고 나섰다.

나도 한 달 후면 퇴직이야. 보육원에서 20년 가까이 데리고 있던 애랑 몇 달 같이 사는 게 뭐가 어렵겠어. 나는 혼자니까 다른 가족들 동의를 구할 필요도 없고.

그나마 불행 중 다행이었다. 시간이 지나면 여진은 조금씩 예전 모습으로 돌아오기 시작할 것이다. 한없이 여리고 내성적이지만 잘 웃고, 멋 부리기를 좋아하던 원래의 여진으로.

은수는 그렇게 믿고 싶었다.

"고관절 골절이네요. 수술을 해야겠습니다."

의사가 노인의 엑스레이 검사 결과를 보고 말했다.

"수술요?"

은수가 눈을 커다랗게 떴다.

"하지만 정말 살짝 넘어진 것 같았는데……."

"노인들은 골밀도가 낮아서 넘어져도 바로 뼈가 부러지곤 합니다. 특히나 파킨슨병 환자는 골다공증성 골절 위험이 일반 노인들보다 더 높고요."

"아……."

은수는 의기소침해져서 고개를 움츠렸다.

"손녀분이신가요?"

의사가 은수를 흘깃 보며 물었다. 간병인이라 허러다 은수는 가만히 고개를 끄덕였다. 이런 상황에도 함께 와주는 가족 하나 없으면 노인이 너무 처량하게 보일 것 같았다.

"다른 보호자분은 안 계신가요?"

"……오는 중이에요."

병원에선 명순한테도 가족 관계를 꼬치꼬치 물어볼까. 만약 명순이 가사도우미고, 은수가 간병인이란 걸 안다면 의사는 어떤 표정을 지을까. 희한한 보호자들이라고 신기하게 생각할까, 그렇지 않으면 남의 집 가정사 따위엔 관심이 없을까. 차라리 나이가 지긋한 명순을 노인의 배우자로 착각해줬으면 좋겠다고 은수는 생각했다.

"이게 무슨 일이야?"

등 뒤에서 익숙한 목소리가 들려 돌아보니 명순이 허겁지겁 들어오고 있었다. 화장을 하는 둥 마는 둥 했는지 평소엔 거의 눈에 띄지 않던 잡티며 잔주름이 도드라져 보였다.

"그게……."

은수가 우물쭈물 말을 흐리는데 의사가 '최창훈 씨 보호자

분 되세요?' 하고 물었다. 명순이 그렇다고 하자 의사는 다시 '고관절 골절'이라는 진단을 되풀이해 설명했다.

"수술이랑 입원은 여기 말고 인근 2차 병원에서 하실 겁니다. 거기까지는 구급차 불러서 이동하실 거고요."

명순이 은수 쪽을 쳐다보았다.

"대체 어쩌다 다치신 거야?"

명순의 목소리는 생각보다 차분했다. 하지만 거기에 비난의 기운이 어려 있는 걸 은수는 놓치지 않았다.

"혼자 침대에서 일어나려다 미끄러졌어. 곁에 저 사람 없었으면 큰일 날 뻔했다고."

어느 틈에 검사실에서 나왔는지 스트레처 위에 누운 노인이 대신 대답했다. 환자도 많으니 한시바삐 큰 병원으로 옮기려는지 구급요원들이 노인을 실은 스트레처를 구급차 쪽으로 옮기려던 참이었다.

"강 여사한테는 참 여러모로 미안하오."

노인이 손짓을 하자 스트레처가 이동하기 시작했다.

"잠시만요!"

은수가 노인에게 뛰어갔다. 구급요원들이 은수를 보고 잠시 멈췄다.

"저기……"

막상 노인을 마주하니 말문이 탁 막혔다. 무슨 말을 해야 할지 알 수 없었다. 구급요원들이 짜증 섞인 얼굴로 은수를 힐끔거렸다.

"가끔은 비밀이라는 게 필요한 법이다. 이건 우리끼리 비밀로 해두자고."

노인이 고개를 끄덕이며 말했다. 입 밖으로 꺼내진 못했지만, 노인은 은수가 하고 싶었던 말이 뭔지 눈치챈 것 같았다.

다행히 수술은 당일에 잡혔다. 담당 의사가 은수와 명순에게 부작용에 대해 일러줬다. 노인 환자는 수술 도중에 심폐기능과 간기능, 신장 기능 저하가 일어날 가능성도 배제할 수 없다고 했다. 갑자기 혈압이 치솟아 걷잡을 수 없는 상황까지 가는 경우도 더러 있는 모양이었다.

은수는 손이 덜덜 떨렸다. 노인이 다친 건 나 때문이야. 내가 잘못하지 않았으면 수술 같은 거 받는 일도 없었을 거야. 혹시라도 수술을 받다가 잘못되기라도 하면 어떡하지. 그럼 내가 그 사람을 죽인 건가.

"괜찮아. 의사들은 항상 최악의 경우만 얘기하니까."

명순이 은수의 어깨를 토닥거렸다. 하지만 그렇게 말하는 명순 역시 걱정스러운 건 마찬가지인지 표정이 밝지 못했다.

"……죄송해요."

은수가 고개를 푹 떨궜다. 갑자기 참았던 울음이 터져 나왔다. 사실은 노인이 구급차에 실려가는 걸 볼 때부터 은수는 눈물이 나오려는 걸 꾹 참고 있었다.

"미안하긴. 연주 씨 잘못도 아닌데."

명순의 말에 은수는 속으로 고개를 저었다. 아니에요, 제 잘못이에요! 제 잘못 때문에 다친 거예요. 그런데도 절 위해 거짓말을 해 준 거라고요.

"나는 오히려 안심이 되는데. 연주 씨가 이렇게 판사님을 걱정하는구나 싶어서. 사실 연주 씨가 간병 맡은 거 많이 불안했거든. 젊은 친구가 잘 해낼까, 과연 책임감이 있을까 하고."

은수는 차마 명순과 눈을 마주치지 못하고 발끝만 바라보고 있었다.

"그런데 다 내 편견이었나 봐. 연주 씨가 판사님 간병을 맡아서 다행이야."

아니요, 아줌마가 생각했던 게 맞아요. 은수는 속으로 중얼거렸다. 전 형편없는 애예요. 제가 무슨 생각으로 간병인을 지원했는지 알면 아마 깜짝 놀라실걸요. 환자를 다치게 하고선 그것조차 솔직하게 밝히지 못하는 겁쟁이예요, 저는.

"그래도 아직 어리긴 어리네. 이만한 일로 이렇게 울고불고하고."

명순이 희미하게 웃더니 핸드백에서 손수건을 꺼내 건넸다. 은수는 훌쩍이며 다시 '죄송해요'라고 웅얼거렸다. 그 말의 진짜 의미를 명순은 아마 앞으로도 영원히 모를 터였다.

 수술은 두 시간을 조금 넘겨서 끝났다. 의사는 '지병이 있어 회복이 느리긴 할 테지만, 위험한 상태는 아니'라고 했다. 고관절 수술을 받은 환자가 1년 안에 사망할 확률이 약 15%가 되는 만큼 꾸준히 재활 치료를 해주는 게 관건이라 했다. 은수는 그제야 겨우 가슴을 쓸어내렸다.
"환자분은 당분간 입원하셔야 하는데, 가족분이 도와주시겠어요, 아니면 간병인을 고용하실 건가요?"
 명순과 은수가 서로 얼굴을 마주 보았다.
"저희 병원에선 간병인 서비스를 연계해 드리고 있습니다. 필요하시면 신청하세요."
 명순이 뭐라고 하기 전에 은수가 먼저 나섰다.
"제가 할게요."
 의사가 조금 당황한 표정으로 은수를 쳐다보았다.
"혹시 환자분의……?"
"손녀인데요."
 옆에서 명순이 움찔하는 기색이었지만 의사는 눈치채지 못한 것 같았다. 무표정한 얼굴로 잠시 은수를 바라보다가 알아서 하라는 투로 '그래요. 나중에 필요한 게 있으면 간호사한테 얘기하시고' 하고는 병실을 나갔다.

"연주 씨, 그렇게 무리할 필요 없어."

둘만 남았을 때 명순이 은수를 달래듯 말했다.

"판사님은 당분간 꼼짝달싹할 수 없으니 기저귀를 차야 할 거야. 이제까지 집에서 돌봐드렸을 때랑은 많이 다를 거라고."

아, 그것까지는 생각 못 했는데……. 은수는 '기저귀'라는 말에 저도 모르게 침을 꿀꺽 삼켰다. 하지만 지금 와서 이미 뱉어놓은 말을 번복하고 싶지도 않았다.

너, 제정신이야? 복수하겠다고 집에 들어갈 땐 언제고 이젠 대소변 수발까지 들겠다고?

자신을 탓하는 목소리가 머릿속에 웅웅 울려퍼졌다. 스스로 생각하기에도 어이가 없는 결정이었다. 하지만 어쩐지 그러지 않고선 이토록 심란한 마음이 편해지지 않을 것 같았다.

어쨌든 노인이 저 지경이 된 건 내 잘못이야. 그러니 그만둘 때 그만두더라도 책임은 질 거야.

은수는 그렇게 마음먹고 머릿속을 어지럽히는 이성적인 목소리를 몰아내 버렸다.

"제가 할게요. 저 간병인이잖아요."

명순이 아까 의사가 그랬던 것처럼 은수를 한참 동안 물끄러미 바라보았다. 명순의 따가운 시선을 정면으로 받고 있자니, 은수는 마치 첫 면접을 봤던 날로 돌아간 것 같았다. 하지만 명순의 눈엔 그날 봤던 불신감은 없었다. 지금 그녀의 눈에 어린 건 그때와는 뭔가 다른 감정인 것 같았다. 호기심? 의아함? 은수는 그게 뭔지 콕 집어서 설명할 수가 없었다.

"그래, 연주 씨 결심이 그렇다면 부탁할게. 판사님이 입원해 계신 동안은 나도 병원으로 출근할 거니까 혼자보단 좀 수월할 거야."

"……감사합니다."

은수가 고개를 숙였다.

병상에 누운 노인이 쌕쌕 숨을 내쉬는 소리가 들렸다. 마취가 깨지 않은 노인은 약간 부은 듯한 얼굴로 잠들어 있었다. 은수는 이 정도라 그나마 다행이라고 새삼스럽게 생각했다. 만약 노인이 수술 도중 그대로 숨을 거두기라도 했다면……. 생각만 해도 끔찍했다. 그러면 나는 아마 평생 양심의 가책에 시달렸겠지. 은수는 노인이 죽지 않고 이렇게 살아있어 준 게 감사했다. 그러니 노인에게 할 수 있는 한 감사 표시를 하는 게 옳은 일인지도 몰랐다.

은수는 가는 호흡을 내뱉느라 노인의 가슴이 야트막하게 오르락내리락하는 걸 물끄러미 바라보다 욕실에 걸린 수건에 물을 묻혀 노인의 얼굴에 밴 땀을 조심스레 닦아냈다.

노인이 정신이 든 건 늦은 저녁 무렵이었다.

어디서 무슨 소리가 들린 것 같았는데, 돌아보니 병상에 누운 노인이 낮은 목소리로 중얼거리고 있었다.

"판사님, 정신이 드세요?"

명순이 노인 곁으로 다가갔다. 수술받는 동안 피를 많이 흘려서인지 노인의 얼굴은 푸석푸석했다. 수분이 부족한 입술도 바싹 메말라서 거칠거칠했다.

"여기 병원이에요. 뼈가 부러져서 수술받으셨는데, 기억나세요?"

명순의 말에 노인은 멍하니 둘을 쳐다보았다. 흐리멍덩한 눈빛은 명순과 은수가 누군지도 제대로 인식하는 것 같지 않았다.

"다들 어디 갔지?"

노인의 목소리는 섬뜩할 정도로 낮았다. 노인이 고개를 돌려 병실 이곳저곳을 휘휘 둘러보았다. 한순간 은수는 '뭔가 잘못돼 눈이 보이지 않게 된 걸까'라고 생각했다. 하지만 그건 아닌 것 같았다. 노인은 단순히 명순과 자신이 안중에 없는 듯했다. 그의 시선은 다른 무언가를 좇고 있었다. 자신들의 눈에는 보이지 않는 무언가를.

"판사님, 저희들 여기 있잖아요."

명순이 노인에게 또박또박 말했다. 명순은 아직 노인이 말한 '다들'이 자신과 은수를 가리키는 게 아니라는 사실을 미처 깨닫지 못한 모양이었다.

노인이 명순에게로 고개를 돌렸다. 흐릿한 눈동자가 불안하게 흔들렸다. 혼란스러워서 갈피를 잡지 못하고 있었다.

"조금 전까지 모두 여기 있었는데."

노인이 웅얼거렸다. 명순이 아니라, 자기 자신에게 하는 말처럼 들렸다. 명순의 얼굴에 당혹스러운 표정이 서서히 번지기 시작했다. 이제는 명순도 노인의 상태가 정상이 아니라는 걸 인식한 것 같았다.

"어디다 숨겼어?"

노인이 갑자기 명순 뒤에 서 있던 은수를 똑바로 쏘아보았다.

은수는 예상치 못한 반응에 놀라 입을 딱 벌렸다. 노인의 정신이 왔다 갔다 하는 건 예전에도 몇 차례 경험해봤지만, 그때와 달리 지금 노인의 목소리엔 적대감 같은 게 실려 있었다.

"숨기긴 뭘 숨겨요. 아직 정신이 덜 드신 것 같은데 더 누워 계세요."

명순도 당황한 것 같았지만, 이내 침착하게 아기를 달래듯 노인을 다독였다. 하지만 노인은 난폭하게 명순의 팔을 뿌리쳤다. 명순이 흠칫 놀라 노인의 얼굴을 바라보았다.

"거짓말! 나를 속이려는 게지."

분노가 섞인 목소리가 부들부들 떨렸다. 온몸이 사시나무 떨듯 함께 떨리고 있었다. 은수의 눈에 비친 노인은 마치 다른 사람이 된 것 같았다. 그가 이렇게 거칠고 신경질적으로 구는 건 본 기억이 없었다. 지금 노인은 뭔가에 사로잡힌 것처럼 보였다.

"여기에 있는 게 틀림없어. 나를 부르고 있다고!"

노인이 허겁지겁 몸을 일으키려다 악, 소리를 질렀다. 움직이다 수술받은 곳에 무리가 간 모양이었다. 통증이 꽤 심한지 꽉 다문 입술 사이로 신음이 새 나왔다.

"연주 씨, 간호사 좀 불러줘!"

은수는 서둘러 환자 머리맡에 비치된 호출 버튼을 눌렀다. 조금 뒤 간호사가 들어왔다. 명순이 뭐라고 설명하기도 전에 고통스러워하는 노인과 진료 기록을 번갈아 보더니 '진통제 갖다 드릴게요' 하고 다시 나가버렸다.

"……가야 하는데…… 나를…… 부르고 있는데."

노인이 계속 읊조렸다. 중얼거리는 목소리엔 놀랍게도 울음기마저 섞여 있었다. 은수의 귀에는 그게 마치 깊은 탄식처럼 들렸다.

명순이 아기를 달래는 엄마처럼 옆으로 돌아누운 노인의 등을 가만히 쓸어내렸다. 노인은 이번엔 명순의 손을 뿌리치지 않았다. 노인의 등이 가늘게 떨렸다. 파킨슨병 때문에 떨리는 것인지, 속으로 뭔가를 애써 억누르고 있어서인지 은수는 분간이 가지 않았다.

조금 뒤 간호사가 돌아와 노인에게 약을 투여했다.

"가야 한다니까, 날 부르고 있다니까."

노인은 몸을 못 가누는 상태에서도 고장 난 시계처럼 그 말을 되풀이했다. 간호사는 이런 일엔 이골이 났는지 건성으로 '네네' 맞장구를 쳐주면서 노인에게 약을 먹였다. 노인이 원망 섞인 시선으로 간호사 곁에 선 은수를 바라보았다. 은수도 노인을 마주 보았다. 안타깝지만 은수가 노인에게 해줄 수 있는 건 그저 원망 어린 시선을 그대로 받아주는 것밖에 없었다. 노인의 눈에 이내 절망적인 빛이 어리는가 싶더니 그대로 눈을 질끈 감아버렸다.

"저…… 아까 환자가 헛소리를 하시던데 괜찮을까요?"

명순이 병실을 나서려는 간호사를 붙들고 소곤거렸다. 간호사는 대수롭지 않다는 듯 대답했다.

"수술 직후에 섬망 증상 겪는 환자분들 꽤 많아요. 일시적인 거라 시간이 좀 지나면 사라질 테니까 너무 걱정하지 마세요."

간호사가 병실을 나간 뒤 명순은 옆에 있는 의자에 털썩 주저앉았다. 한바탕 난리를 치러서 갑자기 온몸에 힘이 빠져나간 것 같았다. 은수도 그 옆에 나란히 앉았다. 노인이 1인실에 입원해서 그나마 다행이라고 생각했다. 그렇지 않았으면 병실 사람들한테 얼마나 민폐를 끼쳤을까.

"다들 부르고 있다고……."

문득 생각이 난 것처럼 명순이 혼잣말을 했다. 섬뜩한 무언가를 봤을 때처럼 찜찜한 표정이었다.

은수 역시 노인이 했던 말을 곱씹어봤다. 노인은 다들 여기 있다고, 자신을 부르고 있다고 했다. 노인이 말한 '다들'이 과연 몇 명이었을까. 하나, 둘, 셋……. 은수는 속으로 가만히 숫자를 세 보다가 그만뒀다. 정확히는 알 수 없지만, 아마도 그건 노인의 심장이 무너진 횟수와 같을 터였다.

간호사 말대로 섬망 증상은 다음날부터 사라졌다. 대신 심각한 우울증이 찾아왔다. 언젠가 은수가 목격했던 우울증보다 훨씬 강도가 깊어 보였다. 아마도 기저귀를 차고 있어야 하는 상황 때문에 더 그런 것 같았다.

은수는 생각보다 노인의 화장실 수발에 빨리 적응했다. 빈말로라도 유쾌하다고 할 순 없었지만, 막상 해보니 견디지 못할 일도 아니었다. 처음엔 방법을 몰라 '성인 기저귀 가는 법'을 유튜브에서 찾아봤다. 설마 이런 것도 나올까 반신반의했는데 의외로 꽤 자세하게 설명한 영상들이 올라와 있었다.

은수는 자신이 이런 일에 꽤 무던한 편이라는 사실을 처음 깨달았다. 어쩌면 보육원에 있을 때 배변 훈련에 어려움을 겪는 어린애들을 돌봐줬던 게 어느 정도 도움이 됐을 수도 있었다. 명순조차 살짝 감탄한 듯 '간병인 자격증이 있다더니 실제 경험이 없는데도 잘하네'라고 했다.

정작 예민하게 반응한 건 노인 쪽이었다.

처음 한두 번은 기저귀를 갈아주는 사람이 은수라는 사실조차 인지하지 못한 모양이었다. 약 기운에 취했는지 뭔가에 홀렸는지 눈만 뜨고 있는 식물인간처럼 멍한 상태였다. 그러다 어느 날, 마침내 깊은 잠에서 깨어난 것처럼 기저귀를 갈려는 은수에게 가까이 오지 말라고 손을 내저었다.

"전 괜찮아요. 처음도 아닌데요."

"처음이 아니라고?"

노인은 정말 깜짝 놀란 모양이었다.

"기억 안 나세요? 지난 며칠간 계속 제가 해드렸는데."

근육이 딱딱하게 굳어 표정 변화가 거의 없는 노인의 얼굴이 그렇게 갑자기 돌변할 수 있다는 걸 은수는 처음 알았다. 기묘하게 뒤틀린 얼굴에 담긴 감정을 한마디로 표현하자면, 아마도 '충격과 공포' 정도가 될 것 같았다. 은수는 그걸 보면서도 일부러 모르는 척했다. 담담하게 기저귀를 화장실에 버리고 물휴지로 노인의 엉덩이를 닦았다.

노인은 체념한 것처럼 눈을 질끈 감고 있었다. 어색한 침묵이 둘 사이에 내려앉았다. 일반적인 선입견과는 달리, 어쩌면 이런 일은 수발을 하는 사람보다 받는 사람이 더 힘들지 모른다고 은수는 생각했다. 하는 사람은 '내가 이런 일까지 해주잖아'라는 일종의 우월감이라도 있지만, 받는 사람은 타인에게 자신의 치부를 고스란히 드러내놓고 있어야 하니까. 인간으로

서 그보다 더한 치욕이 어디 있을까.

"예전에 저한테 꿈이 뭐냐고 물어봤던 거, 기억하세요?"

방안을 에워싼 침묵이 부담스러워 은수가 먼저 입을 열었다.

"그때 꿈 같은 거 없다고 했잖아요."

노인은 아무런 말이 없었다. 은수에게 등을 보인 채 태아처럼 동그랗게 몸을 웅크리고 있을 뿐이었다. 미동조차 하지 않았다.

"사실은 지금도 없는 것 같아요."

"……"

"그런데 겪어보니 이런…… 일도 하려면 하겠더라고요. 저, 노인이나 아픈 사람 도와주는 일이 적성에 맞나 봐요."

"……"

"이런 것도 꿈일까요?"

노인은 여전히 입을 꽉 다물고 있었다. 은수는 동그랗게 굽은 노인의 등을 물끄러미 바라보았다. 잠이 든 걸까? 아니, 그렇진 않을 것 같았다. 눈을 감고 있지만, 자신의 얘기를 듣고 있는 게 틀림없었다. 노인의 흐릿한 머릿속에서 내용이 얼마만큼 잘 흡수가 되고 있는지는 모르겠지만.

"이런 얘기, 이제껏 아무한테도 안 해봤어요."

은수는 속으로 '여진이한테조차……'라고 덧붙였다.

여진이가 '넌 이 다음에 뭐가 되고 싶어?'라고 물을 때마다 은수는 '어른'이라고 대답했다. 어른이 되면 자신이 안고 있는 여러 문제에 대한 해답을 단번에 찾을 수 있을 줄 알았다. 하지만 만 열여덟에 갑자기 어른이 돼 보육원을 나온 뒤에도 은수는 아무런 답을 찾지 못했다. 어쩌면 어른이라는 건 취업과 동시에 회사원이 되는 것처럼 어느 한순간에 되는 게 아니라 평생에 걸쳐 서서히 이뤄가는 것인지도 모르겠다고 생각했다. 혹은 죽을 때까지 이루지 못하거나.

그러니 평생이 걸릴지도 모르는 '어른'이라는 목표 말고 무언가 다른 꿈을 하나 더 가지는 것도 나쁘지 않을 것 같았다. 노력하면 비교적 빠른 시일 내 실현할 수 있는 꿈을.

"이거, 우리 사이 비밀이에요."

은수가 노인에게 가만히 속삭였다. 언젠가 여진이에게도 이 얘기를 할 수 있으면 좋겠지만, 언제 그날이 올지는 아무도 모른다. 그때까지는 자신의 꿈을 아는 사람은 이 노인밖에 없을 것이다. 노인의 입이 꽉 잠긴 금고처럼 어지간해선 열리지 않는다는 걸 은수는 잘 알고 있었다.

조용히 병실 문을 열고 복도로 나갔다. 노인은 여전히 꼼짝 않고 누워 있었다. 어쩌면 노인은 이제 뒤처리조차 혼자 할 수 없다는 사실로 자존감에 적잖게 흠집을 입었을지도 모른다. 그런 노인에겐 홀로 상처를 다스릴 시간이 절실히 필요할 것 같았다.

열린 문틈 사이로 등을 돌리고 누운 노인이 보였다. 은수는 미동도 하지 않는 노인의 여윈 등을 물끄러미 바라보았다. 어쩐지 콧등이 시큰해지면서 안개가 낀 것처럼 눈앞이 뿌옇게 흐려졌다. 그런 제 모습을 들킬까, 은수는 조용히 문을 닫았다.

  노인은 3주 뒤에 퇴원했다. 병원에서 재활 훈련도 받았지만, 애초에 보행이 불편한 몸인지라 곁에 누군가 도와주는 사람이 있어도 일어서는 것조차 쉽지 않았다. 병원 측에선 완전히 아물려면 4개월 이상은 걸릴 거라고 했다. 그동안 조금씩이라도 집에서 꾸준히 일어서고 앉는 훈련을 하라고, 계속 누워만 있으면 상태가 더 안 좋아질 거라는 충고도 빼먹지 않았다.
"고관절 수술 환자가 1년 내 사망하는 확률은 15%거든요."
퇴원할 때 의사는 전에 했던 말을 반복했다.
  노인은 이제 은수의 간병에 어느 정도 익숙해진 것 같았다. 단순히 체념한 것인지도 모르지만 적어도 너는 은수와 기저귀 문제로 옥신각신하는 일은 없었다. 다만 종일 입을 꽉 다물고는 명순에게도, 은수에게도 말을 걸지 않았다.
"우울증인가요?"
명순의 질문에 수술을 담당한 의사는 고개를 끄덕였다.
"지병도 있고, 환경이 갑자기 바뀌었으니 그럴 가능성도 있죠."
"어떻게 하죠?"
"식사는 잘 드십니까?"
명순은 고개를 끄덕였다. 식욕이 있다고까지 할 순 없지만,

적어도 지난번처럼 식사를 거부하지는 않았다.

"그러면 한동안 반응을 지켜보고 결정하죠. 무턱대고 약을 처방하는 게 그리 좋은 건 아니니까요."

의사는 단순히 '두고 보자'는 뜻으로 한 말인 것 같은데, 명순은 그걸 왜 긍정적인 신호로 해석한 것 같았다.

"멀쩡하던 사람도 병원에 있으면 기분이 가라앉기 마련이야. 꼭 필요하겠다 싶었으면 의사가 약을 줬지, 안 줬겠어? 그 정도로 심각한 게 아닌 거지. 집에 와서 몸에 좋은 것 이것저것 챙겨 드시면 곧 괜찮아지실 거야."

명순은 은수에게 하는 건지, 자신에게 하는 건지 모를 말을 중얼거렸다. 은수도 딱히 반박할 의사는 없었다.

오랫동안 집을 비웠는데도 실내는 깔끔했다. 노인이 퇴원하기 전에 명순이 미리 청소를 싹 해 놓은 모양이었다. 냉장고에는 뼈 붙는 데 좋다는 사골국부터 매일 먹기 좋은 분량으로 나눠 담은 여러 밑반찬이 꽉 차 있었다.

20년을 곁에서 지켜보면 절로 저렇게 되는 걸까?

반드시 그렇진 않을 것 같았다. 가만 보니 충직함은 명순이 타고난 성격인 것 같은데, 그렇다 하더라도 그녀에게 노인은 꽤 괜찮은 고용주였던 모양이었다. 아니면 이렇게까지 노인을 챙겨주려 할까.

그간 볼 거 못 볼 거 다 봤지.

문득 명순이 했던 말이 떠올랐다. 이젠 그게 무슨 뜻인지 은수도 알 것 같았다. 어쩌면 명순은 노인에게 일종의 동지애 같은 걸 느끼고 있는 건지도 몰랐다. 만약 자신의 마음속에서 자라기 시작한 노인에 대한 감정이 연민이 아니라면, 그것과 가장 닮은 것은 역시나 동지애일지도 모르겠다고 은수는 생각했다.

그토록 미워했던 사람에게 어떤 종류든 간에 애정이란 게 싹트다니. 얼마 전이었더라면 절대 일어나지 않을 일이라고 코웃음 쳤을 것이다. 하지만 지난 몇 달간 은수에겐 일어나지 않을 것 같았던 일들이 너무 많이 일어났다. 노인에게 제 마음을 털어놓는 일도, 복수하려 했던 노인의 대소변을 받아낸 것도, 그 일을 계기로 막연하기만 했던 미래에 대한 계획을 세우게 된 것도 모두 은수로신 전혀 예상치 못했던 일들이었다. 그러니 노인에게 애정 비슷한 감정을 품지 말란 법도 없었다.

어쩌면 삶이라는 건 수시로 예상과 어긋나는 상황에 직면하고, 그걸 받아들이고, 처음의 계획에서 방향을 틀어 타협점을 찾아가는 과정을 반복하는 것인지도 몰랐다. 힘들고, 지치는 일이다. 그 험난한 여정에 잠시라도 의지할 수 있는 누군가가 곁에 있다는 건 행운이 아닐까. 그게 비록 저 노인이라 할지라도.

"맞아요. 곧 좋아지실 거예요."

명순에게 맞장구치면서 은수는 자신도 진심으로 그걸 원한다는 사실에 새삼 놀랐다.

꿈을 꿨다. 어쩐지 낯이 익은 남자 하나가 저만치 떨어져서 은수를 물끄러미 바라보고 있었다.

체격이 마르고, 어깨가 좁고, 곱상한 얼굴이 어딘지 인상이 유약해 보이는 남자였다.

아, 아빠다!

이제는 사진에서 보던 얼굴도 기억에서 가물가물한데, 은수는 남자가 아빠라는 사실을 용케 알아차렸다. 은수가 '아빠'라고 부르자 남자는 쓸쓸하게 웃더니 등을 돌리고 어딘가를 향해 걷기 시작했다.

아빠, 기다려!

은수는 남자를 쫓아 달려갔다. 아빠가 별로 멀리 떨어져 있었던 것도 아닌데, 희한하게 거리는 줄지 않았다. 은수는 기를 쓰고 달렸다. 하지만 저만치 걸어가는 아빠의 모습은 점점 작아질 뿐이었다. 그사이 주변이 점점 어둑어둑해지기 시작했다. 마치 어둠이 은수 주위로만 몰려오는 것 같았다.

은수는 걸음을 멈췄다. 너무 어두워서 앞을 볼 수가 없었다. 사방이 캄캄해서 어디로 가야 할지 알 수가 없었다. 새카만 미로 속에서 혼자 길을 잃은 것 같았다.

아빠, 어딨어? 도와줘!

그렇게 소리를 지른 순간 은수는 잠에서 깨어났다. 시계를 보니 새벽 3시가 좀 지나 있었다. 조금 전에 꾼 꿈은 아직도 기억에 선명했다. 생각해보니 아빠가 꿈에 나온 건 이번이 처음이었다. 자신을 버린 그 여자 꿈은 많이 꿨는데, 아빠는 왜 한 번도 꿈에 나타나지 않았을까.

그 이유는 알 수 없지만, 은수의 꿈에 단 한 번도 찾아오지 않던 아빠가 왜 지금에서야 나타났는지는 알 수 있을 것 같았다. 아마도 아빠는 은수에게 물어보고 싶은 게 있는 모양이었다. 왜 이러고 있냐고, 앞으로 어쩔 생각이냐고. 하지만 은수 자신조차 그 질문에 답할 수가 없었다.

스으윽.

갑자기 어디선가 묘한 마찰음이 울렸다. 무슨 소리지? 이런 한밤중에 누군가가 올 리도 없는데. 은수는 신경이 잔뜩 곤두섰다.

스으윽.

몇 분 정도 간격을 두고 다시 한번 똑같은 소리가 들렸다. 혹시 도둑이라도 들어온 걸까? 아냐, 은수는 고개를 흔들었다. 목조로 지어진 이 집 거실 마룻바닥은 누군가 지나가면 삐걱삐걱 소리가 났다. 하지만 은수가 들은 소리는 삐걱거림과는 달랐다. 무언가 바닥을 질질 끌 때 나는 소리에 가까웠다.

혹시? 귀를 기울여보니 소리는 노인 방이 있는 1층에서 나는 것 같았다. 혼자선 일어서기도 힘들 텐데 무슨 일이지? 침대에서 떨어져 바닥을 기고 있는 건가? 정신이 번쩍 든 은수는 구르듯이 계단을 달려 내려와 방문을 벌컥 열어젖혔다.

노인은 보행기에 몸을 의지한 채로 옷장 앞에 서 있었다.

바닥에는 옷장 속에 걸려 있던 옷들이 마구잡이로 팽개쳐져 있었다. 아마도 노인이 옷걸이째 뽑아 바닥에 던져 버린 모양이었다.

옷걸이가 걸려 있어야 할 쇠봉엔 옷걸이 대신 천 같은 것이 매어져 있었다. 자세히 보니 긴 스카프를 여러 장 밧줄 형태로 꼬아서 둥글게 매듭을 만들어 묶은 것이었다. 쇠봉에 묶인 천의 다른 한쪽 끝은 노인이 쥐고 있었다. 끝을 올가미 모양으로 둥글게 만든 원은 안에 사람 머리 하나가 들어갈 만한 크기였다. 노인이 무엇을 할 생각이었는지는 한눈에도 분명히 알 수 있었다.

은수의 시선이 노인이 짚고 있는 보행기에서 얼굴로, 얼굴에서 노인의 손에 들린 올가미 쪽으로 옮겨갔다. 노인은 말없이 그런 은수를 바라보고만 있었다.

"지금 뭐 하시는 거예요?"

노인은 아무런 대꾸도 하지 않았다. 어쩌면 대답할 필요를 느끼지 못했는지도 모른다.

"이러시는 거 보려고 제가 병원서 그렇게 고생한 줄 아세요?"

은수의 귀에 들린 자신의 목소리는 가늘게 떨리고 있었다. 조금만 늦었으면 큰일 날 뻔했다고 생각하자 가슴이 세차게 두근거렸다. 바닥에 어지러이 널려 있는 옷가지 위에 여진의 방에서 봤던, 방바닥을 적시던 새빨간 피가 겹쳐졌다. 그때도 이랬다. 조금만 늦었으면 여진이를 영영 떠나보낼 뻔했다. 갑자기 머리끝까지 화가 솟구쳤다. 다들 왜 이러는 거야! 왜 모두 자기 멋대로 죽으려 하는 거냐고! 뒤에 남겨진 나는 어떻게 하라고.

"왜 이러셨어요?"

은수가 다시 물었다.

"이러면 안 될 이유가 뭐지?"

이번에도 아무 대답이 없을 줄 알았는데, 노인이 내뱉듯이 말했다. 반박하려는 게 아니라 정말 궁금해서 물어보는 것 같았다. 은수는 한순간 말문이 탁 막혔다.

침대에서부터 옷장까지는 대략 오 미터 정도 될 것 같았다. 성한 사람들에겐 아무것도 아닌 거리지만, 노인으로선 대단히 위험하고 어려운 일이었을 것이다. 침대 곁에 둔 보행기에 의지해서 한 발짝 한 발짝 걸음을 떼는 것이. 아직 부러진 고관절도 성치 않으니 몸을 일으키는 것부터가 고역이었을 게 틀림없다. 일어서고 앉을 때마다 노인이 고통 때문에 얼굴을 찌푸리던 게 생각났다. 그런데 저기까지 혼자 힘으로 갔다고?

이를 악물고?

 노인의 얼굴에 송글송글 맺힌 땀방울이 그게 얼마나 힘든 일이었는지를 말해주고 있었다. 그렇게 기를 쓴 이유가 자신의 목숨을 끊기 위해서였다는 게 은수는 견딜 수 없이 슬펐다. 하지만 더 슬펐던 건 '이러면 안 될 이유가 뭐지?'라고 묻는 노인에게 어떤 대답도 할 수 없었다는 거였다.

 은수가 노인에게 다가가 손에 들린 올가미를 잡아챘다.

 "못 본 걸로 해주면 안 되겠나?"

 은수가 기가 막혀 노인을 돌아보았다. 한없이 지친 표정을 한 노인은 나이가 백 살도 더 들어 보였다. 다 타들어 가 한 줌밖에 안 남은 촛농 위에서 연약하게 흔들리는 마지막 촛불처럼 위태위태하기 짝이 없었다.

 "못 본 척하고 다시 2층으로 올라가 주면……."

 "그런 법이 어디 있어요!"

 노인이 말을 마치기도 전에 은수가 쏘아붙였다.

 "다치게 한 걸로 모자라 그런 일까지 생기면 아줌마가 절 죽이려고 할 거예요. 제 생각도 좀 해 달라고요!"

 그 말이 효과가 있었는지 노인은 입을 다물었다.

 은수는 노인을 다시 침대로 데려갔다. 다리를 질질 끌긴 했지만, 다행히 다친 곳이 덧나거나 하지는 않은 것 같았다. 은수가 제때 발견한 것도, 노인이 혼자서 움직이다가 또다시 어딘가 부러지지 않은 것도 천만다행이었다.

　노인을 침대에 눕힌 뒤 은수는 비로소 안도의 한숨을 내쉬었다.

　바닥에 떨어진 옷을 하나씩 옷장에 건 다음 쇠봉에 걸린 천의 매듭을 풀었다. 스카프를 이어 만든 천은 중간이 풀리지 않도록 이음매가 꽤 꼼꼼하게 묶여 있었다. 노인이 저 떨리는 손으로 만든 게 신기하다 싶을 정도로 정교했다.

　"예전에 만들어놓은 거야."

　노인이 은수의 생각을 읽은 것처럼 말했다.

　"쓸 일이 생길 때를 대비해서."

　은수는 말없이 매듭을 하나씩 풀어 스카프를 편편하게 만든 다음, 곱게 접어 방 한구석에 밀쳐 놓았다. 나중에 노인의 눈에 띄지 않는 곳에 밀쩍이 치워놓을 참이었다. 어차피 지금 같은 상태로는 예전처럼 저렇게 꼼꼼한 밧줄 형태로 만들기도 힘들겠지만.

　"진작 사용했어야 했는데."

　노인이 혼잣말처럼 중얼거렸다. 덤덤하게 말하는 투가 마치 백화점 할인 쿠폰 얘기쯤 되는 것 같아 은수는 소름이 돋았다.

　"전 오늘 여기서 잘게요. 또 그러시면 안 되니까요."

　"이제는…… 그럴 힘도 없어."

　노인이 자조적으로 중얼거렸지만, 은수를 막지는 못했다.

은수가 2층에서 베개와 이불을 가져와 노인의 침대 옆에 깔고 누웠다. 아닌 게 아니라 노인은 기력을 다 써버렸는지 죽은 듯이 가만히 눈을 감고 누워 있었다. 어쩌면 잠든 게 아니라 그냥 잠이 든 척하는 걸 수도 있었다. 은수는 굳이 확인하지 않고 불을 끄고 잠자리에 들었다.

노인은 올가미에 목을 넣은 다음 어떻게 하려고 했을까. 몸서리가 쳐졌지만, 은수는 좀처럼 그 생각을 머리에서 떨칠 수가 없었다. 아마도 끈 길이를 조절한 뒤 옷장에서 무릎을 꿇는 식으로 목을 매려 했겠지. 그렇게 하면 숨이 끊어지기까지 얼마나 걸릴까. 순식간은 아닐지라도 다음 날 아침 은수가 방문을 두들기기 전까지는 아마도 전부 일을 해치웠을 것이다.

아빠 꿈을 꿔서 잠에서 깨지 않았더라면 큰일 날 뻔했다. 그렇게 생각하자, 은수는 묘한 기분이 들었다. 따지고 보면 아빠 때문에 이 집에 들어왔는데, 아빠 덕분에 저 노인을 구하는 셈이 되다니.

은수는 어둠 속에서 노인의 파리한 얼굴을 한참이나 들여다보았다. 오래 지나지 않아 졸음이 몰려왔다. 은수는 이번에야말로 깊은 잠에 빠졌다.

눈을 떴을 때는 아침 일곱 시가 조금 지나 있었다. 노인은 아직 잠이 안 깼는지 움직임이 없었다. 은수는 2층으로 올라가

세면을 끝낸 다음, 곧장 정원으로 나갔다. 간밤에 하도 난리를 친 탓에 신선한 공기를 마셔 기분전환을 하고 싶었다.

문득 '우편물 정리를 한다는 걸 깜빡했네'라던 명순의 말이 떠올랐다. 명순은 어젯밤 퇴근한 뒤 은수에게 전화를 걸어 3주 정도 집을 비운 사이에 우편물이 꽤 쌓였을 거라고 했다.

판사님이 퇴원하시기 전에 집 청소하면서 정리하려 했는데, 나이가 드니 자꾸 뭔가를 깜빡깜빡하네.

그렇게 넋두리하는 명순에게 은수는 자기가 정리하겠노라고 했다. 명순은 고맙다면서 '어차피 전단지나 고지서밖에 없겠지만'이라고 덧붙였다.

정말 우편함엔 우편물이 더 이상 들어가지 않을 정도로 가득 쌓여 있었다. 대부분 광고물이나 고지서일 거라는 것도 명순이 예상한 대로였다. 할인마트 감사 이벤트, 새로 오픈한 미용실, 방학맞이 영어 학원 특강……. 하나같이 노인과는 아무런 관계가 없는 종이 쪼가리들뿐이었다.

우편물 사이에 흰 봉투 하나가 눈에 띄었다. 뽑아 보니 국제 우편이었다. 노인이 다치기 전부터 해외에서 올 우편물을 목을 빼고 기다렸던 기억이 났다.

설마 이거였나?

주소를 보니 발신 국가는 미국이 아닌 스위스였다. 스위스? 은수는 눈살을 찌푸렸다. 미국에 간 딸에게서 앞으로도 영영 편지가 오지 않을 거라는 사실을 은수도 이제는 알고 있다. 하지만 난데없이 웬 스위스? 수신자 란에는 영어로 'Chang Hun Choi'라고 적혀 있었다. 정말 노인 앞으로 온 것이었다. 아마도 스위스와 노인 사이에 자신이 모르는 무슨 접점이 있는 모양이었다.

망상은 아니었나 보네.

한때는 우편물에 대한 노인의 집착이 망상일지도 모른다고 생각했다. 하지만 눈앞에 버젓이 놓인 우편물을 보니 노인의 기다림이 망상에서 비롯된 게 아니라는 사실이 분명해졌다. 뭔지는 몰라도 이건 노인한테 중요한 물건임에 틀림없었다. 은수는 쓰레기통에 들어갈 다른 우편물들과 섞이지 않도록 스위스에서 온 편지를 조심스레 챙겨들었다.

노인은 그사이 눈을 떠서 침대에 상반신을 기댄 채 앉아 있었다. 어제 한바탕 소동으로 푸석푸석한 얼굴이 형편없었지만, 은수도 노인도 그 일에 대해선 다시 언급하지 않았다.

은수는 아무 일 없었다는 듯 노인을 씻기고 양치질을 도왔다. 볼일을 다 마친 노인을 다시 침대에 데려간 다음, 말없이 우편물을 내밀었다.

노인은 발신자 주소를 뚫어지게 쳐다보았다. 한 글자 한 글자 도려내기라도 할 것처럼 집요하게.

한동안 그러고 있던 노인은 은수에게 봉투를 찢는 걸 도와

달라고 했다. 다시 받아서는 안에 있던 내용물을 눈 가까이 가져가 읽기 시작했다. 은수가 곁에서 언뜻 보니 영어로 적힌 편지는 내용이 짤막했다.

편지를 다 읽었는지 노인이 은수에게로 고개를 돌렸다. 기다리고 있던 편지가 도착해서인지 마음의 짐을 다 내려놓은 것처럼 홀가분한 표정이었다.

"할 얘기가 있는데."

노인이 말했다. 여전히 높낮이가 없는 메마른 어조였지만, 목소리는 어딘지 모르게 유쾌하게 들렸다. 노인이 유리구슬 같은 투명한 눈을 들어 은수를 바라보았다. 언제나 텅 비어 공허하게만 보였던 그 눈 안쪽에서 무언가가 어른거리고 있었다. 희망 같기도, 안도 같기도 한 무언가가.

"그전에 먼저 이것부터 짚고 넘어가도록 하자. 자네…… 서연주가 아니겠지?"

은수는 숨이 턱 막히는 것 같았다.

"원래 이름은 정은수 아닌가?"

은수가 노인을 똑바로 쳐다보았다. 노인은 이미 모든 걸 알고 있다는 눈빛이었다. 아니라고, 서연주가 맞다고 미약하게 우겨볼 마음조차 싸그리 앗아가버리는 눈빛이었다. 은수는 말없이 고개를 끄덕였다. 그러자 정말 오랜만에 비로소 가슴이 후련해지는 것 같았다.

9

수상한
간병인

 노인이 처음부터 은수의 비밀을 눈치챈 건 아니었다. 아직 고등학생이라고 해도 믿을 정도로 어린 티가 남아 있는 웬 여자애가 앳된 얼굴과 어울리지 않게 원숙해 보이는 스커트 정장 차림을 하고 면접을 보러 왔을 때 젊음이란 게 참으로 싱그럽고 풋풋하다고 새삼스레 생각했을 뿐이었다. 나한테도 한때 저런 젊음이 있었나, 싶어 돌이켜보려 해도 워낙 오래전 일이어서인지 기억이 잘 나지 않았다. 기억하려 하면 할수록 마음대로 움직이지 않는 육체의 한계만 더욱 또렷하게 느껴질 뿐이다.

 대신 노인은 자신의 곁에 잠시 머물렀던 또 다른 젊음을 떠올렸다. 그 아이도 살아있었으면 지금쯤 저 여자애만큼 컸겠지. 대학생이 됐겠지. 전공은 뭘로 했을까. 제 어미를 닮았으면 아마도 인문계 쪽에 진학했을 거다. 어릴 때부터 문학에 관심이 많았으니까. 아빠 쪽을 닮았으면 이과에 적성이 맞았을지도 모르지. 지금 그런 걸 생각해봤자 모두 무의미한 일이긴 하지만.

아이는 면접 자리를 불편해했다. 잔뜩 긴장해서 말을 더듬고 간간이 땀이 밴 손바닥을 치마에 문질러 닦으면서 가쁜 호흡을 내쉬기도 했다.

왜 저렇게 안절부절못하는 걸까. 무슨 잘못이라도 저지른 것처럼.

노인은 판사 시절 경험을 통해 사람들이 무심코 하는 행동도 과학적 증거 못지않게 죄의 유무를 판단할 때 중요한 근거가 된다는 사실을 알고 있었다. 죄를 지은 사람들은 태연한 척하면서도 저도 모르게 발을 떨거나, 남들과 제대로 시선을 맞추지 못하고 이리저리 눈을 피하며 무의식적으로 불안한 심경을 표출하곤 했다. 저 아이도 뭔가 숨기는 게 있는 건 아닐까.

아냐, 과한 생각이야. 노인은 머릿속을 스치는 의심을 떨쳐버렸다. 이렇게 매사를 부정적으로 보는 것도 일종의 직업병이다. 저 아이는 그저 딱할 정도로 겁먹고 긴장했을 뿐이다. 왜 거동이 불편한 노인의 간병을 맡겠다고 결심했는지는 모르지만, 아마도 나름의 사정이 있겠지. 경제적으로 많이 쪼들린다거나. 그랬는데 막상 눈앞에 있는 환자를 보니 자신이 없어져 겁먹고 움츠러들었을 뿐이라고 생각했다. 자신도 거울에 비친 본인의 모습이 혐오스러울 때가 있었으니까.

보육원에서 살았어요.

명순의 질문에 여자애가 그렇게 대답했다. 이제까지는 그저 흘려듣고 있었는데, 노인은 그 말만은 그냥 듣고 넘길 수 없었다. 보육원이라, 혹시…… 정상현의 딸일까? 막연히 생각했다. 그가 죽고 나서 어린 딸이 보육원에 맡겨졌다는 건 노인도 알고 있었다. 연수 또래였으니 아마도 지금쯤 저 아이 나이 정도 됐을 것이다.

하지만 명순은 아이를 '서연주'라고 불렀다. 생각한 아이와는 다른 사람인 모양이었다. 하긴 세상엔 부모 없는 아이들이 얼마든지 있으니까. 따지고 보면 연수도 '부모 없는 아이' 아니었나. 그렇게 생각하니 노인은 문득 여자애가 안쓰럽게 느껴졌다. 어찌 보면 연수와 비슷한 처지라고도 할 수 있는 아이에 대해 조금 더 알고 싶어졌다.

얌전해 보이기만 한 아이는 의외로 꽤 당돌한 구석이 있었다. 명순 앞에서 쩔쩔매기만 하는가 싶더니 갑자기 말을 되받아치고, 자신을 못 믿겠으면 수습 기간을 달라는 말까지 꺼냈다. 어릴 때부터 맹랑한 소리를 곧잘 하던 연수가 생각나 오랜만에 노인은 유쾌한 기분이 들었다. 그래, 저 아이로 하자. 일은 좀 서툴지 몰라도 저 아이를 보며 연수를 떠올릴 수 있다면 그리 나쁜 선택은 아닐 것이다. 어차피 자신에겐 남은 시간도 길지 않은데.

그런데 '서연주'라는 아이에겐 뭔가 꿍꿍이가 있는 모양이었다. 노인이 그걸 알아차리는 데는 그리 오랜 시간이 걸리지 않았다. 제 딴에는 다 컸다고 생각할지 몰라도 노인이 보기에 스무살 언저리는 아직 어린애나 마찬가지였다. 몰래 제 엄마 립스틱을 훔쳐 바르고 뚜껑을 제대로 안 닫아 놓는 바람에 들통나 혼나곤 했던 어린 시절 연수처럼 서연주라는 아이가 하는 거짓말도 엉성하기 짝이 없었다. 게다가 누가 젊은이 아니랄까 봐 그렇게 울컥울컥 터져 나오곤 하는 감정이라니.

딸이 아픈 아버지를 놔두고 미국에 간 것도 이유가 있어서겠죠?

언젠가 아이는 그렇게 물었었다. 자기를 버린 엄마 얘기를 터놓다가 감정이 북받쳐서.

노인은 아이가 한 말보다 아이가 혜영의 존재를 알고 있다는 사실에 더 놀랐다. 아이는 혜영이 미국에 간 것까지 알고 있었다. 누가 그걸 알려줬을까? 아마도 혜영을 알고 지낸 사람들 가운데 하나였을 것이다. 죽은 정상현의 아내도 그중 하나였다. 친한 사이는 아니었지만, 그의 아내는 고등학생 시절 혜영과 같은 반 동창이었다고 했다. 그래서 혜영을 통해 탄원하려고 노인의 집을 수소문해 찾아왔었다. 이제 겨우 걸음마 정도 하는 어린 여자애 손을 잡고서.

자신에게 혜영 얘기를 꺼내는 아이를 보고서 노인은 확신했다. 이 아이는 서연주가 아니다. 아마도 정상현의 딸일 것이다. 자신에게 확인해야 할 게 있어 간병인을 지원했을 것이다. 들키지 않기 위해 남의 이름까지 써가면서.

대학 후배인 김성재 변호사가 집에 방문했을 때 노인은 희망보육원 출신 아동 두 명에 대해 알아봐 달라고 부탁했다. 보육원 주요 후원자인 김 변호사로선 그렇게 어려운 일은 아니었을 것이다.

하지만 그날 노인이 김 변호사를 부른 진짜 목적은 따로 있었다. 노인이 말을 꺼내자 예상했던 대로 김 변호사는 펄쩍 뛰며 반대했다. '법조인이 법에 저촉되는 행위를 한다는 게 말이 됩니까' 하면서.

그래도 노인이 기댈 사람은 김 변호사밖에 없었다. 오랜 세월 알고 지낸 친구라는 이유도 있지만, 김 변호사가 차가울 만큼 깔끔한 일 처리로 정평이 난 인물이어서였다. 노인이 판사 일을 그만두고 법률 사무소를 열었을 때 그를 제일 먼저 불러들인 것도, 병이 심해진 뒤 대표 일을 사실상 그에게 모두 넘긴 것도 바로 그 때문이었다. 어지간해선 감정에 휘둘리지 않는 김 변호사만큼 노인이 계획하는 일에 적격인 인물은 없어 보였다.

노인의 계획에 대해 끝까지 떨떠름한 반응을 감추지 못했던 김 변호사는 보육원 아동 건에 대해선 바로 답을 보내왔다. 확인해보니 서연주는 휴학하지 않고 대학에 재학 중이며, 정상현의 딸 정은수는 1년 전 보육원을 나간 상태라고 했다. 그 후 거처는 불명확하다는 김 변호사의 말에 노인은 자신과 함께 생활하는 서연주가 정은수임이 틀림없다고 생각했다. 남은 건 노인과 은수 중 누가 먼저 그 사실을 털어놓느냐였다.

정상현의 죽음은 노인이 법복을 벗게 된 결정적인 이유 가운데 하나였다.

17년 전, 일곱 살 여자아이 유괴강간 살인사건이 전국을 떠들썩하게 뒤흔들었다. 나중에 '윤 모양'이라고 불리게 된 아이는 목이 졸려 살해된 뒤 야산에서 발견됐다. 시신에는 성폭행의 흔적이 남아 있었다. 어린 딸이 무사히 돌아오기만을 목 빠지게 기다리던 젊은 부모는 딸의 죽음 앞에 넋을 놓았고, 국민은 극악무도한 범죄에 분노했다. 폐지된 것이나 다름없는 사형제를 부활시켜야 한다는 여론이 힘을 얻었다.

범인으로 지목된 이는 30대 중반 택시기사 정상현이었다. 강간, 살인은커녕 벌레 한 마리 못 죽일 것처럼 유약해 보이는 인상이었다. 하지만 겉보기만으로 사람을 판단할 수는 없는 법이다. 자영업을 하다 실패한 정상현은 택시 운전을 하면서 아내와 어린 딸을 부양했지만, 사업할 때 진 빚 때문에 걸핏하면 사채업자들로부터 시달리는 상황이었다. 어느 날 잘 차려입은 어린 여자애가 길을 헤매는 걸 보고 부모로부터 돈을 갈취할 목적으로 유괴했다 해도 그리 이상할 게 없어 보였다. 문제는 그가 왜 원래 목적대로 돈을 요구하지 않고 아이를 성폭행하고 죽였느냐인데, 경찰과 검찰 측은 사회적으로 실패한 정상현이 뒤틀린 욕망과 분노 때문에 저지른 범행으로 결론지었다.

정상현은 시종일관 자신이 아이를 강간하지도, 죽이지도 않았다고 주장했다. 그는 자신이 돈 때문에 윤 모양을 유괴한 건 사실이라고 인정했다. 길을 잃고 헤매는 아이를 살살 달래 차를 주차한 한적한 골목까지 데려온 다음, 트렁크에 집어넣었다. 마침 트렁크 속에 있던 이삿짐 테이프로 아이의 손발을 묶고 소리를 지르지 못하도록 입을 틀어막았다. 자신이 생각해도 뭔가에 씌었던 게 틀림없다고, 왜 그런 짓을 할 생각을 했는지 모르겠다고 정상현은 법정에서 울먹거렸다. 아이는 처음엔 발버둥 치면서 울어대다가 곧 힘이 빠졌는지 시간이 지나자 잠잠해졌다.

충동적으로 아이를 유괴하긴 했지만, 정상현은 어떻게 해야 할지 몰라 한참 동안 택시로 거리를 배회했다. 아이를 자신의 집에 데려갈 순 없었다. 우선 아내가 기겁할 테고, 어린 은수가 저 아이를 보기라도 하면 큰일이다. 그렇다고 아이를 감금해둘 만한 마땅한 장소도 없었다. 이대로 풀어줘야 하나. 그랬다가는 사채업자한테 시달리는 게 문제가 아니라 감방행을 면하기 어려울 거다. 아아, 어쩌자고 이런 바보 같은 짓을 저질렀을까. 정상현은 자신의 어리석음에 진저리치며 머리를 싸쥐었다.

한참 동안 거리를 빙빙 돌다 보니 어느새 밖은 어두워져 있었다. 정상현은 마침내 결단을 내렸다. 그래, 아이를 야산에 버려두고 오자. 부모가 지금쯤 경찰에 신고했을 테니 아이는 머잖아 발견될 것이다. 어쩌면 등산객이 발견하고 경찰에 데려가거나. 아까 잠깐밖에 못 봤으니 아마 내 얼굴도 기억 못 할 테지. 시간을 되돌릴 수 있다면 없었던 일로 하고 싶지만, 그럴 순 없으니 이게 그나마 최선일 거라고 생각했다.

아이는 울다 지쳐 잠들어 있었다. 혹시 트렁크 안에서 질식이라도 한 건 아닐까 조바심이 났던 정상현은 아이가 숨을 쉬는 걸 확인하고 가슴을 쓸어내렸다. 산속에 데려가 손발과 입에 붙은 테이프를 벗겨내고 아이를 어둠 속에 내버려 둔 채 내려왔다. 아이는 다시 자지러지게 울어댔지만, 그래도 자신을 따라오려 하진 않았다.

귓가에 아이의 울음소리가 끈덕지게 들러붙었다. 몇 번이나 다시 돌아가 아이를 데리고 내려오고 싶었지만, 그럴 수 없었다. 내가 미쳤지, 고작해야 은수보다 서너 살 많은 아이인데. 어쩌자고 부모가 돼서 다른 부모 가슴에 못 박을 일을 저지르려 했나.

며칠 뒤 정상현은 자신이 산에 버린 아이가 변사체로 발견됐다는 뉴스를 보고 입이 딱 벌어졌다. 대체 어쩌다 일이 그 지경이 돼 버렸는지 짐작조차 할 수 없었다. 뭐가 잘못된 걸까, 어쩌다 그 아이는 그런 일을 당하게 된 걸까. 내가 아니었으면 아이가 산속에 있을 리 없었는데. 미안하다, 정말 미안하다……. 하지만 이때까지는 일이 그렇게까지 잘못될지는 몰랐다.

경찰이 정상현을 찾아오기까지는 시간이 그리 오래 걸리지 않았다. 그가 아이를 데려가는 걸 봤다는 목격자와 CCTV 화면이 발견됐다. 정상현은 유괴 사실은 인정했지만, 나머지는 모두 부인했다. 하지만 다른 사람들 귀에 그의 주장은 조금이라도 형량을 덜려고 발버둥 치는 범죄자의 뻔뻔한 오리발로밖에 들리지 않았다. 무엇보다 결정적인 건 죽은 아이의 몸에서 채취한 정액이었다. 정액에선 범인을 특정할 수 있는 DNA가 검출되지 않았다. 은수를 낳고 나서 정관절제 수술을 받은 정상현 역시 정액에 DNA가 없었다.

그리고 노인은 정상현 사건 판결을 맡은 부장판사였다. 위낙 화제가 됐던 사건인지라 언론의 관심도 쏟아졌다. 정상현의 아내가 혜영을 찾아온 건 재판을 며칠 앞두고 있을 때였다. 남편의 재판을 책임질 판사가 고등학교 같은 반 동창생의 아버지라는 사실을 알고 어찌어찌 물어서 집까지 찾아온 거였다.

딴 사람은 몰라도 난 내 남편 잘 알아. 그 사람, 어린애를 성폭행하고 죽일 만한 사람이 아니야. 돈에 눈이 뒤집혀서 애를 유괴할 수는 있었다 쳐도 그런 끔찍한 짓까지 할 사람은 아니라고!

정상현의 아내는 혜영에게 매달리면서 '판사님 좀 뵙게 해달라'고 사정했다. 혜영은 물론 그 부탁을 거절했다.

그래도 연수 또래 여자애까지 데리고 온 걸 보니 마음이 짠했어요.

집 밖에서 정상현의 아내를 돌려보내고 돌아온 혜영은 노인에게 그렇게 말했었다. 자신도 남편과의 불화 때문에 갓난아이를 데리고 다시 친정집에 돌아와 놓고선 아빠 없이 자랄 동창생의 어린 딸을 보니 마음이 심란했던 모양이었다.

재판부는 정상현에게 유죄 판결을 내리고, 무기징역을 선고했다. 판결이 나온 순간 정상현은 바닥에 주저앉아 오열했다. 노인은 뭔가 석연치 않았다. 정상현의 표정이나 태도로만 봐선 그의 주장은 사실 같았다. 하지만 법정에 선 피고인들이 타고난 연기자가 될 수도 있다는 사실을 노인은 잘 알고 있었다. 그보다 더 신빙성 있는 정황과 증거가 모두 정상현이 범인이라고 지목하고 있었다. 이성적 판단을 하려면, 느낌보다 객관적 증거에 의존해야 했다.

정상현은 수감 중에 목을 매 자살했다. 형을 언도받고 나서 석 달 뒤였다.

자신이 유죄 판결을 내린 사람의 죽음은 노인에게도 큰 충격이었다. 법복의 무게가 너무 무겁게 느껴졌다. 이젠 타인의 운명을 좌지우지하는 일은 그만둘 때가 됐다고 느꼈다. 앞으로 남은 인생은 죄의 유무와 형량을 결정하는 일에서 벗어나고 싶었다. 판사직을 그만두고 변호사 사무실을 개업한 건 그 무렵이었다.

그런데 7년 전, 그의 주장이 사실이었음이 드러났다. 진범은 강간 혐의로 다른 감옥에 수감 중이던 변태 성욕자였다. 범행은 그가 어이없게도 감옥에서 자신의 범죄를 떠벌리고 다닌 바람에 밝혀졌다. 알고 보니 그는 선천적 무정자증이었다.

한때 전국을 떠들썩하게 했던 사건의 진범이 나왔지만, 의외로 언론은 잠잠했다. 수사 오류가 밝혀질까 봐 검경이 쉬쉬했다는 점, 오판 피해자인 정상현이 이미 사망해 책임을 추궁할 수 없다는 점, 그 역시 완전히 결백하다고 볼 수는 없다는 점 등이 복합적으로 작용한 것 같았다. 당시 사건을 담당했던 형사와 검사는 그사이 모두 세상을 떠났고 이제 '윤모 양 사건'의 전모를 다 알고 있는 사람은 정상현의 유가족과 노인 정도밖에 남지 않았다.

정상현의 아내가 남편이 죽고 나서 2년쯤 지나 재혼했다는 사실을 노인에게 알려준 건 혜영이었다.

접때 우리 집에 올 때 데리고 왔던 애는 보육원에 맡겼다더라고요. 엄마가 돼서 독하기도 하지. 학교 다닐 땐 그렇게 안 봤는데.

혜영은 또 다른 고교 동창을 통해 그 소식을 들었노라고 했다. 의도했던 건 아니지만, 한 가정이 무너져버렸다. 노인의 마음이 한층 무거워졌다. 자신의 죄가 조금 더 깊어진 것 같았다.

괴로움이 훑고 지나간 자리에 회의와 죄책감이 찾아왔다. 인간이 인간을 심판한다는 게 과연 올바른 일일까. 대체 나한테 무슨 자격이 있어 타인을 심판했단 말인가. 비록 살인이나 납치 같은 범법 행위는 저지른 건 아니라지만, 나 역시 수없이 많은 죄를 짓고 사는 존재인데. 따지고 보면 정상현의 가정을 통째로 무너뜨린 데 일조한 사람 역시 내가 아니었던가.

이미 죽은 사람을 되돌릴 수는 없으니, 억울한 사람들을 변호해 주는 걸로 여생을 보내야겠다고 다짐했다.

그 사이 먼저 세상을 등진 딸이 남기고 간 단 한 점 혈육인 연수를 데려와 키웠다. 늘그막에 돌보게 된 손녀딸은 지친 노인의 삶에 한줄기 샘물 같은 존재였다. 그런 연수가 치료가 힘든 병에 걸렸을 때 노인은 말 그대로 억장이 무너지는 것 같았다.

차라리 늙은 나를 데려갈 것이지.

하늘이 무심했다. 병에 좀먹어가는 연수를 볼 때마다 어쩐지 어린 손녀가 지난날 자신이 저질렀던 죗값을 대신 치르고 있는 것만 같아 가슴이 아렸다.

손녀마저 앞세우고 나니 노인의 삶은 훨씬 더 공허해졌다. 그야말로 텅 빈 껍데기가 된 것 같았다. 의미를 찾을 수 없는 여생도, 기능을 잃어가는 육체도 허무하긴 마찬가지였다. 시간만 느릿느릿, 하지만 착실하게 흘러갔다.

그렇게 세월이 흘러 정상현의 딸이 성인이 돼서 노인을 찾아왔다.

은수는 왜 간병인을 자처했을까. 아빠가 죽은 경위에 대해 자세하게 듣고 싶었던 것일까. 그 정도라면 굳이 이토록 번거로운 일은 안 할 것 같았다. 어쩌면 저 아이는 어떤 식으로든 책임을 묻고 싶은 것일지도 모른다고 노인은 생각했다. 정상현에게 잘못된 유죄 판결을 내린 자신에게.

은수의 꿍꿍이가 무엇이건 간에 그게 자신에게 호의적일 리는 없다는 걸 노인도 잘 알고 있었다. 하지만 별 상관없었다. 이미 이 세상엔 마음을 붙일 만한 게 하나도 남아 있지 않다. 죽는 것보다 사는 게 더 힘들다는 걸 깨달은 지도 이미 오래다. 지금처럼 숨만 붙어 있는 상태를 사는 거라고 부를 수도 있다면 말이지만. 만약 은수가 노리는 게 복수라면 그걸로 정상현에 대한 속죄가 될 수 있으니 그건 그것대로 나쁘지 않을 것 같았다.

그런데 은수는 희한하게 아무것도 요구하지 않았다. 무엇을 물어보지도 않았다. 언제나 몇 걸음 떨어진 곳에서 저를 관찰하기만 했을 뿐이다. 때로는 자신의 속마음까지 터놓으면서.

이 아이는 나쁜 아이가 아니구나, 노인은 생각했다. 은수는 조금 서툴고 아직 자신의 감정을 다스리는 데 미숙하긴 하나 근본까지 뒤틀린 건 아니었다. 약하고 어리석었지만, 악인은 아니었던 제 아빠처럼.

은수는 자신에겐 꿈 같은 게 없다고 했다. 어떤 사람들에겐 그런 걸 갖는 것도 사치라고 했다. 아직 어린아이가 그런 말을 할 정도로 녹록지 않은 환경에서 성장했다고 생각하자 노인은 가슴이 저렸다. 이제까지 꿈을 꿀 여유조차 없었던 은수가 적어도 앞으로는 꿈을 꿀 수 있도록 도와주고 싶었다.

하지만 정작 도움을 받은 사람은 노인 자신이었다. 놀랍게도 은수는 노인이 입원해 있는 동안 궂은일을 도맡아 했고, 싫은 내색 한번 하지 않았다. 자존감까지 전부 잃어버린 그가 삶의 이유를 찾을 수 없어 결단을 내리려 할 때 말렸던 사람도 은수였다. 왜 그랬을까. 은수가 원하는 게 복수라면 그냥 못 본 척해도 됐을 텐데. 도대체 저 아이가 내게 원하는 건 뭘까. 노인은 그 답을 알 수 없었다.

어쩌면 은수는 노인이 생각한 것보다 더 강한 아이일지도 몰랐다. 남들을 돌봐주는 일이 적성에 맞는 것 같다던 본인의 말처럼 은수는 공감 능력도 제법 뛰어나 보였다. 그런 은수를 믿어도 되지 않을까. 이기적인 부탁이지만 은수에게 도와달라고 부탁해도 괜찮지 않을까. 어쩌면 은수는 자신을 이해해줄지도 몰랐다. 은수는 어린 나이에도 고독을 이해할 수 있는 아이니까.

스위스에서 온 우편물을 보고 노인은 결심을 굳혔다. 이제 더는 숨길 필요가 없다. 저 아이는 이미 내 나약함과 추함을 모조리 알고 있다. 그러니 모든 걸 터놓고 솔직하게 이야기를 해보자. 그리고 도와달라고 하자.

마음을 결정한 노인이 입을 열었다.

서연주가 아닌 정은수에게.

10

바람이
시작하는 곳

"원래 이름은 정은수 아닌가?"

노인은 은수에게 그렇게 물었다.

어떻게 알았을까. 은수는 노인의 날카로운 시선을 똑바로 마주할 자신이 없었다. 어쩌면 노인은 처음부터 자신의 정체를 의심했는지도 모른다. 알면서도 줄곧 모른 척하고 있었을지도. 논리적으로 설명할 순 없지만, 어쩐지 그런 느낌이 들었다. 그런데 왜 지금에서야 그걸 물어보는 거지?

은수에게 노인 얘기를 해준 건 자신을 버리고 재혼한 '그 여자'였다. 보육원을 나온 뒤 은수는 친부모 찾는 걸 도와주는 사회복지단체를 통해 친엄마 행방을 찾았다. 태어나자마자 보육원 앞에 이름도 없이 버려진 아이들에 비해 생년월일과 부모 이름을 알고 있는 은수는 제법 가진 정보가 많은 편에 속했다. 보육원에 은수를 맡길 때 엄마가 작성한 서류도 그대로 남아 있었다.

엄마를 만나서 딱히 뭘 어떻게 해보겠다는 생각은 없었다. 하지만 은수는 물어보고 싶었다. 왜 자신을 버렸는지. 그래서 지금 행복한지.

엄마를 보자마자 두 번째 질문은 할 필요도 없다는 사실을 깨달았다. 어쩔 수 없는 선택이긴 했지만, 은수를 버린 걸 후회하며 불행하게 사는 엄마의 모습은 상상 속에서만 존재했다.

왜 나를 버린 거예요! 그러고도 아무렇지도 않았어요?

마구 몰아붙이는 은수 앞에서 그저 입을 꽉 다물고 있던 엄마가 별안간 버럭 소리 질렀다.

벗어나고 싶었으니까!

은수가 깜짝 놀라 멍하니 엄마를 쳐다봤다.

살인자 마누라라는 손가락질에서 벗어나고 싶었으니까! 네가 옆에 있는 한, 영원히 그 굴레에서 벗어나지 못할 것 같았어.

은수는 아빠 얘기를 그때 처음 들었다. 그전까지 은수는 자신이 아기였을 때 아빠가 병에 걸려 젊은 나이에 세상을 떠났다고만 알고 있었다. 그런데 살인자라니. 아니, 엄마 얘기를 끝까지 들어보니 살인자는 아니었다. 세상이 그를 살인자로 알고 있을 뿐이었다. 하지만 사람들이 그렇게 믿고 있는 한, 은수의 아빠 정상현은 계속 살인자로 기억될 터였다. 아빠를 살인자로 만든 사람들 가운데 하나가 최창훈 판사, 지금 은수 눈앞에 앉아 있는 저 노인이라고 했다.

집까지 찾아가 딸한테 한 번만 얘기 들어달라고 사정했는데 코빼기도 안 비췄어.

엄마는 다시 생각해도 분한지 입술을 깨물며 말했다. 지금 은수의 가슴을 할퀴고 지나가는 아픔보다 자신이 오래전 입은 마음의 상처가 더 중요하다는 투였다.

은수는 처음 듣는 이야기를 술술 늘어놓는 엄마를 망연자실 바라보기만 했다. 내게 그동안 어떻게 살았냐고 묻지 않았다. 엄마 없이도 잘 커줘서 고맙다, 같은 형식적인 말도 하지 않았다. 지금 저 사람은 자식을 버린 이유를 합리화하기에만 바쁘다. 오랜만에 엄마를 찾아온 딸이 얼마나 충격을 받을지 따위는 전혀 생각도 하지 않는다. 난 그동안 저런 사람을 엄마라고 생각하며 그리워했던 걸까?

"미안하지만 앞으로 찾아오지 말았으면 좋겠어. 지금 가족은…… 네 존재를 몰라."

곤란한 사정을 다 털어놓은 엄마는 은수 눈치를 보며 그렇게 말했다. 그 말 한마디면 은수가 모든 걸 충분히 납득하고 받아들일 거라고 여기는 것 같았다. 세상이 자기를 중심으로 돌아간다고 믿는 사람들이 흔히 그러하듯 엄마는 상대방이 느낄 감정 따위는 별로 중요치 않은 것처럼 보였다. 은수는 그저 알겠다고 했다. 대신 최창훈 판사의 집 주소를 갖고 있으면 알려달라는 조건을 내걸었다. 엄마는 의아하다는 표정을 지었지만, 그걸로 은수가 물러나 준다면 그만이라 생각했는지 집에 돌아가 주소록을 찾아볼 테니 은수더러 근처 커피숍에서 기다리라 했다.

"오래전 주소지만 아마 이사 가진 않았을 거야. 혜영이가 태어나기 전부터 살았던 단독주택이니까."

"혜영이요?"

"그 판사 딸. 고등학교 동창인데 들리는 소문에 나중에 남편 따라 미국 간 모양이더라. LA라던가 시애틀이라던가."

은수는 말없이 주소가 적힌 종이를 접어 주머니에 넣었다.

"그런데 그걸로 뭐 하려고?"

엄마가 궁금했는지 물었다. 은수 자신도 그 이유는 알 수 없었다. 그냥 먼 발치서 얼굴이라도 한번 보고 싶었다. 그 사람 때문에 아빠를 잃고, 엄마에게 버림받고, 보육원에 맡겨졌으니까. 자신의 불행의 원점이 된 사람이 어떤 모습일지, 어떻게 살고 있을지 꼭 봐둬야 할 것 같았다. 그래야 지난 과거는 묻어두고 앞으로 난 길로 걸어갈 수 있을 것 같았다.

"어쨌든 약속대로 이젠 안 오는 거지?"

은수는 확답을 구하고 싶어 안달하는 엄마를 빤히 바라보았다. 저 정도밖에 안 되는 사람이었다. 내 엄마라는 여자는. 평온한 삶이 중요하고, 그걸 위해서 친딸마저 태연하게 내팽개친 여자. 어떻게 해서든 평범한 세속적 행복을 거머쥐어야 직성이 풀리는 여자. 그러고 보니 혜영 얘기를 할 때도 어딘가 빈정대는 투가 남편 잘 만난 부잣집 딸에 대한 질투가 배어 있는 것 같았다. 십몇 년도 전에 판사 집 앞을 찾아갔다 허탕 치고 돌아온 걸 두고두고 분해하는 것도 사실은 자기보다 잘난 혜영 앞에서 자존심을 구겼기 때문에 그런 건 아닐까.

"걱정 마세요."

의자에 앉아 몸을 웅크린 엄마를 뒤로한 채 은수는 자리에서 일어나 먼저 커피숍을 나왔다. 혹시나 엄마가 따라 나와 자신을 붙잡지 않을까 기대했지만 그런 일은 없었다. 은수도 뒤돌아보지 않았다. 예전에 엄마가 그랬던 것처럼. 그날부터 엄마는 은수에게 '그 여자'가 되었다.

그 여자의 예상대로 최창훈 판사는 예전에 살던 집에서 그대로 살고 있었다. 은수는 몇 날 며칠을 뚜렷한 목적도 없이 집 앞을 서성거렸다. 어느 날 대문이 열리고 간병인으로 보이는 늙수그레한 여자가 노인이 탄 휠체어를 밀며 나왔.

은수는 전봇대 뒤로 몸을 숨기고 그들을 훔쳐봤다. 여자는 익숙한 몸놀림으로 노인을 휠체어에서 내려 집 앞에 대기한 자동차에 옮겨 태우려 하고 있었다. 분위기를 보아 어딘가에 볼일이 있는 모양이었다.

은수는 휠체어에 탄 노인의 얼굴을 유심히 쳐다봤다. 거리가 좀 있었지만, 노인은 최창훈 판사가 분명했다. 찾아본 언론사 유료 인물검색 데이터베이스에 나와 있는 사진과 똑같은 얼굴이었다. 물론 은수가 본 노인 쪽이 훨씬 더 나이 들고 병약해 보이긴 했지만. 데이터베이스에는 그가 꽤 오래전 판사직을 그만두고 개인 법률 사무소를 차렸다고 나와 있었다.

노인이 탄 차가 점점 멀어져갔다. 마침내 작은 점이 돼 보이지 않게 될 때까지 은수는 노인이 사라진 곳을 오랫동안 쳐다보았다. 이걸로 됐다. 은수는 그렇게 생각했다. 원하던 대로 노인 얼굴을 봤으니 된 거 아닌가. 하지만 마음이 편해지기는커녕 오히려 더 주체할 수 없이 날뛰는 것 같았다. 은수의 마음은 노인에게 무언가를 조금 더 요구하고 있었다. 그 '무언가'가 뭔지는 은수도 잘 모르겠지만.

"면접 보러 왔나 봐요?"

조선족 억양이 섞인 목소리에 은수는 고개를 들었다. 아까 노인을 차에 태우는 걸 도왔던 늙수그레한 여자였다. 은수가 전봇대 뒤에 숨어 자기 쪽을 힐끔힐끔 쳐다보고 있는 걸 눈치챈 모양이었다.

"면접요?"

은수는 어리둥절했다.

"간병인 면접이요. 아까부터 이쪽을 계속 보길래. 이거 보고 온 거 아니에요?"

여자는 전봇대 어딘가를 가리켰다. 그러고 보니 전봇대에 붙은 흰 종이가 새삼 눈에 들어왔다.

입주 간병인 구함. 70대 남성 파킨슨병 환자. 혼자서는 거동할 수 없음. 지원자 성별, 연령 무관. 경력자 우대, 급료는……

전단지 하단엔 온라인 구인광고 사이트에도 게시물을 올려놨다는 말과 함께 사이트 주소가 첨부돼 있었다. 연락처도 함께.

은수는 망연한 눈길로 종이를 들여다보았다. 여자는 눈을 가늘게 뜨고 은수를 쳐다보다가 '볼일도 없으면서 남의 집은 왜 기웃거리는 거야' 쏘아붙이듯 한마디를 내뱉고는 안으로 들어갔다.

은수는 무언가에 홀린 듯 붙어 있던 전단지를 떼어 내 가방 안에 집어넣었다.

너 지금 뭐 하는 거야? 뭘 어쩌려고 그래?

스스로도 당혹스러운 행동이었지만, 은수는 멈출 수가 없었다.

설마 지원하려는 건 아니겠지? 경험도 없는 아르바이트 직원을 누가 뽑아준대?

상식적으로 생각하면 말도 안 되는 일이었다. 하지만 은수 안에 있는 또 다른 은수가 상식과 이성적 사고를 깡그리 무시하면서 자신의 행동을 변호했다.

가능성이 희박하긴 하지만, 그렇다고 불가능한 것도 아니야. 방법을 잘 찾아보면 뭔가 길이 있을 거야.

어떻게?

관련 자격증을 만들면 될 거 아냐.

그래봤자 넌 소속된 곳도 없는 아르바이트 직원이잖아.

사회복지학 전공 대학생이라고 하지, 뭐.

증빙 서류가 필요할걸?

정우 오빠랑 연주 언니한테 도와달라고 할 거야.

도와줄 거란 거 어떻게 알아?

돕도록 만들어야지.

은수의 이성이 결정적인 질문을 던졌다.

왜 그렇게까지 해야 하는데?

순간 은수는 머리가 하얗게 변하는 것 같았다. 그래, 왜 그렇게까지 해야 하지? 간병인으로 취업해봤자 노인 병수발이나 하면서 고생을 할 게 뻔한데. 그래서 내가 얻는 게 뭐가 있다고.

하지만 은수의 감정은 이성보다 힘이 셌다. 그렇게 강렬한 감정은 태어나 처음 가져보는 것 같았다. 스스로 제어할 수 없는, 아니 제어하고 싶지 않은 압도적인 끌림. 은수는 그 끌림의 정체가 증오라고 생각했다. 자신의 인생을 구덩이에 처박는 데 일조한 사람을 향한 분노라고 정의했다.

분노의 화살을 노인에게 겨누는 게 부당하다는 걸 은수도 인지하고 있었다. 사실은 자신의 부모가 그 대상이 돼야 하는지도 몰랐다. 하지만 이미 죽어버린 아빠와 자신을 칼로 베어내듯 끊어낸 '그 여자'를 미워하는 것보다는 생판 타인인 저 노인을 미워하는 게 더 쉬울 것 같았다. 비록 그게 형편없이 뒤틀린 감정이라 할지라도 어쩔 수 없었다.

그래, 나는 복수를 원하고 있는 거야. 은수는 자신의 행동을 그렇게 합리화했다. 내가 노인한테 복수하고 싶은 건 어찌 보면 당연한 일 아냐? 그 사람 때문에 내 인생이 이렇게 됐으니. 하지만 복수가 구체적으로 뭘 의미하는 거냐고 묻는다면, 은수는 대답하기가 난감했다. 계단에서 밀어버릴까? 노인이 먹는 약을 다른 것과 바꿔치기할까? 아니면 인감도장이랑 통장 같은 걸 훔쳐서 돈이라도 확 뜯어내버릴까? 모두 영화에서나 일어날 일 같지만, 현실에서도 일어나지 말라는 법은 없었다.

그런데 과연 내가 저런 일을 할 수 있을까? 그 질문 역시 은수는 곧바로 대답하기 어려웠다. 하지만 해답을 찾기 위해서라면 적어도 시도는 해보는 게 중요했다. 만약 실행한다면, 마지막 선택지가 아마도 위험 부담은 가장 적을 것이다. 나중에 여진이를 데려와 같이 살 때 경제적 도움도 될 테고.

급한 일은 아니니 은수는 일단 노인 집에 취업부터 한 뒤 서서히 방법을 찾아보기로 했다. 정우에게는 치매 노인 간병인으로 취업해 돈을 털 거라고, 잘만 되면 한몫 나눠주겠다고 미끼를 던졌다. 공수표를 남발하는 것 같아 찝찝했지만, 당장 정우의 도움을 받기 위해선 어쩔 수 없었다.

그러나 막상 들어와 보니 은수의 복수심 사이에 자꾸만 이상한 감정이 끼어들었다. 처음에는 그저 경계심이 발동한 거라고 생각했다. 노인은 분명 무언가를 숨기고 있었다. 그에게 휘말리지 않으려면 섣부른 행동은 금물이었다. 은수는 우선 조금 거리를 두고 노인을 관찰하기로 했다. 그러는 사이 또 다른 감정이 싹트기 시작했다. 연민 같기도 하고, 동질감 같기도 한 무언가가.

은수가 그런 감정들 사이에서 갈팡질팡하는 동안 정우로부터 예상치 못했던 정보가 날아왔다. 그건 원래 품었던 은수의 계획을 송두리째 뒤흔들어놓기에 충분했다.

박연수는 노인 외손녀야. 6년 전에 백혈병으로 죽었대.

엄마, 아빠가 교통사고로 죽은 뒤에 노인이 데려와 키웠었나 봐.

정우가 조사한 바에 따르면, 노인의 딸 혜영은 대학을 졸업

하자마자 서둘러 결혼식을 올렸다고 했다. 유방암 말기였던 엄마가 아직 살아있을 때 웨딩드레스 입은 모습을 보여주고 싶었는지 사귀던 남자랑 서둘러 결혼식을 올렸다. 결혼 후 혜영은 남편 창준과 함께 미국으로 유학을 떠났다. 얼마 지나지 않아 딸 연수가 태어났다.

하지만 부부 사이는 원만하지 못했다. 갑자기 아이가 생긴 바람에 같은 유학생 신분에서 일방적으로 육아와 가사를 전담하게 된 혜영에겐 적잖은 불만이 쌓였을 것이다. 혜영은 연수를 데리고 아버지가 있는 한국으로 돌아왔다. 그러다 2년 뒤 미국에서 일자리를 잡은 남편과 재결합해 연수와 함께 미국으로 다시 건너갔다. 시기적으로 보면 '그 여자'가 은수를 데리고 노인의 집까지 찾아가 혜영을 만난 건 아마 혜영이 남편과 헤어져 일시적으로 친정에 머물렀던 무렵인 것 같다.

재결합한 혜영과 창준 사이엔 별다른 문제가 없었던 것으로 보였다. 3년 뒤 부부 동반 모임을 나갔다가 교통사고로 함께 사망하기 전까지는. 부부가 친구 집에 맡겨놓았던 9살짜리 연수만 살아남았다.

창준의 아버지는 5년 전 이미 세상을 떴고, 어머니는 치매로 요양원에 들어간 상태였다. 결국 노인이 어린 연수를 데려와 키우기 시작했다.

혜영이 몸이 불편한 아버지에게 연락 한번 하지 않는 이유가, 명순이 노인의 유일한 보호자 역할을 하는 이유가 무엇인지 이제는 은수도 알 수 있었다.

은수는 사랑하는 사람을 하나씩 차례로 떠나보내야 했던 노인의 심정을 생각하자 가슴이 먹먹해졌다. 처음엔 아내, 그다음엔 딸, 마지막엔 외손녀까지. 그때마다 노인은 얼마나 아팠을까, 얼마나 상실감에 괴로워했을까.

그 아이와 닮았네.

노인은 은수를 보고 그렇게 말했다. 은수더러 '연수'라고 부른 적도 몇 번 있었다. 예전에 은수는 노인이 정신이 온전치 않아 그랬을 거라 생각했다. 하지만 돌이켜보니 노인은 살아 있었으면 또래 정도 되었을 손녀의 모습을 자신에게서 발견했을지 모르겠다는 생각이 들었다. 어쩌면 노인이 굳이 자신을 고용하자고 고집한 것도 바로 그 이유 때문인지도.

그 아이가 죽은 건 내 탓이 아니야.

언젠가 노인의 방에서 들었던 목소리가 은수의 귓전에 되살아났다. 노인은 아이의 죽음에 죄책감을 품고 있었던 걸까. 어린 나이에 부모를 잃고 쓸쓸하게 자란 외손녀가 허망하게 떠나버린 게 자신의 잘못이라 생각하고 자책했던 걸까. 만약 그렇더라면 노인은 대체 얼마나 큰 외로움을 품고 살아왔던 걸까.

노인이 연수의 방을 없애지 않은 이유를 은수는 이해할 수 있었다. 아니, 없애려 해도 없앨 수 없었을 것이다. 열다섯에 세상을 떠난, 자신의 유일한 혈육이 잠시 세상에 머물렀던 흔적을 완전히 지워버리는 게 될 테니까. 하지만 감히 그 방을 열어볼 수도 없었을 것이다. 아픈 기억이 한꺼번에 밀려오면 주체할 수 없었을 테니까. 그래서 끔찍한 기억을 애써 봉인하듯이 문을 걸어 잠그고 그곳을 들여다보려 하지 않았을 것이다.

연수가 떠나간 자리에 파킨슨병이 찾아왔다. 부서진 마음에 이어 노인의 몸도 서서히 무너져내리기 시작했다. 지난 6년간 노인은 그렇게 조금씩 조금씩 모든 것을 잃어가고 있었다.

저런 사람에게 복수하려 했다니. 사실을 알게 된 은수는 부끄러워졌다. 나보다 더 아픔이 많은 사람인데, 나보다 더 잃을 게 없는 사람인데 저런 사람한테 분노를 쏟아내려 했다니. 너무 늦지 않았을 때 모든 걸 알게 돼 다행이라고 생각했다. 이제는 이런 바보 같은 연극을 집어치우고 다시 원래의 삶으로 돌아가자고 결심했다. 그런데 일은 은수의 의도대로 풀리지 않았다. 노인이 다쳤고, 은수는 그런 노인을 내버려 둘 수가 없었다.

은수 앞에서 노인이 단조로운 음성으로 이야기를 시작했다.

단편적인 대화만 할 때는 몰랐는데 노인의 말솜씨는 제법 논리가 정연했다. 은수는 이제 모든 게 분명해졌다. 노인은 분명, 시종일관 제정신이었다.

노인의 입을 통해 은수가 이미 알고 있는 그의 신상 이야기와 '그 여자'가 놓친 아빠와 관련한 이야기들이 술술 흘러나왔다. 듣는 내내 은수의 마음엔 복잡한 감정이 이리저리 교차했다. 은수는 노인의 이야기가 어떻게 끝을 맺을지 전혀 짐작도 하지 못한 상태로 이야기를 따라갔다.

이윽고 말을 마친 노인이 은수를 똑바로 쳐다보았다. 노인의 눈빛은 이제는 바람이 불지 않는 호수처럼 잔잔했다.

"마지막으로 자네한테 한 가지 부탁이 있어."

노인이 높낮이 없는 음성으로 말했다.

은수가 고개를 끄덕였다.

노인은 잠시 망설이다 마침내 결심한 듯 입을 열었다.

11

아무도
미워하지
않는다

"죽을 수 있게 도와줘."

노인은 은수에게 그렇게 말했다.

은수는 자신이 방금 노인이 한 말을 제대로 들은 것인지 의심스러웠다.

"뭘 도와달라고요?"

노인은 은수의 반응을 충분히 예상한 것 같았다. 노인의 입꼬리가 부자연스럽게 한쪽으로 살짝 올라갔다. 예전에 은수도 몇 번 보았던 자조적인 미소였다. 어딘가 기괴해 보인다고 생각했는데, 지금은 아니었다. 은수의 눈에 비친 노인의 얼굴은 쓸쓸했지만, 껍데기만 남은 것처럼 공허하진 않았다. 오히려 어깨에 짊어진 짐을 모두 다 내려놓고 쉬려는 사람처럼 평화로워 보였다. 노인의 미소엔 그런 덤덤함이 배어 있었다.

"내 의지로 삶을 정리할 수 있도록 도와달라는 거야."

노인의 목소리엔 아무런 동요가 없었다.

"간밤에 있었던 일이 또 일어나도 모른 척하라는 건가요?"

노인이 조용히 고개를 흔들었다.

"이젠 그런 건 안 할 생각이야. 남은 사람들한테도 충격일 테고."

얼떨떨한 와중에서도 은수는 그건 그나마 다행이라고 생각했다. 그렇다면 대체 뭐지? 자기 의지로 삶을 정리한다는 건? 설마…… 저 사람, 나더러 죽여 달라고 하는 건 아니겠지? 은수는 머리가 빙빙 도는 것 같았다.

노인은 손에 들고 있던 우편물을 가리켰다. 봉투엔 '웰다잉(Well Dying)'이라는 단체명이 찍혀 있었다.

"조력자살을 돕는 곳이야."

노인이 조용한 목소리로 말했다.

"조력자살요?"

"스스로 생을 마감하고 싶어도 그럴 수 없는 사람들을 도와준다는 거지. 정의하기에 따라선 안락사라고도 하고."

노인이 그 단체에 등록한 건 약 1년 반 전이라고 했다. 그 무렵, 병이 눈에 띄게 악화되기 시작했다. 애초에 완치가 불가능하다는 건 알았지만, 이대로라면 머잖아 침대 위에서 꼼짝달싹 못 하게 될 게 뻔했다. 그 상태로 속절없이 죽음이 찾아오기만을 기다리는 건 노인이 가장 원치 않는 일이었다.

스스로 목숨을 끊을까. 처음 머리에 떠오른 건 자살이었다. 가족도, 혈육도 없는 몸이니 딱히 아쉬울 건 없었다. 하지만 딱 하나, 명순이 걸렸다. 자신이 그렇게 가면 그 사람은 틀림없이 스스로를 심하게 질책할 것이다. 노인은 명순이 남은 평생 괜한 죄책감을 지는 걸 바라지 않았다.

그렇다면 남은 선택은 안락사였다. 한국이 안락사를 법으로 금지한다는 건 노인도 잘 알고 있다. 하지만, 스위스에선 가능했다. 그곳에는 안락사를 도와주는 단체들도 몇 군데 있었다. 조사해보니 회원 가입을 한 신청자가 서류 심사에 통과해 스위스까지 가면 간단한 면접을 거친 뒤 즉시 생을 마감할 수 있었다.

죽음의 방식은 간결하고 깔끔했다. 직원이 신청자의 몸에 독극물이 들어간 수액 링거를 설치하면 신청자가 직접 스토퍼를 열어 독극물이 혈관에 퍼지도록 하는 방식이었다. 최후의 선택은 본인에게 달려 있지만, 혼자서는 죽음을 선택할 수 없는 사람들을 돕는다는 의미에서 이들 단체는 '안락사'라는 말보다 '조력자살'이라는 단어를 선호한다고 했다.

하지만 그것 역시 쉬운 일은 아니었다. 조력자살을 꿈꾸는 사람은 전 세계에 널려 있었다. 웰다잉 회원 수만 해도 천 명이 넘었다. 신청에서 실행까지는 당연히 시간이 걸릴 수밖에 없었다. 시간이 갈수록 노인은 조금씩 불안해졌다.

조력자살 심사 기준은 크게 네 가지였다. 첫째, 견디기 힘든 고통이 있을 것. 둘째, 회복될 가능성이 없을 것. 셋째, 치료 수단이 없을 것. 넷째, 신청자 자신이 죽겠다는 명확한 의사 표현이 가능할 것.

앞에 세 가지 조건은 바뀌지 않겠지만, 마지막 조건은 변동 가능성이 있었다. 치매나 정신질환자는 네 번째 조건에 위배되므로 조력자살 대상이 될 수 없었다. 몇 달, 몇 년 뒤에도 지금처럼 의식이 또렷할지 장담할 수 없으니 연락을 기다리는 내내 마음이 초조했다.

웰다잉 측에서 마침내 연락이 온 건 은수가 간병인으로 들어온 지 얼마 지나지 않았을 때였다.

스마트폰으로 확인한 이메일엔 신청이 받아들여졌으니 필요한 서류를 준비해 출국하라고 적혀 있었다. 중요한 사안이니만큼 확정 내용은 우편으로도 발송하겠다고 했다. 노인은 드디어 한시름 놓은 것처럼 마음이 후련했다. 곧 죽을 수 있다고 생각하니 역설적으로 그때까지 힘을 내야겠다는 의지가 솟았다.

하지만 예상과 달리 우편물은 빨리 도착하지 않았다. 뭐가 잘못되었나 불안했다. 중간에 분실되기라도 했다면? 그렇다면 또다시 신청하고 연락이 오길 기다려야 하는지 도통 알 수 없었다. 노인은 서서히 지치기 시작했다. 병원에 입원해 대소변까지 남의 손으로 처리해야 하는 신세가 되자, 인내심도 한계에 달했다. 이젠 남들한테까지 신경 쓸 때가 아니다, 이럴 바에 차라리 내 손으로 끝내는 게 나을 거라고 생각했다. 간밤에 없는 힘까지 쥐어짜 계획을 실행에 옮기려 했다. 그러다 결국 은수에게 들켜 실패하고 말았다.

그런데 바닥을 디디면 반드시 올라오게 되어 있는 모양인지 상황은 하룻밤 사이 역전됐다. 지난밤 실패를 만회해주기라도 하듯 드디어 기다렸던 우편물이 도착한 것이다. 종이에 영어로 적힌 내용은 간결했다.

신청하신 건이 확정됐습니다. 방문을 기다리고 있겠습니다.

짧지만 노인에겐 한 줄기 희망이 비친 것 같았다. 편지에 적힌 예정일은 한 달 뒤인 9월 28일이었다. 특별한 변동 사항이 생기지 않는 한, 노인은 그날 자신이 지고 있는 모든 괴로움에서 벗어날 수 있게 될 터였다.

은수는 입을 딱 벌린 채 멍청한 표정이 된 줄도 모르고 노인이 하는 말을 들었다. 그건 마치 다른 우주에서 벌어지고 있는 일처럼 비현실적으로 들렸다. 안락사라니, 조력자살이라니. 그런 건 영화에서나 가능한 일 아닌가. 그런데 지금 저 노인은 자신이 그걸 하겠다면서 도움을 요청하고 있었다.

"왜요? 뭐 때문에요?"

다그쳐 물으면서도 은수는 자신의 질문이 무의미하다는 사실을 알고 있었다. 어젯밤에도 스스로 목숨을 끊으려 했던 사람이다. 저 사람은 이제 삶에 아무런 미련이 없다. 노인에게 '살아있다'는 것은 그저 죽는 날까지 견디는 것에 불과해 보였다.

"전에 말했던 것 같은데. 안 될 이유가 뭐가 있냐고."

노인은 그렇게 말했다.

"하지만 그건 자살이나 마찬가지잖아요!"

은수의 말에 노인은 고개를 창가로 돌렸다. 그리고 한동안 창밖을 물끄러미 바라보았다. 밖을 비추는 화창한 여름 햇살은 은수와 노인이 나누는 죽음의 대화와는 대조적으로 생명력이 넘쳤다. 은수는 노인이 그걸 보며 무슨 생각을 할지 궁금했다.

"자살(自殺)보다는 자사(自死)라고 하는 게 맞겠지."

은수에게로 고개를 돌리곤 노인이 엉뚱한 소리를 했다.

"네?"

"그냥 죽기를 기다리는 게 아니라는 점에선 자살과 비슷할지도 모르지. 하지만 그 선택이 자신을 '죽이는' 걸까? 아니야, 조만간 찾아올 죽음을 받아들이는 거지."

은수는 노인이 한 말을 알 것 같기도, 모를 것 같기도 했다.

"어쩌면 나한테 남은 수명이 몇 년쯤 될지도 모르지. 하지만 이렇게 몇 년을 더 기다리는 게 무슨 의미가 있을 것 같나?"

"……."

"이성적 판단이 가능할 때 내 의지대로 삶을 정리하는 게 훨씬 의미 있다고 생각하는 거야. 그게 인간의 존엄성을 지키는 길이고."

은수는 뭐라고 반박하고 싶었다. 아무리 그럴듯하게 포장한다 해도 노인이 하려는 일은 자살이나 마찬가지다. 자살은 죄야. 신을 믿는 사람들은 그렇게 말했다. 하지만 은수는 신을 믿지 않았다. 신이 있다면 세상이 이토록 불행한 사람들로 넘쳐나진 않을 것이다. 노인도 신을 믿진 않을 것 같았다. 그러니 저토록 태연하게 안락사니, 조력자살이니 하는 말을 입에 올릴 수 있는 거겠지.

그건 범죄입니다!

문득 이 집을 방문한 남자가 했던 말이 떠올랐다. 혹시 노인과 그가 나눈 대화가 이거였던가. 그렇다면 노인은 남자에게도 도와달라는 부탁을 했던 것일까.

"하지만…… 이건 범죄라고……."

은수가 노인의 눈치를 보며 띄엄띄엄 말했다. 노인의 얼굴에 처음으로 불편한 기색이 떠올랐다.

"그래, 한국에선 안락사가 법으로 금지돼 있지. 돕는 사람도 처벌받고."

은수가 어리벙벙한 얼굴로 노인을 쳐다봤다. 지금 저 노인은 내가 범죄자가 될 거라는 걸 알면서도 이런 부탁을 하는 거다.

"그래서 국외로 가려는 거야. 자네가 도와줄 일은 나를 스위스까지 데려가 주는 것, 하나밖에 없어. 알다시피 혼자선 불가능하니까."

"혹시…… 돌아와서 들키면 문제 되는 건 아닌가요?"

노인의 계획대로라면 한국으로 '돌아오는' 건 은수 하나뿐일 테다. 그때쯤 노인은 이 세상 사람이 아닐 테니까. 말 그대로 생과 사를 논하는 사람 앞에서 자신의 안위를 신경 쓰는 건 조금 미안했지만, 그래도 은수는 역시나 처벌이 두려웠다.

"그건 너무 걱정하지 않아도 돼. 최대한 피해가 안 가는 방향을 생각하고 있으니까. 만에 하나 문제가 생길 경우 도와줄 사람도 있고."

집에 찾아왔던 그 남자를 가리키는 걸 거라고 은수는 직감했다. 대체 그는 누굴까? 노인과는 무슨 관계일까? 하지만 그건 그리 중요한 게 아니었다.

"왜 저예요?"

은수가 아까부터 묻고 싶었던 질문을 꺼냈다.

"뭣 때문에 제가 그런 걸 할 거라고 생각하신 거예요? 우린, 그냥 남일 뿐인데. 그런 부탁을 할 만한 사이도 아니잖아요."

노인이 은수를 물끄러미 바라보다 이해한다는 건지 고개를 끄덕였다.

"그래, 남이지."

노인은 별로 숨길 얘기도 아니라는 듯 바로 뒷말을 이었다.

"달리 부탁할 사람이 없었어."

은수는 맥이 탁 풀렸다. 겨우 그거였나. 하긴 은수 눈에도 노인은 고립무원 신세였다. 자신 말고는 달리 기댈 사람이 없다. 그렇다고 명순한테 부탁할 수도 없을 것이다. 기를 쓰고 막으려 들 테니까. 그건 그렇고 노인은 대체 명순한테는 뭐라고 설명할 셈인지.

"자네가 날 이해해줄 것도 같기도 했고."

노인이 은수의 눈을 들여다보며 덧붙였다.

노인의 담담한 눈동자를 마주 보다 은수는 저도 모르게 고개를 돌렸다. 가슴이 먹먹해졌다. 자신이 막연히 느끼고 있던 동질감을 저 노인도 느꼈을까. 노인도 나처럼 우리 둘은 닮은 꼴이라고 생각했을까. 자신이 남몰래 품고 있던 감정이 노인에게 전해진 것 같아 은수는 가슴 밑바닥에서 따뜻한 무엇인가가 차오르는 것 같았다.

하지만 그러면서도 노인은 은수에게 부탁하고 있었다. 자신이 죽는 걸 도와달라고. 그건 모처럼 싹튼 우정을 싹둑 잘라버리겠다는 말처럼 가혹하게 들렸다.

"친한 친구가 있어요."

은수가 말했다.

"보육원에서 만난, 유일한 친구예요."

노인은 말없이 은수의 말을 듣고 있었다.

"여진이는, 그 친구는 얼마 전 자살하려고 했어요. 사는 게 힘들었나 봐요."

"……"

"손목을 그은 친구를 발견한 건 저예요. 다행히 여진이는 목숨은 건졌지만 전 저 자신이 너무 미웠어요."

"……"

"만약 여진이가 죽었다면 전 평생을 후회했을 거예요. 그러니 누구도 죽도록 내버려두지 않을래요."

노인이 입을 꽉 다물었다. 무언가를 골똘히 생각하는 것 같았다. 꽤 긴 시간이 흘렀다.

"여진이라는 친구와 나는 달라."

노인이 말했다.

"뭐가 다르죠?"

"그 친구에겐 젊음이 있지. 기회와 건강도 있고. 얼마든지 다시 시작할 수가 있어. 하지만 나는 아니야."

이번엔 은수가 입을 다물었다.

"나는 삶에서 붙들 수 있는 게 아무것도 없어. 그저 숨을 쉬면서, 그 숨이 멈추기만을 기다릴 뿐이지. 그런 이들에게 조금 앞당겨진 죽음이란 자비가 아닐까?"

갑자기 뜨거운 무엇인가가 은수의 뺨을 타고 흘러내렸다. 그게 눈물이라는 걸 안 은수는 서둘러 옷소매로 눈물을 닦았다. 내가 왜 울고 있는 거지? 나랑 아무런 관계도 아닌 노인이 죽건 말건 그건 내 알 바가 아닌데. 이런 무리한 부탁 따위, 딱 잘라 거절하고 그냥 간병 일을 그만두면 되는데. 왜 나는 노인의 말에 이렇게 흔들리는 걸까. 왜 그를 말리고 싶어지는 걸까.

은수는 쿵쿵거리며 2층으로 뛰어 올라가 연수가 쓰던 일기장을 갖고 내려왔다. 은수가 노인에게 노트를 내밀자 노인은 어리둥절한 표정을 지었다. 노인도 그 물건을 처음 본 모양이었다. 노인의 떨리는 손이 한 장 한 장 노트를 넘겼다. 잔잔했던 노인의 눈동자는 페이지를 넘길수록 심하게 흔들리기 시작했다.

"이건?"

"연수가 쓴 거예요. 연수 방 침대 시트 사이에 끼어 있었어요."

은수는 자신이 어떻게 방문을 열고 들어갔는지까지 설명하려다 관뒀다. 손녀가 남긴 물건에 이미 완전히 정신이 쏠린 노인은 그런 사소한 잘못 따위는 흥미가 없어 보였다. 연수의 앳된 글씨체를 쫓아가던 노인의 시선이 마지막 페이지에 적힌 글귀에 고정됐다.

죽기 싫어.

노인의 얇은 눈시울이 빨갛게 물드는 것 같았다.

"보세요, 연수는 죽기 싫다고 했어요. 살고 싶다고 했다고요! 그토록 살기를 원한 연수를 생각해서라도 이러시면 안 되는 거 아니에요?"

노인이 고개를 숙였다. 빨개진 눈을 은수에게 보이는 게 싫었는지 한참이나 고개를 들지 않았다. 은수는 그런 노인을 잠자코 바라봤다. 꽤 시간이 흐른 후에야 노인이 고개를 들었다.

"아니, 그 반대야."

노인이 파들거리는 손가락으로 일기장 겉면을 가만히 쓰다듬었다. 마치 어린아이의 머리칼을 쓰다듬는 것처럼 부드러운 손길이었다.

"그들을 너무 오래 기다리게 했어."

노인이 은수에게 고개를 돌렸다. 물기 때문에 반들거리는 노인의 눈에는 이젠 어떤 애원 같은 것이 담겨 있었다.

"부탁하네. 도와줘, 다시 가족들을 만날 수 있도록."

그 말에 은수는 반박할 의지를 잃어버렸다. 고개를 떨군 채 그가 손에 쥔 일기장을 노려보듯 바라봤다. 일기장을 처음 봤을 때 그 속에 적힌 '죽기 싫어'라는 구절은 은수에게 강렬한 인상을 남겼다. 그걸 적었을 소녀의 간절함 때문에. 그런데 지금 자신과 마주한 노인은 죽는 걸 도와달라고 하고 있다. 손녀가 그랬던 것과 마찬가지로 간절하게.

   노인이 저 일기장을 보면 생각을 고쳐먹을 수도 있다고 생각했다. 하지만 은수의 생각과 달리 노인의 결심은 더 강해진 것처럼 보였다. 일기장에 적힌 죽음과 노인이 입에 올린 죽음이라는 단어가 각각 저마다의 무게로 은수의 가슴을 무겁게 짓눌렀다.

12

다시
원점

 오랜만에 만난 자리였지만, 세 사람은 어쩐지 서로가 불편한 듯보였다.

 성인 여성이라기보다는 '소녀'라고 불러야 더 어울리는 여자애 하나와 그보다 서너 살 더 나이 들어 보이는 청년과 여대생.

 여자애는 앳된 얼굴과는 어울리지 않게 스산한 눈빛을 하고 있었다. 세상 풍파에 닦이고 험한 일을 많이 겪은 사람들이 흔히 가진 눈빛이다. 타인의 시선을 끌기 어려운 수수한 외모지만, 눈빛에 어린 묘한 분위기 때문에 한 번쯤 돌아보는 사람도 있을 것 같았다.

 광대뼈와 날카로운 턱선이 두드러진 청년은 호리호리한 체구에 키가 크고 뼈대가 굵었다. 면도를 제때 못 해 턱에 거뭇

거뭇한 수염이 올라왔다. 싸운 흔적인지 입가가 터지고 눈에 퍼런 멍자국까지 난 것이 한눈에 보기에도 여대생과는 아무런 접점이 없어 보였다.

청년과 조금 떨어져 앉은 여대생은 매일 거울 앞에서 가위로 가지런히 길이를 맞추는 것처럼 똑 떨어지는 단발머리에 흠 없이 깨끗한 흰색 캔버스 운동화를 신고 있었다. 생김새처럼 단정하고 깔끔한 성격인 모양이었다.

셋은 사람들이 많이 찾지 않는 커피숍 제일 구석 자리에 나란히 앉아 있었다. 되도록 남들 눈에 띄고 싶지 않다는 듯이.

정우와 연주를 불러낸 사람은 은수였다. 은수도 두 사람과 그리 가깝다고 할 수는 없지만, 둘 사이는 더했다. 같은 보육원 출신 동갑내기라는 걸 제외하면 공통점이 하나도 없는 연주와 정우는 그야말로 물과 기름 같았다. 같이 살 때도 서로 데면데면했으니 보육원을 나와서 만나는 건 아마 이번이 처음일 터였다.

은수가 둘을 부른 건 노인 때문이었다. 노인이 자신의 정체를 파악하고 있었다는 얘기, 원래 세웠던 복수 계획은 이미 포기했다는 얘기를 은수는 두 사람에게 덤덤히 털어놓았다. 노인이 자신에게 상상하지도 못한 부탁을 했다는 사실도.

어차피 모두 털어놓기로 작정했으니 이젠 딱히 거리낄 것도 없었다. 은수 혼자 힘으로 노인의 부탁을 들어줄 수는 없는 노룻이다. 다른 누군가의 도움이 필요하다. 노인의 존재를 알고, 노인이 남몰래 세운 계획을 공유해도 외부에 퍼뜨릴 우려가 없는 누군가. 그 '누군가'로는 노인의 집에 간병인으로 들어갈 때 '공범'이 돼 준 둘이 적임자였다. 그들의 도움을 얻기 위해선 더는 거짓말을 하거나, 혼자만의 비밀을 가져선 안 됐다.

은수가 말하는 도중에 정우는 몇 번이나 '뭐?' 하며 언성을 높이려다 주위를 의식해 목소리를 낮췄고, 연주는 난감하다는 듯 듣는 내내 미간에 주름을 짓고 있었다.

"그러니까, 넌 지금 그 노인이 안락사하러 갈 수 있도록 우리더러 도와달라는 거냐?"

은수가 얘기를 마치자 정우가 기가 막힌다는 듯이 물었다. 테이블 아래 꽉 쥔 주먹이 부들부들 떨리는 걸 보니 여기가 커피숍이 아니고 은수가 여자가 아니라면 한 대 치기라도 할 것 같은 분위기였다.

은수는 정우의 시선을 피하며 천천히 고개를 끄덕였다. 생각해보면 정우가 저렇게 화를 내는 것도 무리는 아니었다. 잘하면 목돈을 벌 수 있다고 꼬드겨 이것저것 부탁했는데, 이제와 그걸 전부 원점으로 돌리고 더더욱 무리한 요구를 하다니. 어쩌면 당연한 반응이었다.

"그렇게 안 봤는데 얘 진짜 대책 없네. 야, 넌 우리가 그렇게 만만하게 보이냐? 그래도 보육원 동생이라고 기껏 도와줬더니만 이게 진짜 어디서…….”

"공짜로 이러는 건 아니야."

"뭐?"

"돈을 주겠다고."

 정우의 말투가 점점 거칠어진다 싶어 은수는 서둘러 비장의 무기를 꺼냈다. 정우가 경제적으로 쪼들린다는 건 은수도 어느 정도 눈치를 챈 상태였다. 걸핏하면 은수에게 보채고 독촉하는 걸로 보아 하루빨리 돈을 갚아야 하는 사정이라는 게 안 봐도 뻔했다. 어쩌면 사채를 썼는지도 모른다. 그렇다면 '사례금'은 정우에게 꽤 솔깃한 미끼가 될 수 있을 것 같았다.

"얼마 줄 수 있는데?"

 아닌 게 아니라 정우의 기세가 눈에 띄게 한풀 누그러졌다.

"갚을 돈이 얼만데?"

 정우는 일순 '나 빚진 건 어떻게 알고' 하는 표정을 지었지만, 마지못해 액수를 얘기했다.

 은수는 고개를 끄덕였다. 적잖은 돈이지만, 이 정도면 노인이 계획한 '여행 경비' 안에서 충당할 수 있는 수준이었다. 어차피 돌아오지 못할 여행이고, 노인한테는 말 그대로 죽을 때까지 써도 다 못 쓸 만큼 돈이 있었다. 노인은 은수에게 사례금도 제시했지만, 그건 은수가 거절했다. 어쩐지 받아선 안 될 것 같아서였다. 둘 사이에 돈이 오간다면 노인을 평화로운 죽음으로 인도하겠다는 은수의 목적이 단순한 금전 거래로 전락하고 말 것 같았다.

"넌 이미 하기로 결정을 내린 모양이네?"

잠자코 있던 연주가 은수에게 물었다.

"응."

"너도 돈 때문이야?"

비난 섞인 목소리는 아니었다. 연주는 정말로 이유가 궁금한 모양이었다.

"아니."

"그럼 왜?"

그걸 어떻게 한마디로 설명할 수 있나. 은수는 난감해졌다. 노인의 표정이 너무 슬퍼 보여서? 하루하루 자신을 잃어버리는 그를 그대로 놔두는 게 고문이나 마찬가지라고 생각해서? 가족들 곁으로 가고 싶다는 말에 마음이 움직여서? 잘 모르겠다. 하지만 막연하게 그게 옳은 일이라 느꼈을 뿐이다. 일반적 기준에서 봤을 때 옳은 일인지는 확신할 수 없지만, 적어도 노인을 위해선 옳은 일이라고.

"여진이가……."

"여진이? 우리 보육원 한여진?"

연주는 갑자기 생뚱맞게 이게 무슨 얘기냐 싶은 얼굴이었다.

은수는 말을 꺼내려다 입을 다물었다. 여진이가 없었더라면, 은수도 쉽사리 용기를 낼 수 없었을지도 몰랐다. 하지만 이 자리에서 굳이 여진이 얘기를 꺼내고 싶진 않았다. 어차피 연주나 정우는 소식도 모를 테니까.

  며칠 전 여진이를 데리고 있던 보육원 원장님에게서 연락이 왔다. 이제는 '전 원장님'이 된 그는 여진이가 많이 회복됐다고, 은수를 보고 싶어 한다고 했다. 낮에 명순이 있을 때 외출 허락을 받고 만나러 갔다.

  반년 만에 다시 본 여진은 한눈에도 많이 좋아진 것 같았다. 예전만큼 자주 웃진 않았지만, 얼굴에 그늘은 사라졌고 감추거나 얼버무리는 버릇도 없어졌다. 은수는 만나면 한바탕 혼을 내주려 했지만, 막상 얼굴을 보니 과거 얘기는 다시 꺼내고 싶지 않았다. 둘은 여진이가 좋아하는 햄버거를 먹고, 아무 일 없었다는 듯 수다를 떨었다.

  한참 그간에 있었던 일들을 얘기하다가 은수가 노인 얘기를 꺼냈다. 노인이 자신에게 한 부탁도. 그걸 타인에게 언급한 건 그때가 처음이었다.

"어떻게 할 생각인데?"

어렵게 운을 뗀 은수에게 여진이 물었다.

"나도 몰라."

"넌 어쩌고 싶은데?"

은수가 망설였다.

"솔직히…… 도와주고 싶긴 한데……."

"한데?"

"그게 정말 그 사람을 위한 걸까?"

여진은 말없이 빨대로 콜라를 휘저었다. 뭔가 할 말을 고르고 있는 것 같았다. 한참 뒤 여진이 고개를 들었다.

"그 사람이 그걸 원한다면, 들어주는 게 위하는 거 아냐?"

은수는 잠시 말문이 막혔다.

"……혹시, 너도 내가 그때 널 그대로 내버려뒀으면 좋았겠다고 생각하니?"

여진이 씁쓸하게 웃으며 고개를 흔들었다.

"아니. 날 구해준 거 고맙게 생각해."

은수는 속으로 안도의 한숨을 내쉬었다. 만약 여진이 죽음의 문턱까지 간 자신을 되돌려놓은 걸 원망하고 있었더라면 견딜 수 없을 것 같았다. 문득 지금은 죽음을 간절히 염원하고 있는 노인도 시간이 좀 흐르면 여진처럼 마음이 바뀔지도 모른다는 생각이 들었다. 그러니 역시 노인의 부탁을 무시하는 것이…….

"은수야, 나는 그 사람 심정 잘 알 것 같아. 나도 거기까지 가봤잖아."

여진이 은수 눈치를 살피며 조심스레 말을 꺼냈다.

"내 마음이 지옥이면 살아도 사는 게 아냐. 그 상태로 숨만 쉬는 건 죽은 거나 마찬가지야."

"……."

"나, 겁 엄청 많은 거 알지? 어릴 때도 피가 나면 아프기도 전에 무서워서 울었잖아. 근데 막상 손목 그을 땐 아무렇지도 않더라. 그때는 그 정도로 간절히 죽고 싶었나 봐."

"……."

"지금 생각해보면 내가 너무 성급했던 것 같아. 아직 나한테는 기회도 많은데 왜 그렇게 모든 걸 절망적으로 생각했을까. 많이 초조했었나 봐."

"그래, 맞아."

은수가 서둘러 맞장구를 쳤다.

"그런데 나한테 상황을 바꿀 만한 가능성 같은 게 조금도 없었다면 난 아마 죽는 쪽을 택했을 거야. 아무런 희망도 없는데 지옥에서 하루하루를 견디는 건 너무 가혹해."

은수는 노인이 했던 말이 생각났다. 네 친구한테는 아직 시간도, 기회도 많아. 그 아이는 나와는 처지가 달라.

"만약 내가 그런 상황이었으면 너한테 부탁했을 거야. 날 그냥 보내 달라고."

은수가 여진을 멍하니 바라보았다. 투명하다 못해 창백한 하얀 얼굴, 작은 얼굴의 반 정도를 차지한다 싶을 정도로 커다란 눈망울. 소녀 만화에나 등장할 것처럼 여리고 예쁘장한 얼굴에 제법 단호한 결심이 어려 있었다. 여진이는 지금 진심이구나. 소심하고 내성적인 애가 저렇게 분명하게 자기 생각을 밝히는 건 드문 일이었다.

여진이가 덧붙였다.

"내 생각인데, 그 사람, 생각보다 널 많이 믿는 것 같아. 안 그러면 그런 부탁은 할 수가 없거든."

은수가 충격을 받았다고 생각해서인지 여진이는 부드럽게 달래는 투였다.

은수는 지금 가슴이 뭉클한 건지, 저릿한 건지 분간이 잘 가지 않았다. 노인이 그토록 은수를 신뢰한다면, 나중에 자신이 떠난 뒤 떠안을 상실감은 왜 생각하지 않는 걸까. 어쩌면 그런 사소한 일에 생각이 미치지 않을 만큼 노인에겐 죽음이 절박한 걸 수도 있었다. 아니면 자신을 신뢰하되, 애정은 없거나. 주인이 충직한 하인을 믿어도 사랑하진 않는 것처럼.

"결정은 너한테 달렸어. 어느 쪽이든 난 널 비난 안 해. 하지만 만약 네가 그 사람을 돕겠다고 한다면, 나도 할 수 있는 한 널 도와줄게."

은수는 뭐라고 해야 할지 몰라 우물쭈물하다가 그저 '고마워'라고만 했다. 여진이 픽 웃었다.

"고맙긴. 넌 내 생명의 은인이잖아."

그날 밤, 노인과 둘만 남았을 때 은수는 말했다. '알겠어요. 도와드릴게요'라고. 그때 노인은 뭐라고 했던가. 아마 아무 말도 하지 않았던 것 같다. 다만 깊숙이 고개를 숙였을 뿐.

은수는 머리숱이 듬성듬성한 노인의 정수리를 물끄러미 바라보았다. 이게 과연 감사를 받아야 할 일인지, 자신이 노인의 감사를 받을 자격이 있는지 은수 자신도 알 수 없었다.

은수는 머릿속을 어지럽히는 지난 기억들을 떨쳐버렸다. 눈앞엔 연주가 대답을 기다리듯 자신을 빤히 쳐다보고 있었다. 은수가 짤막하게 대답했다.

"복잡한데, 그럴 사정이 있어."

다행히 연주는 더 캐묻지 않았다. 심각한 얼굴로 커피를 티스푼으로 휘젓다가 마침내 고개를 들었다.

"미안한데, 난 빠질래."

망설임 없는 단호한 어조였다.

은수는 알겠다고 고개를 끄덕였다. 조금 실망스럽긴 했지만, 어느 정도는 예상했던 일이다. 학창 시절부터 위태위태했던 정우와 달리 연주는 길이 아닌 곳으로는 아예 발도 딛지 않는 부류였다. 그런 연주가 자신에게 이름을 빌려준 것만 해도 놀라운 일이었다. 무엇 때문에 연주가 그런 과감한 결정을 내렸는지 은수도 아직도 모른다. 어린 시절 파양을 당했던 상처가 '복수'라는 말에 불을 당긴 건 아닐까, 하고 짐작했을 뿐이다.

"역시 난 그런 일은 동의 못 하겠어. 그렇지만 그분과 네 결정은 존중할게."

연주의 말투는 차분했지만, 은수의 귀엔 어쩐지 차갑게 들렸다.

사실 연주는 아까 은수가 한 말이 계속 가슴속에서 서걱거렸다. 안락사라니. 무슨 말도 안 되는 소리를 하고 있는 거야? 딱히 종교가 있어서 그런 건 아니었다. 하지만 살고 싶어도 죽는 사람이 얼마나 많은데. 병실에 누워서 자신이 찾아오기만을 기다렸던 친엄마도 그랬다. 그런 연주에게 자기 의지대로 목숨을 버린다는 건 너무도 사치스러운 일이었다. 비록 그게 혼자서는 거동도 못 하는 외로운 노인이라 할지라도.

"오빠는 어쩔 거야?"

은수가 정우에게 물었다. 정우는 아까부터 뭔가 떫은 거라도 씹은 표정이다. 떨떠름하긴 했지만, 발등에 불이 떨어진 상황에서 은수의 제안을 단박에 무시할 수도 없으니 난감한 모양이었다. 그렇다고 선뜻 받아들이는 건 체면이 안 섰다.

하지만 정우는 지금 찬밥 더운밥 가릴 형편이 아니었다. 얼마 전, 현철 형이 보낸 똘마니들한테서 몇 대 얻어터진 뒤에 사정사정해 간신히 다시 한 차례 미룬 상환 날짜가 바로 다음

주다. 좋건 싫건 마음의 결정을 내리는 수밖에 없었다.

정우가 체념한 듯이 내뱉었다.

"에이씨, 모르겠다. 이판사판인데 어쩔 수 없지, 뭐. 안락사인지, 조력자살인지 하는 거 도와줄게. 대신 정은수, 이번에도 빈말이면 너 진짜 죽을 줄 알아."

"빈말 아니야!"

뜻밖에도 은수는 발칵 화를 냈다. 정우의 거친 말투를 하루 이틀 들은 것도 아닌데.

잔뜩 날이 선 은수를 보자 정우는 물론 연주까지 놀란 듯했다. 갑자기 울컥한 게 겸연쩍었는지 은수가 창밖으로 고개를 돌리며 중얼거렸다.

"그러니까, 이런 걸 거짓말할 순 없잖아."

차라리 거짓말이면 좋겠다, 이 모든 게 연극이면 좋겠다고 생각했다. 그러면 이렇게 마음이 소란스럽지 않을 텐데. 날마다 노인을 보는 게 이토록 힘들지 않을 텐데. 어쩌면 이제부턴 진짜 노인의 간병인이 될 수도 있을 텐데.

"그렇다면 됐고. 왜 뜬금없이 성질을 내냐."

정우가 은수를 힐끔 쳐다보더니 볼맨 목소리로 말했다.

"미안. 그냥 신경이 좀 날카로워져 있었나 봐."

은수는 서둘러 사과하고 애써 어색하게 웃어 보였다. 혹시나 정우가 비협조적으로 나올까 걱정되기도 했지만, 그보다는 자신도 이해가 안 되는 복잡한 속내를 들키기 싫어서였다.

정우가 여전히 의아한 표정으로 은수를 물끄러미 쳐다봤다. 빨갛게 달아오른 얼굴로 어색하게 웃는 은수의 모습은 어쩐지 울고 있는 것처럼 보였다.

13

비밀의
울타리 너머

  삼 주가 쏜살같이 흘렀다. 그동안 은수와 노인은 여행의 세부 사항을 꼼꼼하게 계획했다. 목적은 최대한 타인의 눈에 노출이 되지 않게, 은수와 노인의 동선이 최대한 겹치지 않게 만드는 거였다. 나중에라도 은수가 노인을 스위스에 데려간 게 발각되지 않도록.

  노인을 무사히 스위스까지 데려가기만 하면 은수의 임무는 끝이 난다. 의료 기록 등 필요한 서류를 떼고 사후 뒤처리를 책임지는 건 김성재 변호사의 몫이었다.

  여행 준비로 함께 이야기를 나누는 동안 은수는 노인에 대해 많은 걸 알게 됐다. 노인이 좋아하는 영화가 '카사블랑카'라는 것도, 술은 와인보다 고량주나 위스키 같은 독주가 취향이라는 것도. 때로는 혜영과 연수가 노인의 화제에 등장하기도 했다. 아내가 유방암에 걸렸을 때 대학생이던 혜영이 많이 힘들어했다는 얘기, 부모 없이 할아버지 손에서 자란 연수가 응석받이가 될까 봐 일부러 엄하게 굴곤 했는데 그렇게 일찍 갈 줄 알았으면 하고 싶은 대로 다 하게 내버려 둘 걸 그랬다는 얘기…….

노인은 이따금 은수에게 보육원과 출소 이후의 생활에 대해 물었다. 은수의 친구들도 궁금한 모양이었다. 시간이 흐르면서 노인은 은수의 과거뿐 아니라, 은수가 길고양이에게 먹이 주는 것을 좋아하고 꽃가루 알레르기가 있다는 소소한 사실까지 알게 됐다.

알고 보니 둘 다 '위대한 개츠비'를 좋아해서 함께 밤에 넷플릭스로 영화를 본 적도 있었다. 영화가 시작되자마자, 노인은 고개를 흔들었다. 노인이 좋아하는 영화는 레오나르도 디카프리오가 아니라 로버트 레드퍼드가 주인공으로 나온 것이라고 했다. 은수는 처음 들어보는 이름이었다.

은수는 노인과 가까워지는 것이 반가운 한편, 그와 정이 드는 게 무서웠다. 이별은 이미 예정된 결과였다. 노인에게 마음을 주면 줄수록 헤어짐이 힘들어질 게 뻔했다. 매일 밤 잠자리에 들기 전, 은수는 노인과 감정적인 거리를 둬야겠다고 마음먹었지만 결심은 다음 날이면 어김없이 허물어졌다.

출국 이 주 전.

노인의 몸 상태가 갑자기 나빠졌다. 다친 고관절에 또다시 문제가 생겼는지 침대에서 제대로 몸을 일으키지 못했다. 은수의 부축을 받아 휠체어까지 이동하는 일상적인 움직임에도 고통이 밀려드는지 자주 얼굴을 찌푸리곤 했다.

"병원에 가봐야 하지 않을까요?"

걱정스레 묻는 은수에게 노인은 고개를 흔들었다.

"별거 아니야."

"다친 곳에 문제가 생겼으면요?"

"원래 나이 먹으면 여기저기 아프게 마련이야. 시간이 지나면 좋아지겠지."

"아무래도 병원에 가봐야 할 것 같은데……."

"괜한 신경 안 써도 돼."

"그래도 아줌마한테는 알려야……."

노인이 단호하게 고개를 흔들었다.

"강 여사한테는, 더 이상 걱정 끼치고 싶지 않아."

'걱정 끼치고 싶지 않다'는 말 속엔 괜히 명순이 신경 쓰게 만들어 여행에 차질을 빚어선 안 된다는 뜻이 섞여 있을 것이다. 아니, 어쩌면 그게 노인의 진짜 속내일지도 모른다. 노인의 심정이 전해져 은수는 가슴이 먹먹해졌다.

"정말 괜찮으시겠어요?"

노인은 침대에 누운 채로 고개를 끄덕였다.

"그렇다니까. 필요한 게 있으면 부를 테니 쉬고 있어. 여행 책자라도 보든가. 스위스 여행, 처음일 거 아니야?"

노인은 더는 이 문제로 은수와 실랑이를 하기 싫은 눈치였다. 은수는 노인을 홀로 남겨둔 채 방에서 나왔다.

거실 한구석엔 전동 휠체어가 오도카니 놓여 있었다. 며칠째 자리에 드러누운 주인을 태우지 못해 방치되다시피 한 휠체어. 앞으로 노인을 태울 수 있는 시간도 얼마 남지 않았다.

가만 보니 휠체어 오른쪽 바퀴에 흙이 묻어 있었다. 얼마 전 정원에 나갔을 때 묻은 것 같았다. 실내에 들어오기 전엔 항상 바퀴를 깨끗하게 닦는데 그날따라 미처 못 보고 놓친 모양이다.

은수는 걸레를 빨아와 바퀴에 묻은 흙을 닦기 시작했다. 마른 흙이 타이어에 눌어붙었는지 좀처럼 떨어지지 않았다. 은수가 손에 쥔 걸레를 꽉 움켜쥐었다. 너 따위한테 내가 질까 보냐는 듯이. 싸움이라도 하듯 흙먼지를 북북 문질러 닦던 은수가 갑자기 손을 멈추고 바닥에 걸레를 홱 내동댕이쳤다.

젖은 눈가가 빨갛게 충혈돼 있었다. 은수는 고개를 떨군 채 한동안 움직이지 않았다. 조용한 방안엔 간간이 은수가 코를 훌쩍거리는 소리만 들렸다. 초침이 동그랗게 360도 원을 그릴 만큼 시간이 흐른 뒤에야 은수는 팽개쳤던 걸레를 집어 들고 다시 묵묵히 타이어를 닦았다.

출국 일주일 전.

노인의 상태는 한결 호전됐다. 그의 말처럼 고령자들이 흔히들 겪는 일시적 통증이었는지, 아니면 노인이 스위스에 가겠다는 일념으로 이를 악문 덕분인지 몰라도 부축을 받으며 침대에서 휠체어까지 조금씩 발걸음을 옮길 수 있는 정도로 회복되었다.

은수는 노인이 건강해진 걸 어떻게 받아들여야 할지 몰라 혼란스러웠다. 몸도 가누지 못하고 침대에만 누워 있는 건 안쓰러웠지만, 한편으론 그 상태가 계속돼 스위스에 못 가게 되면 좋겠다는 마음도 스멀거렸다. 그러다가 누워 있는 노인의 얼굴에서 자기혐오와 실망감을 읽을 때면 어서 빨리 건강을 회복해 소원대로 스위스행 비행기를 타게 해 달라고 간절히 기도하곤 했다. 바람 부는 대로 이리저리 휘날리는 나뭇가지처럼 은수의 마음은 방향을 잃고 갈팡질팡 흔들렸다.

혼란스런 은수와 달리 노인은 눈에 띄게 유쾌해졌다. 어떤 날은 창고에 처박힌 장기 세트를 가져오라고 해서 장기를 가르쳐주고, 다른 날은 마치 소풍이라도 온 듯 명순과 셋이 정원에 나가 명순이 만든 샌드위치를 나눠 먹기도 했다.

노인이 매일 조금씩 새로운 추억을 만들려는 이유는 너무도 분명했다. 그에게 남은 날들이 얼마 없으니까. 그 마지막 시간들을 어린 간병인과 오랜 가사도우미, 두 사람에게 모두 쏟아붓고 있었다. 은수는 노인의 눈에 생기가 어릴 때마다 가슴이 저릿해졌다.

"오늘 밤엔 같이 영화나 볼까?"

여름이 거의 끝나갈 무렵, 노인이 은수에게 물었다.

"무슨 영화요?"

"글쎄…… 서재에 있는 소장용 비디오 중에서 보고 싶은 걸 골라오든지."

"비디오요?"

은수가 저도 모르게 피식 웃었다.

"요새 비디오 같은 걸 보는 사람이 어디 있어요? 다들 넷플릭스나 유튜브로 영화 보지."

"남들이 안 하는 걸 해보는 것도 재미잖아."

그러고 보니 그런 것도 같았다. 노인의 집에 있는 비디오 플레이어는 사용 안 한 지 오래돼 보였지만, 성능엔 문제가 없을 것 같았다.

"그래요, 그럼. 사실 비디오로 영화 보는 건 처음이에요."

"영화관처럼 팝콘도 있으면 좋을 텐데."

노인이 지나가듯 말했다. 무심하게 던지는 말투였지만, 은수는 어쩐지 자괴감이 들었다. 노인을 영화관에 데려다주지 못하는 자신의 무력함 때문에.

"팝콘 대신에……."

우울해지는 마음을 감추려고 은수는 일부러 명랑하게 말했다.

"캔맥주 어떠세요? 딱 한 캔씩만?"

노인이 미심쩍은 눈초리로 은수를 돌아봤다. 그가 무슨 말을 꺼내기 전에 은수는 서둘러 덧붙였다.

"저도 법적으로 술 마실 수 있는 나이라고요. 처음 마시는 것도 아니고."

편의점 아르바이트를 마치면 은수는 캔맥주를 몇 개씩 사 들고 와 집 냉장고에 쟁여놓곤 했다. 어려 보이는 탓에 다른 데선 늘 주민등록증을 꺼내보여야 했지만, 자신이 일하는 편의점에선 그런 번거로움이 없었다. 늦은 밤 혼자 마시는 술은 쓸쓸하기만 한 건 아니었다. 그 시간만큼은 고단한 일상을 잠깐 잊을 수 있었다. 몇 번 혼자 술을 마셔보고 나선, 은수는 자신이 제법 주량이 세다는 사실을 알았다.

"아줌마한테는 비밀로 해요."

명순은 절대로 집에 술을 들이지 않았다. 판사님 몸도 안 좋으신데 술을 드시게 하면 어떡하냐면서. 하지만 병에 걸리기 전 노인이 제법 애주가였다는 사실을 은수는 그에게서 직접 들어서 알고 있었다. 가끔은 노인이 술을 그리워한다는 것도.

"그래 볼까? 그거 하나 마신다고 수명이 줄 것도 아닌데."

노인이 풋, 웃었다. 마치 나쁜 장난을 즐기는 짓궂은 어린아이로 돌아간 것 같았다.

은수가 근처 편의점에서 맥주를 사 왔다. 곁들여 먹을 치킨도 배달시켰으니 이제 영화만 고르면 둘만의 작은 상영회 준비가 끝난다.

은수는 서재로 가서 책장에 꽂혀 있는 비디오 리스트를 하나씩 훑어보았다. 대부, 로마의 휴일, 카사블랑카……. 아무래도 노인은 고전 영화가 취향인 모양이었다. 예전에 이 방에 왔을 땐 왜 못 봤을까 싶을 정도로 제법 비디오가 많았다.

은수는 '대부 1'을 뽑아 들었다. 아직 보지 못했지만, 워낙 유명한 영화라 이름은 들어본 적이 있었다. 마피아가 주인공이니 호탕한 액션 장면이 많겠지. 괜히 심각한 영화를 틀어 분위기를 가라앉게 만들고 싶지 않았다.

비디오를 뽑아 들고 방을 나서려던 은수의 시선이 문득 책상 위에 놓인 노인의 아내와 딸 사진에 꽂혔다. 늙고 병들어버린 노인과 달리 사진에 담긴 그들은 여전히 젊고 건강해 보였다. 만약 저들이 하늘에서 내가 하려는 일을 내려다보고 있다면 뭐라고 할까. 그냥 노인의 뜻을 따라 도와주라고 할까. 아니면 무턱대고 노인이 하자는 대로 끌려가는 나에게 화를 낼까.

사진 속 사람들이 뭔가 말해주기를 기다리는 것처럼 은수는 그들의 얼굴을 뚫어지게 쳐다보았다. 기다리다 조바심이 난 노인이 은수를 부를 때까지.

 하루에도 몇 번씩 오락가락하는 감정 때문에 괴로워하는 은수와 달리 명순은 노인의 기분이 좋아지자 덩달아 신이 난 것 같았다.
"판사님이 더도 덜도 말고 딱 요즘 같기만 하면 좋겠네."
 어느 날, 셋이서 저녁상을 물린 뒤 명순이 제 곁에서 설거지를 거들고 있는 은수에게 말했다.
"연주 씨가 보기도 그렇지? 사람이 확 달라지셨지?"
 명순의 목소리엔 만족스러운 감정이 묻어났다. 상대의 대답을 바라는 게 아니라, 제 질문에 맞장구쳐주길 바라는 그런 말투였다. 하지만 은수가 아무런 대답을 않자, 명순은 왜 그러냐는 듯 힐끗 쳐다봤다.
"저, 아줌마……."
 은수가 말꼬리를 흐렸다. 이대로 명순에게 다 털어놔야 할까. 명순의 추측과는 정반대로 노인은 살려는 의지를 잃어버렸다고. 그가 저런 반응을 보이는 건 이미 무거운 삶의 짐을 다 내려놔서라고. 죽음을 향해 조금씩 다가가고 있기 때문이라고.
"왜 그래? 무슨 일 있어?"

은수가 우물쭈물하자 명순이 대답을 재촉했다. 조금 전엔 콧노래까지 부를 것 같더니만 이젠 얼굴에 근심이 가득 어려 있었다. 그 모습이 어쩐지 주인의 분부를 기다리는 충직한 골든 리트리버를 떠올리게 했다. 저 사람은 노인에게 이렇게나 진심인데. 그런 사람을 속여야 하다니. 은수는 죄책감 때문에 명순을 똑바로 쳐다볼 수 없었다.

"궁금해 죽겠네. 말 좀 해보라니까."

"사실……."

에라 모르겠다, 하고 말을 꺼내려는 순간 노인의 얼굴이 은수의 머릿속을 스쳤다. 자신과 함께 영화를 보면서 떨리는 손으로 맥주를 마시던 노인. 근육이 굳어버린 얼굴은 경직돼 있지만, 그때 노인의 눈빛만은 밝게 빛나고 있었다. 그 짧은 순간만큼은 노인이 행복했다고, 은수는 자신 있게 말할 수 있었다. 비록 그게 곧 다가올 끝을 알기에 느낄 수 있는 기쁨이라 할지라도.

은수는 노인에게서 그걸 뺏고 싶지 않았다. 그러면 노인은 또다시 깊은 우울감에 빠질 것이다. 두번 다시 어느 누구에게도 마음을 열지 않을 것이다. 그저 죽음이 찾아올 날만을 혼자서 쓸쓸히 기다릴 것이다.

그게 과연 노인을 위한 걸까? 어쩌면 지금 명순에게 노인의 비밀을 털어놓으려는 건 노인을 위해서가 아니라 자신의 무거운 죄책감을 덜기 위해서일지도 몰랐다.

"⋯⋯아무것도 아니에요. 그냥 좀 체한 것 같아서요."

은수는 가까스로 그렇게 중얼거렸다.

"체하면 소화제를 먹어야지 아무 말 안 하고 있으면 어떡해? 가만, 소화제가 어디 있더라?"

명순이 부산스럽게 서랍을 열어보았다.

그래, 아무 말 하지 말고 그냥 도와드리자. 그게 그분을 위한 거야.

은수는 속으로 다짐하며 명순 몰래 촉촉해진 눈가를 슬쩍 훔쳤다.

출국이 사흘 앞으로 다가왔다.

아직 제일 어려운 과제가 남았다. 명순에게 사실을 고하는 일이었다. 노인은 명순에게 알리는 걸 될 수 있는 대로 미루려는 눈치였다. 명순이 못 가게 막기라도 하면 골치 아플 거라고 생각한 것 같았다.

은수는 노인이 김성재 변호사의 방문을 명순에게 비밀로 해달라고 부탁했던 것도 아마도 같은 이유라고 생각했다. 노인이 갑자기 그를 불렀다는 건 중요한 용건이 있다는 뜻이니까. 공연히 명순이 꼬치꼬치 캐묻기라도 하면 난감할 게 뻔했다.

"그냥 아무 말 없이 떠나면 안 될까요?"

은수가 넌지시 노인에게 물어보았다. 명순이 펄펄 뛸 걸 생각하니 은수는 닥치기도 전에 벌써 머리가 아프려고 했다. 하지만 노인은 고개를 흔들었다.

"그럴 수는 없지. 이제까지 성심껏 돌봐준 분인데. 마지막 인사를 드리고 가는 게 예의야."

"그래도……."

노인이 은수에게 조용히 말했다.

"자네가 신경 쓸 건 없어. 강 여사한테는 내가 얘기할 테니까."

"아줌마가 이해할까요?"

그 질문엔 노인도 자신이 없는 모양이었다.

"이해 못 할지도 모르지. 하지만 그건 그 사람 몫이고, 그럼에도 말해야 하는 건 내 몫이니까."

다음 날 아침 일찍 명순이 여느 때처럼 열쇠로 문을 열고 들어왔다.

"할 얘기가 있으니 잠깐 함께 방으로 가지."

노인이 다소 굳은 표정으로 집에 들어서는 명순을 불렀다.

"뭐 필요한 게 있으세요?"

명순은 아침부터 자신을 찾는 게 기쁜 듯이 물었다. 노인이 뭘 먹고 싶다거나, 뭘 하고 싶다거나 하는 얘기를 꺼낼 거라 착각한 터라 발걸음은 가볍다 못해 경쾌하기까지 했다.

최근 들어 노인이 명랑해진 걸 보고 명순은 그걸 은수의 공으로 돌렸다. 노인이 식사를 깨끗이 해치우거나 이례적으로 별 의미 없는 잡담을 두어 마디 늘어놓으면, 명순은 은수에게 '역시 집엔 젊은 사람이 있어야 하나 봐. 요즘 판사님 기분이 좋아 보여'라고 했다. 은수는 그럴 때마다 가슴이 뜨끔했지만, 모든 걸 사실대로 털어놓을 수도 없었다. 어쨌든 명순이 무엇을 예상했건 간에 노인의 입에서 나온 말은 그녀의 상상력을 훨씬 웃돌았을 게 틀림없었다.

"지금 그게 무슨 말씀이세요?"

역시나 얼마 지나지 않아 노인의 방에서 한껏 격앙된 명순의 목소리가 새어 나왔다. 은수는 '아, 드디어 올 게 왔구나'라고 생각했다. 노인이 뭐라고 대꾸한 것 같았지만, 은수가 있는 부엌에선 노인의 낮은 목소리가 들리지 않았다.

"아무리 그럴듯하게 포장해도 그건 자살이잖아요. 아니, 자살을 빙자한 살인이에요!"

노인이 다시 뭐라고 말하는 소리가 들렸다. 하지만 명순에게 그 말은 별로 설득력이 없는 모양이었다.

"저는 절대로 그런 거 허락 못 해요. 누가 뭐래도 판사님 못 보내드려요!"

명순이 방문을 벌컥 열어젖히고 나왔다. 얼굴이 시뻘겋게 달아올라 있었다. 화가 머리끝까지 치솟은 게 다 보였다. 혈압이 오르는지 숨까지 씩씩거리고 있었다. 원래도 감정이 얼굴에 잘 드러나는 편이긴 했지만, 은수는 명순이 이렇게까지 흥분하는 모습은 처음 보았다. 이러다 노인보다 명순이 먼저 뒷덜미를 부여잡고 쓰러지는 건 아닐까 싶을 정도였다.

"연주 씨는 알고 있었어?"

명순이 갑자기 생각났다는 듯 사나운 눈초리로 은수를 쏘아보았다.

"네?"

은수가 화들짝 놀라 명순을 바라봤다.

"판사님이 스위스에 가려 한다는 거, 연주 씨도 알고 있었냐고!"

갑자기 자신에게 불똥이 튄 게 당황스러워서 은수는 우물쭈물하며 발치만 내려다보았다. 이러고 대답을 뭉개고 있으면 자신에게서 관심을 돌려주지 않을까.

하지만 명순은 그렇게 호락호락 물러날 것 같지 않았다. 평상시와 달리 참을성 있게 은수가 대답하기만을 기다리고 있었다. 시간을 끌어봤자 달라질 건 없으리라는 생각에 은수가 마지못해 대답했다.

"……네."

명순이 부엌 의자를 빼서 털썩 주저앉았다. 허탈해서 다리에 힘이 풀려버린 사람처럼. 은수는 조마조마한 심정으로 명순이 말을 잇길 기다렸다.

"왜 진작 얘기를 안 했어?"

"그건……."

"그런 일이 있으면 진작 나한테 얘기를 해야 할 거 아니야!"

명순이 답답하다는 듯 버럭 소리를 질렀다.

"은수 씨한테는 잘못이 없어. 스위스에 데려가 달라고 한 건 나니까."

노인이 명순의 말을 가로막았다. 전동휠체어를 탄 노인이 어느새 명순의 뒤에 와 앉아 있었다.

명순이 불에 데기라도 한 것처럼 화들짝 놀라 돌아봤다가 다시 은수에게로 고개를 돌렸다. 명순의 얼굴은 혼란으로 가득했다. 노인과 은수 사이에 뭔가가 있다는 사실을 명순도 알아차린 것 같았다.

"……은수요?"

노인은 아차 싶었는지 입을 다물었다.

명순이 곤란한 표정을 짓고 있는 노인과 은수를 번갈아 바라보았다. 명순의 얼굴은 머릿속이 물음표로 꽉 찬 것처럼 보였다. 물어보고 싶은 게 산더미지만 무엇부터 시작해야 할지 몰라 갈피를 잡지 못하는 모양새였다. 한동안 망설이던 명순은 잠시 후 그런 것 따위는 하나도 중요하지 않다고 결론 내렸는지 불쑥 말했다.

"둘 사이 무슨 일이 있었던 건지는 모르겠지만, 그건 절대 안 돼요. 전 판사님 절대 못 보내요."

선언하듯 확고한 어조였다. 타협이 끼어들 여지는 전혀 없어 보였다.

노인이 조용히 말했다.

"이미 비행기표도 다 예약했어. 출발은 모레고."

명순이 저도 모르게 숨을 훅 들이마셨다. 무방비 상태에서 누가 주먹으로 배를 세게 후려갈겼을 때 날 법한 소리였다. 명순은 그대로 얼어붙은 것처럼 꼼짝 않고 서서 멍하니 노인을 바라보았다. 노인이 한 말을 이해하기 위해 시간이 필요한 것 같았다.

"모레라고요?"

노인은 아무 말이 없었다. 명순이 조금 전에 들은 걸 확인하려고 묻지는 않았을 테니, 굳이 답할 필요가 없다고 생각한 것 같았다.

명순의 얼굴에서 서서히 핏기가 사라졌다. 아까는 화가 나서 얼굴이 벌겋게 달아올라 있었는데, 붉은 기운이 마치 썰물이 밀려가듯 빠지고 지금은 오히려 종잇장처럼 창백해졌다.

"그렇게 중요한 걸 이제까지 숨기다 지금에서야 얘기하신 거라고요?"

명순이 입을 열었다. 음성도 표정처럼 착 가라앉아 있었다.

말꼬리가 떨리지 않았더라면 넋 놓은 사람이 하는 무의미한 중얼거림처럼 들릴 정도로 단조로운 목소리였다. 하지만 은수는 명순이 소리를 지를 때보다 지금이 더 무서웠다.

"미안하오."

노인이 고개를 숙였다.

"판사님한테 저는 이 정도밖에 안 되나요?"

명순이 여전히 떨리는 목소리로 나지막하게 말했다.

노인이 고개를 들어 명순을 쳐다봤다. 뜻밖의 말에 어리둥절한 모양이었다.

"그런 문제를, 저한테 한마디 언급도 없이 마음대로 결정하시고 지금 일방적으로 통보하신 거잖아요."

명순은 한마디 한마디 곱씹듯이 말했다. 말로는 표현이 다되지 않는 북받치는 감정을 말 속에 꾹꾹 담아 누르고 있는 것 같았다.

"그건……."

노인이 적당한 대답을 고르지 못하는 사이 숨을 고른 명순이 말을 이었다.

"사모님이 항암치료 받으실 때 제가 죽을 끓여 드렸어요. 따님이 별거 중에 힘들어할 때마다 말벗이 돼 줬고요. 연수가 갑자기 열이 펄펄 솟을 때 애를 데리고 병원에 달려갔던 것도 저예요."

갑자기 봇물이 터진 것처럼 명순의 입에서 지나간 세월이 줄줄 흘러나왔다.

"20년이에요! 제가 판사님을 곁에서 모신 세월이 20년이라고요! 그런데 그게 그렇게 아무것도 아닌 거였나요? 판사님한테 저는 그냥 일개 가정부일 뿐이었어요?"

명순의 떨리는 목소리에선 분노가 아니라 슬픔이 느껴졌다. 일그러진 얼굴에선 금방이라도 눈물이 뚝뚝 떨어질 것 같았다.

노인은 명순의 예상치 못한 반응에 당황한 것 같았다. 입을 열려 했다가 괜히 기분을 더 거스를 수 있겠다 싶었는지 서둘러 입을 닫았다. 부모에게서 꾸중을 듣고 용서를 빌 적절한 때를 찾는 아이처럼 노인은 미간을 찡그린 채 묵묵히 명순의 심기를 살피고 있었다.

"방에 모셔다 드릴게요."

보고만 있던 은수가 일어나 노인의 휠체어를 밀고 방으로 들어갔다. 끼어들고 싶지 않았는데, 이대로라면 얘기가 잘 끝날 성싶지 않았다. 자칫하면 다혈질인 명순과 감정 표현에 서툰 노인이 서로에게 상처만 주고 말 것 같았다. 일단 두 사람을 좀 떨어뜨려 놓을 필요가 있다고 생각했다. 머리를 좀 식히고 나면 다시 차분히 이야기할 수 있을지도 모른다.

노인과 명순 둘 다 은수가 하는 대로 내버려두었다. 은수는 노인의 방문을 잠그고 다시 부엌으로 돌아왔다.

명순은 한쪽 팔꿈치를 식탁에 세워놓고 손으로 이마를 짚고 있었다. 은수가 옆에 앉자 감은 눈을 뜨지도 않은 채 물었다.

"은수라니? 방금 판사님이 그렇게 부르시던데."

"제…… 이름이에요."

은수가 머뭇거리며 대답했다.

"그럼 서연주는? 서연주는 누군데?"

"……친구예요."

기왕 이렇게 된 거 은수는 다 털어놓자 싶었다. 하지만 노인한테 터놓았을 때처럼 속이 후련하지 않았다. 오히려 죄책감 때문이 몸이 오그라들 것 같았다.

"전에 가져왔던 서류들은? 전부 가짜야?"

은수가 입을 다물고 있자, 명순이 눈을 똑바로 치떴다.

"대체 왜 그런 짓을 한 건데?"

"여기 꼭 들어와야 할 이유가 있었어요."

은수의 귀에 자신의 목소리가 점점 작게 기어들어가고 있는 게 느껴졌다.

명순이 마치 처음 보는 사람처럼 은수를 한참이나 바라보았다. 속을 알 수 없는 투명한 유리알 같은 눈빛이 노인을 닮아 있었다. 그 유리알을 투과해 빚어진 형체가 과연 어떤 모습일지 은수는 알 길이 없었다.

"돈 때문이니?"

명순이 담담한 목소리로 물었다.

"돈을 노리고 들어온 거야? 판사님을 스위스로 모시고 가려는 목적도 그거지? 대가로 얼마를 준다고 하셨니?"

은수가 대답을 않자 명순이 연달아 질문을 던졌다.

"그런 거 아니에요!"

은수가 고개를 흔들었다. 그냥 명순한테 모든 걸 다 털어놓을까. 그런다고 명순이 이해해줄까. 아마 이해하지 못할 것이다. 노인과 은수는 무언가를 잃어본 사람이다. 상실을 경험한 사람들만이 상실한 자들이 느끼는 분노와 외로움을 이해할 수 있다. 20년간 노인을 위해 몸 바쳐 일한 명순은 그를 끔찍이 생각할 수는 있지만, 노인의 심정을 이해하지는 못한다. 자신과 명순의 차이는 바로 거기에 있다고 은수는 생각했다.

"판사님은, 제 엄마, 아빠를 알고 있었어요."

은수는 그냥 그렇게만 얘기했다. 사실 완전히 틀린 말도 아니었다.

명순은 은수 입에서 부모님 얘기가 나오자 더는 속사포처럼 질문을 쏟아내지 않았다. 아마도 뭔가 사연이 있을 거라고 짐작했을 것이다. 입을 다물고 한참 동안 벽을 쳐다보던 명순이 느닷없이 말을 꺼냈다.

"내가 이 집에서 왜 이렇게 오래 일한 줄 알아?"

은수가 잠자코 고개를 흔들었다.

"아들 때문이야."

명순이 말한 '아들'이라는 단어가 은수의 귀엔 낯설게 들렸다. 그러고 보니 언젠가 명순에게서 손주 얘기를 들은 기억이 있다. 손주가 있으려면 당연히 자식도 있어야겠지만, 은수는 명순에게 가정과 개인의 삶이 있을 거라고 상상해본 적은 없었다. 그냥 때가 되면 노인의 집에 와서 집안일을 하고 사라지는 존재로만 인식했다. '저는 그냥 일개 가정부일 뿐이었어요?'라고 했던 명순의 날 선 비난은 어쩌면 노인이 아니라 자신이 들었어야 하는 걸지도 모르겠다고 은수는 생각했다.

"속마음이 나쁜 애는 아닌데, 말썽을 많이 부렸어. 한창 반항기에 제 아빠가 갑자기 세상 뜨고 나서 비뚤어졌지."

"……."

"여기서 일한 지 얼마 안 돼 아들놈이 사고를 쳤어. 자칫하면 감옥에 갈 뻔했는데, 판사님이 선처해주신 덕분에 풀려났지. 얼마나 감사했는지 몰라."

지난 일들이 떠올랐는지 명순의 얼굴이 아련해졌다.

"아드님은 지금……?"

혹시 물어선 안 되는 걸 묻는 게 아닌가 싶어 은수는 질문하면서도 내심 명순의 눈치가 보였다. 명순이 그런 낌새를 알아채고는 피식 웃었다.

"그때 한번 혼쭐이 난 뒤론 정신 차렸어. 지금은 작은 도매상 하고 있고. 결혼하고 자식도 봤으니 나름 건실하게 살고 있지. 판사님이 병원 가시거나 할 때 가끔 차로 모셔 드리기도 하면서."

아, 은수가 고개를 끄덕였다. 집 앞에서 노인을 태우고 어디론가 가던 승합차가 떠올랐다. 그때 운전석에서 나와 조선족 간병인과 함께 노인을 부축하던 한 남자도. 혹시 그 사람이 명순의 아들이었던가.

"판사님 아니었으면 걔는 지금쯤 전과자 낙인이 찍혔을지 몰라. 사회에 적응 못 해 폐인이 돼 있을지도 모르고. 우리 모자한테는 판사님이 은인인 셈이야."

그랬었나, 명순한테 이런 사연이 있는 줄은 몰랐다. 은수는 가끔 노인을 향한 명순의 충성심이 맹목적이라고 느끼곤 했다. 하지만 지금 와서 보니 곁에 있던 사람들을 하나씩 떠나보내고 육체적 기능까지 잃은 노인을 명순이 옆에서 끝까지 돌본 건 노인에 대한 일종의 은혜 갚음이었을지도 모르겠다는 생각이 들었다.

"난 판사님을 저대로 사지로 내몰 순 없어. 어려울 때 도와준 사람한테 그래선 안 되는 거잖아."

명순이 은수를 쳐다보았다. 명순의 눈빛이 마치 은수에게 애원하는 것 같았다. 부탁이야, 제발 나를 그렇게 나쁜 사람으로 만들지 말아줘, 하고.

 은수는 어떻게 반응해야 할지 알 수가 없었다. 차라리 명순이 펄펄 뛰며 화를 냈더라면 뭐라도 받아칠 수 있을지도 모르는데, 저렇게 감정적으로 호소하니 뭐라고 해야 할지 혼란스러웠다.

 명순이 이대로 고집을 꺾지 않는다면 어떻게 될까. 그런다 한들 노인을 막을 방법은 없어 보였다. 사람들을 불러 문을 막아 놓고 못 가게 하지 않는 한. 아무리 명순이라 해도 그렇게까지 하지는 못할 것이다. 하지만 명순과 화해하지 못하고 떠난다면 노인은 끝끝내 마음이 무거울 게 뻔하다. 은수가 망설이며 말을 꺼냈다.

 "스스로 목숨을 끊으려 하셨어요."

 명순이 눈을 휘둥그레 떴다. 노인의 폭탄선언보다 은수의 말에 더 충격을 받은 것 같았다.

 "뭐라고? 어, 어, 언제?"

 기가 찼는지 명순은 말까지 더듬었다.

 "병원에서 퇴원하신 날요."

 명순이 아, 하고 길게 탄식을 토해냈다. 감당할 수 없는 얘기를 너무 한꺼번에 들어 괴로운 듯 양손으로 머리를 감싸 쥐었다. 불거진 손가락 마디에 힘이 들어가 관절 부분이 하얗게 변해 있었다.

"……어떻게?"

"옷장에서, 목을 매려고."

명순은 또다시 길게 한숨을 내쉬었다. 은수는 명순이 왜 그 이야기를 이제야 하느냐며 닦달할 거라고 생각했다. 하지만 명순은 그러기엔 이미 머리가 너무 혼란스러운 모양이었다.

"……대체 왜?"

명순이 고개를 들어 은수를 바라봤다. 눈가가 빨갛게 충혈돼 있었다. '왜'라는 건 무엇에 대한 왜일까. 왜 노인이 목숨을 끊으려 했냐고? 왜 그런 끔찍한 방법을 쓰려 했냐고? 아니면 왜 은수가 잠자코 있었냐고? 은수는 그 모든 걸 제대로 설명할 자신이 없었다. 그래서 대답 대신 명순에게 물었다.

"판사님이 이제까지 왜 자살 시도를 안 한 줄 아세요?"

'자살 시도'라는 말에 명순이 한 대 얻어맞기라도 한 것처럼 화들짝 놀라 고개를 들었다.

"아줌마 때문이에요."

명순이 미동도 하지 않고 은수를 빤히 바라보았다. 자신을 바라보는 명순의 눈동자가 흔들리지 않았더라면, 은수는 그녀가 자기가 한 말을 이해하지 못한 거라고 착각할 뻔했다.

"그렇게 가면 아줌마가 힘들 거라고, 죄책감을 느낄 거라고…… 그래서 지금까지 참으신 거예요."

명순의 공허한 눈빛이 부담스러웠지만, 은수는 그걸 피하지 않았다.

　참 좋은 사람인데…… 그 사람이 나 때문에 마음의 짐을 지는 건 원치 않아.

　노인은 은수에게 그렇게 말했었다.

　"'고작 그런 존재'가 아니에요. 판사님은 아줌마를 정말 소중하게 생각하세요."

　가만히 은수를 쳐다보는 명순의 눈은 아무것도 담지 않고 있는 것처럼 공허했다. 낯선 외국어처럼 은수가 하는 말이 머리에 잘 흡수되지 않는 것 같았다. 아마도 지금 명순의 머릿속은 온갖 새로운 정보와 교차하는 생각들로 뒤죽박죽일 것이다. 그래도 은수는 어렵게 꺼낸 얘기를 끝까지 다 털어놓기로 했다.

　"저는 아줌마한테 아무 말 하지 말고 그냥 떠나자고 했어요. 그런데 판사님이 안 된다고 하셨어요. 그건 예의가 아니라고요. 아줌마한테 제대로 인사해야 한다고요."

　명순이 고개를 툭 떨궜다. 가까이서 보니 명순의 정수리에도 흰머리가 제법 많이 섞여 있었다. 다부지고 활력이 넘친다고만 생각했는데 축 늘어뜨린 어깨도 가냘파 보였다. 은수가 명순에게서 이렇게 연약한 구석을 발견한 건 처음이었다. 불현듯 명순의 어깨를 꽉 끌어안고 싶어졌다.

　"판사님…… 스위스에 못 가면 또 그런 일을 하실지도 몰라요."

말을 하면서도 은수는 명순이 듣기엔 참 가혹한 얘기겠구나, 싶었다. 하지만 물러설 생각은 없었다. 노인에겐 모든 걸 하루빨리 끝내는 것만이 유일한 희망이다. 노인은 그걸 절대 포기하지 않을 것이다. 은수는 확신할 수 있었다. 노인과 함께 한 시간이 길어질수록 확신은 점차 강해졌다. 만약 스위스에 가지 못한다 하더라도 저 사람은 어떻게든 계획을 실행할 거라고.

"전 저분이 그렇게 가시는 거, 싫어요."

명순의 어깨가 가늘게 떨렸다. 간간이 훌쩍거리는 소리가 들리는 걸 보니 눈물을 삼키고 있는 것 같았다.

"대체, 난, 어떻게 해야 하는 거니?"

명순이 고개를 숙인 채 물었다. 울음 때문인지 음절이 토막토막 갈라졌다.

은수가 호흡을 가다듬었다. 짧은 한마디였지만, 입밖으로 꺼내기까지는 용기가 필요했다.

"우리, 보내 드려요. 많이 견디셨잖아요."

명순의 어깨가 들썩이기 시작했다. 참고 있던 감정이 울컥 북받친 듯 명순은 이제 울음을 속으로 삭이려고 들지 않았다. 은수도 눈시울이 뜨끈해졌다. 은수가 가만히 그녀의 손을 잡았다. 명순은 조금 놀란 것 같았지만, 손을 뿌리치지 않았다.

명순의 손에서 따뜻한 온기가 전해졌다. 둘은 한동안 시간이 멈춘 것처럼 그렇게 가만히 손을 맞잡고 있었다. 은수는 어쩌면 처음으로 명순과 마음이 통한 건지도 모르겠다고 생각했다.

14
저무는
라인강

출국일은 날이 맑았다.

투명한 파란 하늘에 구름 한 점 떠 있지 않은 청명한 날이었다. 한여름의 후덥지근한 무더위는 가시고 피부에 닿는 차가운 기운이 상쾌하게 느껴졌다.

은수는 '아, 이제 가을이구나' 하고 생각했다. 조금 더 시간이 지나면 잎이 노랗고 붉게 물들겠지. 그러곤 하나둘씩 가지에서 떨어져 낙엽이 돼 거리를 뒹굴겠지. 그러면 또다시 겨울이 찾아오겠지.

하지만 노인은 매년 그렇게 당연하다는 듯 찾아오는 계절 변화를 이제 다시는 볼 수가 없다. 지금 노인이 눈에 담고 있는 투명한 가을 하늘은 그가 살아서 마지막으로 보는 고국의 가을 하늘이다. 그러니 날씨가 이처럼 좋아서 다행이라고, 노인이 떠나는 길에 화사한 가을 날씨를 보여주게 되어 다행이라고 은수는 생각했다.

정우가 빌린 렌터카는 일찌감치 노인의 집 앞에 도착해 있었다. 조수석엔 여진이 타고 있었다. 노인과 은수를 무사히 공항까지 안내해 출국시키기 위해서다.

"마지막으로, 보고 가시겠어요?"

집을 떠나기 전, 은수가 노인의 마음을 읽은 것처럼 물었다.

노인이 고개를 끄덕였다. 정우가 노인이 탄 휠체어 앞에 등을 대고 앉자, 은수와 여진이 노인을 내려 정우의 등에 업혔다. 정우가 노인을 업고서 먼저 2층 계단을 오르고 은수와 여진은 뒤에서 조심조심 따라갔다.

노인은 연수의 방에 꽤 오랫동안 머물렀다. 연수가 썼던 침대에 앉아 벽에 걸린 포스터를, 방안에 비치된 가구 하나하나를 눈에 그대로 새겨넣으려는 것처럼 바라봤다. 한참을 그러고 있던 노인이 '이만 내려가지'라고 말했다. 노인의 목소리는 꽉 잠겨 있었다.

현관 앞에는 명순과 낯선 남자 하나가 서 있었다. 오는 기척도 없었는데 노인이 2층에서 내려오길 아까부터 기다린 것 같았다.

명순 옆에 선 남자는 마흔 정도 됐을까. 키는 그리 크지 않았지만, 몸집이 다부지고 단단해 보였다. 눈언저리며 입매가 어딘지 명순을 닮은 것처럼 보이기도 했다. 노인을 보자 명순이 희미하게 미소 지었다.

"늦지 않아서 다행이네요."

"강 여사, 와줬구려."

노인은 명순의 방문을 전혀 예상하지 못한 것 같았다. 평상시보다 조금 높아진 목소리에 놀라움과 기쁨이 배어 나왔다. 노인이 명순에게 떨리는 손을 내밀었다. 명순은 자신의 두 손으로 노인의 손을 꼭 감싸쥐었다.

노인의 계획을 알게 됐던 날, 명순은 한참을 울었다. 퉁퉁 부은 눈으로 노인에게 가서 '판사님 뜻이 정 그러시다면 말리진 않을게요. 마음대로 하세요'라고 했다.

하지만 판사님 가시는 날, 전 여기 안 와요. 도저히 판사님 얼굴 볼 자신이 없어요.

명순은 그렇게 말한 뒤 가방을 챙겨 들고 그대로 도망치듯 대문을 나섰다. 노인도, 은수도 그게 마지막인 줄 알았다.

"인사도 안 하고 보내드리면 두고두고 후회할 것 같았어요."

속삭이듯 말하는 명순은 금방이라도 다시 울 것 같은 표정이었다. 노인이 명순을 달래듯 마주 잡은 떨리는 손에 힘을 꼭 주었다.

"고마워. 그간 정말 고마웠소."

명순 옆에 있던 남자가 앞으로 나와 노인에게 깊이 허리를 굽혀 인사했다.

"정말로 감사했습니다."

노인의 딱딱하게 굳은 입꼬리가 조금 위로 치켜 올라갔다. 남자를 알아보고 빙그레 미소를 지은 것 같았다.

정우와 남자가 노인을 렌터카에 태우고 전동휠체어를 접어 뒷좌석에 넣었다. 이젠 떠날 채비가 모두 끝났다.

출발 직전, 차에 올라타려는 은수를 명순이 불러세웠다. 은수가 뒤돌아봤다.

"판사님 마지막까지 잘 부탁해, 은수 씨."

애써 웃고 있는 입과 달리 명순의 눈은 쓸쓸했다. 명순이 여기까지 온 건 꽤 커다란 결심이었을 것이다. 그걸 너무나 잘 알기에 은수는 명순에게 안심하라는 듯 크게 고개를 끄덕였다.

정우가 시동을 걸고 차가 움직이기 시작했다. 뒤에 남은 명순 모자는 차가 사라져가는 모습을 배웅하듯 오랫동안 지켜보며 서 있었다.

인천공항 출국장에 도착한 정우가 노인을 차에서 내려 휠체어에 태웠다. 연주와 여진이 번갈아 휠체어와 여행 가방을 끌었다.

공항은 사람들로 복작복작했다. 공항 곳곳에 비치된 카트에 무거워 보이는 여행 가방을 서너 개씩 올린 여행객들이 은수 일행을 스치고 지나갔다. 각 항공사 탑승 수속 창구마다 사람들이 줄을 서서 차례를 기다리고 있었다. 저만치 앞에는 이미 항공권을 발권한 이들이 몸수색과 짐 검사를 받기 위해 길게 줄지어 서 있는 게 보였다.

탑승 수속 창구에 도착한 은수 일행은 항공사 직원에게 여권 세 개를 내밀었다. 노인의 오래된 여권과 만든 지 얼마 안 된 은수와 여진의 여권.

"일행분들이 예약을 각각 따로 하셨나 봐요?"

직원이 의아하다는 듯 물었다.

이들이 예약한 건 앞자리 공간이 비교적 널찍한 이코노미석 첫줄 좌석 세 개였다. 노인 이름으로 창가 쪽 좌석 한 개, 여진 이름으로 가운데 자리와 복도 쪽 좌석 2개를 예약했다. 결제도 각각 따로 했다. 혹시라도 은수가 노인과 함께 스위스에 갔던 게 문제가 될까 봐 고민하다 생각해낸 아이디어다.

여진은 발권까지 끝내고 갑자기 사정이 생겼다며 탑승하지 않을 예정이었다. 그러면 기록상으로 은수와 노인은 어쩌다 우연히 비행기 옆자리에 앉아가는 승객으로 남게 된다. 만약 공항 곳곳에 설치된 CCTV나, 승무원 목격 증언까지 확보한다면 둘이 동행이란 걸 알 수 있겠지만, 테러범도 아닌데 그런 번거로운 짓을 할 리는 없었다. 관건은 서류상 두 사람의 접점을 최대한 없애는 거였다.

"아, 네. 어쩌다 보니 그렇게 됐네요."

은수 대신 정우가 직원에게 넉살 좋게 씩 웃어 보였다. 직원은 딱히 이상하게 여기지 않는 눈치였다. 예약 정보를 확인하더니 휠체어에 앉은 노인 쪽을 힐끗 돌아봤다. 몸 상태도 저런데 굳이 비행기를 타야 하는 이유가 있나, 하는 표정이었다.

처음엔 은수도 노인의 불편한 몸 상태를 고려해 비즈니스석이나 1등석을 예약할까 생각했었다. 하지만 긴 비행 시간 동안 노인의 시중을 들려면 은수가 노인 옆자리에 있어야 했다. 게다가 만에 하나 문제가 생겨 조사에 들어갈 경우, 여진과 은수가 그런 비싼 좌석을 구매한 게 수상해 보일 게 틀림없었다. 결국 고민 끝에 휠체어 드나들 공간이 충분한 이코노미 첫줄 좌석을 예약하는 것으로 결론지었다.

"귀국 날짜가 다들 다르시네요?"

컴퓨터 화면을 들여다보던 직원이 다시 물었다. 은수와 여진은 사흘 뒤, 돌아올 계획이 없는 노인은 귀국이 한 달 후로 예약이 돼 있다. 귀국 표를 예약 안 했다가 출국장에서 문제가 될까 봐 한 임시방편이다. 여진은 은수네를 따라가지 않고 집으로 돌아오는 길에 귀국 표를 취소할 계획이었다.

"할아버지께선 한동안 친척 집에 머물면서 병원 치료를 받으실 계획이라서요."

정우가 둘러댔다.

직원이 노인과 은수, 여진을 가리키며 물었다.

"출국은 저 세 분만 하시는 건가요?"

"아뇨. 저도 가는데 이미 발권했거든요……. 좌석이 좀 떨어져 있어서."

미처 생각지도 못한 질문에 당황했는지 정우가 굳이 필요도 없는 말까지 덧붙였다.

직원은 어리둥절한 표정이었지만, 더는 캐묻지는 않았다. 그래도 거동도 불편한 노인과 체구가 가녀린 여자애 둘만 가는 건 아니라는 사실에 다소나마 안심한 표정이었다.

"장애인은 탑승하실 때 먼저 들어가실 수 있어요. 기내에서 필요한 서비스가 있으면 말씀해주세요."

직원이 탑승권 세 장을 내밀며 출국 게이트를 가리켰다. 조마조마하던 은수는 속으로 안도의 한숨을 내쉬었다.

"잘 다녀와. 난 차에 가서 여진이 기다릴게."

보안 검색대 앞에서 정우가 은수를 보고 말했다. 정우의 임무는 여기까지다. 노인이 정우에게 악수를 청하듯 손을 내밀었다.

"도와줘서 고맙네."

정우는 겸연쩍은 얼굴로 노인이 내민 손을 잡고, 허리를 굽혔다.

"안녕히 가세요."

너무 건조한 인사말이었지만, 정우는 그것 말고는 다른 말을 덧붙일 수가 없었다. '잘 다녀오세요'라고도 '건강하세요'라고도 '다시 뵙겠습니다'라고도 할 수 없으니.

짧은 만남이었지만, 노인은 정우의 삶에 제법 큰 영향을 미쳤다. 덕분에 현철 형에게서 빌린 돈을 다 갚고 인연을 끊을 수 있었으니까. 그런 사람에게 고작 이렇게 짤막한 말밖에 못 하는 게 정우는 자못 허무하고 속상했다.

노인의 휠체어가 사람들 사이에 섞여 사라졌다. 정우는 셋의 모습을 물끄러미 바라보다가 차가 주차된 주차장으로 걸음을 옮겼다.

기내엔 은수와 노인이 가운데 좌석을 하나 비운 채 각각 창가와 복도 쪽에 나란히 자리를 잡고 앉았다. 조금 전 탑승구 앞에서 함께 기다려주던 여진과도 헤어지고 나니 은수는 마음이 무거웠다. 이젠 노인을 스위스로 무사히 데려가는 임무가 오롯이 자신의 어깨 위에 얹힌 것만 같았다.

"자네가 여진이구만."

셋만 남았을 때 노인이 여진이에게 말했다. 노인의 시선이 여진이 왼쪽 손목에 슬쩍 머물렀다 떨어졌다. 손목엔 칼로 그은 자국과 꿰맨 상처가 여전히 불그죽죽한 자국으로 남아 있었다. 시간이 흐르면 그 상처는 아마 피부색과 비슷한 하얀색으로 변할 것이다. 그러나 완전히 없어지지는 않을 것이다.

여진은 상처를 숨길 생각이 별로 없어 보였다. 손수건 같은 걸로 흉터를 가리고 다니지도 않았다. 은수가 '남들 볼까 봐 신경 안 쓰여?'라고 묻자, 여진은 태연하게 대답했다.

남들 눈을 왜 신경 써. 난 이거 하나도 안 부끄러워.

그래도 은수는 벌레가 기어간 것 같은 흉터가 여진의 예쁘장한 얼굴과 대조돼 더 두드러지는 듯해서 안쓰러웠다. 여진이 웃었다.

날 죽이지 못한 건 날 더 강하게 만든대. 힘들 때마다 보려고. 나, 이러고도 살아남았잖아.

노인의 시선이 한동안 자신의 손목에 난 상처에 머물렀을 때도 여진은 허둥대거나 얼굴을 붉히지 않았다. 노인이 고개를 들어 여진을 쳐다봤다.

"고생 많았다고 들었네."

노인이 차분하게 말했다. 연민이 들어가거나, 탓하려는 기색이 배지 않은 담담한 어조로.

"그래도 힘 내줘서 다행이야. 도와줘서 고맙고, 앞으로도 지금처럼 은수랑 잘 지내주고."

집에 놀러온 손주의 친구에게 하는 것처럼 담백하게 노인은 당부의 말을 건넸다. 하지만 그 말 속엔 많은 뜻이 담겨 있다는 걸 여진도, 은수도 알고 있었다.

여진이 가만히 고개를 끄덕였다.

"도와드리고 싶었어요."

여진이 단어를 신중하게 골라가며 천천히 말했다.

"많이, 힘드셨을 것 같아서요. 이젠 가족분들, 곧 뵙게 되실 거예요."

탑승 게이트에서 여진의 이름을 부르는 소리가 들렸다. 노인과 은수에게 인사를 마친 여진은 그 소리를 뒤로하고 게이트를 빠져나왔다.

비행기에 탄 여행객들은 대부분 들뜬 표정이었다.

여행용 가방을 끌거나 기내 선반 위에 짐을 올리는 얼굴들엔 기대감 같은 게 어려 있었다. 왜 안 그럴까. 낯선 나라에서 이국적인 정취를 만끽할 생각에 다들 가슴 설렐 텐데. 은수를 제외한 누구도 곁에 앉은 일행이 이곳에 다시 돌아오지 않으리라곤 상상조차 하지 않을 것이다. 은수는 그들의 여행과 자신의 여행이 얼마나 다른지 다시 한번 실감했다.

좌석에 앉아 안전벨트를 착용하는데, 은수의 핸드폰에서 카톡 메시지가 울렸다. 확인해보니 연주였다.

오늘 출발이지? 편히 보내드리고, 잘 다녀와.

은수는 피식 웃음이 나왔다. 자신은 모르는 일이라고, 끌어들이지 말라고 해 놓고서는. 그래도 여전히 신경은 쓰이는 거였다. 냉정한 척하고 있어도 연주는 속마음까지 모진 사람은 아니니까.

곧 출발할 거야. 고마워, 언니.

은수가 연주에게 메시지를 보내고 휴대폰 전원을 껐다. 노인이 은수를 돌아보았다.

"긴장되나?"

은수가 대답했다.

"약간요. 해외여행 처음이잖아요."

노인이 작게 소리 내 웃었다. 어딘지 모르게 유쾌해 보였다.

"긴장되세요?"

은수의 물음에 노인이 주위를 둘러보더니 목소리를 낮춰 대답했다.

"약간. 죽으러 가는 건 처음이잖나."

이번엔 은수가 피식 웃었다. 노인의 농담에 웃고 말았지만 가슴 한쪽이 어딘지 뻐근해 오는 것 같았다.

창밖으로 먼저 출발한 비행기가 창공을 향해 솟아오르는 게 보였다.

어릴 적 하늘을 떠가는 비행기를 보면 막연히 갈망한 게 있었다. 언젠가 나도 외국엘 가게 된다면 제일 먼저 스위스에 갈 거라고. 몇 번이고 봤던 동화책 '알프스 소녀 하이디'에 나온 나라가 스위스여서 그랬는지도 모른다. 하지만 철이 든 뒤론 스위스 여행은 은수가 포기해야만 했던 많은 꿈 가운데 하나가 됐다.

그러고 보니 꿈이 이뤄지긴 했네.

허탈한 마음에 은수 입에서 피식 웃음이 터져 나왔다. 막연하게 원했던 스위스 여행을 이런 식으로 하게 될 줄은 미처 몰랐다. 노인이 의아한 표정으로 돌아봤지만, 은수는 아무렇지도 않은 척 등받이에 머리를 기대고 눈을 감았다.

비행기가 활주로 위에서 한참 동안 쌩쌩 달리는가 싶더니 어느 틈엔가 은수는 제 몸이 공중으로 붕 떠오르는 걸 느꼈다. 활주로를 벗어난 비행기는 노인과 은수를 싣고 스위스를 향해 날기 시작했다.

취리히 공항 입국 수속 창구에서 줄 서서 기다리는 사람들은 대부분 서양인이었다. 동양인도 더러 눈에 띄긴 했지만, 휠체어에 앉은 병약한 노인과 앳된 여자애라는 기묘한 조합은 노인과 은수밖에 없었다.

그렇지 않아도 잔뜩 긴장한 은수는 알아듣기 힘든 속사포 같은 외국어와 생김새가 다른 사람들 때문에 더더욱 몸이 오그라드는 것 같았다.

취리히까지 12시간 비행시간은 지루했지만, 특별히 문제가 될 건 없었다. 비행기에 오르고 내릴 때는 승무원들이 도와줬고, 다행히도 노인은 화장실에 가지 않았다. 화장실에 가는 번거로운 일을 덜고 싶었는지 노인은 기내에서 음식과 음료수도 거의 입에 대지 않았다. 문제는 이제부터였다. 무사히 입국장을 빠져나가 호텔까지 도착해서 짐을 푼 다음, '웰다잉'에서 나온 직원과 면접을 치러야 하는 과제가 남았다.

비행기에서 내리자마자 항공사 직원이 노인을 태운 휠체어를 입국 수속 창구 앞까지 데려다 주고 떠났다.

"Are you from Korea?"

짧은 금발에 눈이 파란 남자가 은수와 노인에게 영어로 물었다. 둘이 일행이냐, 방문 목적이 뭐냐. 질문이 잇따라 이어졌다. 거기까진 미리 연습했던 내용이라 은수도 어렵지 않게 답할 수 있었다.

"스위스에서 묵을 곳은 어디죠?"

은수가 입국 카드에 기재한 호텔명을 댔다. 은수와 노인의 입국 카드엔 같은 호텔명이 적혀 있다. 비행기 표와 마찬가지로 호텔 방도 노인의 이름으로 1인실, 여진의 이름으로 2인실을 각각 따로 예약, 결제했다. 체크인만 마치면 은수는 노인의 방에 함께 머무를 예정이지만, 그런 정보 따위는 저쪽에서 묻지도 않을 거고, 알려줄 필요도 없다.

남자가 심드렁한 표정으로 여권에 도장을 찍으려다 말고 갑자기 컴퓨터 화면 모니터를 보더니 고개를 갸웃거렸다. 말이 너무 빨라서 은수는 제대로 알아들을 수가 없었다.

남자가 입국 카드에 적힌 날짜 두 개를 손가락으로 가리켰다. 은수와 노인의 출국 예정일이었다. 왜 두 사람의 출국 날짜가 다른지 묻고 있는 것 같았다.

"할아버지는 친구 집에 좀 더 머물면서 치료를 받을 예정이라……."

은수가 미리 한국에서 연습한 문장을 앵무새처럼 읊었다. 몇 번이고 연습한 말이지만 막상 입에 올리려니 긴장 때문인지 말이 잘 나오지 않았다.

남자는 미심쩍은 표정으로 은수와 노인을 번갈아 보더니 다시 뭐라고 질문했다.

대체 뭐라는 거야……. 주변 사람들 시선이 전부 자신에게 쏠리는 것만 같아 은수는 손바닥에 땀이 스멀스멀 배어 나왔다.

"이, 익스큐스 미?"

벌써 몇 번이나 똑같은 말을 하는 건지 모르겠다고 생각하며 은수는 다시 한번 '익스큐스 미'를 되풀이했다.

남자의 시선은 은수를 꿰뚫어보듯 날카로웠다. 은수는 입안의 침이 바싹바싹 마르기 시작했다. 혹시나 여기 온 이유를 들킨 건 아니겠지. 이대로 돌아가라고 하면 어떻게 하나.

갑자기 곁에 있던 노인이 자신의 주머니에서 종이를 꺼내 남자에게 건넸다. 남자는 의아하다는 표정으로 종이를 펼쳐

보았다.

"He is my friend. Call him."

노인이 남자를 또박또박 향해 말했다. 유창한 영어는 아니었지만, 적어도 남자가 한 말을 알아들은 모양이었다.

종이에 적힌 내용이 이메일로 전해 받은 '웰다잉' 대표의 비상 연락망이라는 사실은 은수도 잘 알고 있었다. 혹시나 필요할지 몰라 적어왔는데, 그렇지 않았더라면 큰 낭패를 볼 뻔했다. 미루어 추측해보건대, 남자는 은수와 노인이 스위스에 지인이 있는데도 며칠씩 호텔에서 머무는 게 수상하다고 생각한 것 같았다.

남자가 이번엔 노인을 유심히 바라보았다. 노인은 태연하게 앉아 있었다. 병 때문에 굳은 무표정한 얼굴은 표정을 읽기 어려웠지만, 노인 역시 속으론 잔뜩 긴장했을 게 틀림없었다.

남자가 노인이 전해준 연락처로 전화를 걸었다. 은수와 노인 쪽을 힐끗힐끗 쳐다보면서 남자는 영어가 아닌 언어로 상대방과 한참 통화했다. 몇 분 뒤 남자는 은수와 노인의 여권에 도장을 쾅 찍고는 가보라는 손짓을 했다.

은수와 노인이 동시에 서로를 마주 보았다. 둘이 무슨 생각을 했는지는 말을 하지 않아도 알 수 있었다. 살았다! 하마터면 큰일 날 뻔했다. 아마도 대표가 임기응변을 잘해줘서 별다른 의심을 사지 않고 넘어간 모양이었다.

은수가 후들거리는 다리로 휠체어를 끌며 밖으로 나와보니 정우가 한국에서 예약해놓은 택시 기사가 이름표를 높이 들고 둘을 기다리고 있었다.

기사의 도움으로 노인을 차에 앉히고 짐을 실었다. 이제 편하게 바젤에 있는 호텔까지 가기만 하면 된다고 생각하니 은수는 안도의 한숨이 절로 새어 나왔다. 이걸로 첫 관문은 무사히 통과했다. 목표가 한 걸음 앞으로 성큼 다가와 있었다.

웰다잉의 대표 쥘리앙이 호텔로 도착한 건 저녁 무렵이었다.

나이는 육십 가까이 됐을까. 이마에 굵은 주름이 몇 가닥 깊이 패어 있었다. 체격이 꼿꼿하고 시원시원한 동작에 활력이 느껴지는 것으로 보아 어쩌면 예상보다 훨씬 젊을지도 모르지만, 은수는 서양인의 나이를 가늠하기 어려웠다. 그는 갈색에 가까운 금발 머리를 곱게 뒤로 빗어넘기고, 날렵한 금테 안경을 끼고 있었다. 지적인 분위기가 풍겼지만, 어딘지 모르게 예민한 구석도 없지 않아 보였다.

격식을 차리는 자리는 아니라고 생각했는지 그는 정장 대신 셔츠에 캐주얼한 면바지를 입고 있었다.

"미스터 최?"

쥘리앙이 노인에게 신원을 확인하듯 물었다. 노인이 고개를 끄덕였다.

은수가 들은 바로는 쥘리앙은 원래 의사 출신이다. 살아날 가능성이 없는데도 불구하고 환자의 고통만 연장하는 무의미한 연명 치료에 반발해 8년 전 조력자살 단체 '웰다잉'을 세웠다고 했다. 스위스에는 조력자살을 시행하는 단체가 여럿 있지만, 웰다잉은 외국인의 조력자살을 받아주는 몇 안 되는 단체 가운데 하나였다.

세상은 그를 여러 가지 이름으로 불렀다. 악마, 신의 영역을 침범한 주제넘은 인간, 혹은 희망 없는 사람들을 위한 구원의 천사. 은수는 어느 쪽이든 상관없었다. 그저 그가 노인이 평온하게 가도록 도와주기만 한다면.

쥘리앙이 노인에게 다가와 곁에 마주 앉았다. 조력자살을 시행하기 전, 노인은 한 차례 면접을 거쳐야 했다. 조력자살을 신청한 사람들의 육체적 증상과 몸 상태를 면밀하게 체크하기 위한 과정이었다. 제일 중요한 사항이 신청자 본인에게 생을 끝내겠다는 명확한 의사가 있고, 그것을 판단할 명료한 의식이 있는지 여부라고 했다. 때로는 이 과정에서 조건에 부합하지 못해 탈락하는 경우도 있는데, 주로 치매나 정신과 질환을 앓는 사람들이 많은 모양이었다.

설마 노인한테 그런 일이 일어나진 않겠지. 은수는 마치 자신이 면접을 기다리는 것처럼 긴장됐다. 키가 크고 건강한 쥘리앙 옆에 나란히 앉아 있으니 노인의 육체는 더욱 연약하고 쪼그라든 것처럼 보여 안쓰러웠다.

"당신은 왜 스위스로 왔나요?"

쥘리앙이 노인에게 영어로 질문했다.

"조력자살을 하기 위해서입니다."

노인이 영어로 대답했다. 스위스에선 적극적인 안락사가 금지돼 있어서 '안락사(euthanasia)'라는 단어 대신 '조력자살(assisted suicide)'이라고 해야 한다는 걸 은수도 온라인 자료를 조사해서 잘 알고 있었다. 노인과의 만남 전까지는 들어보지 못했던 생소한 영어 단어가 이제는 은수의 귀에도 바로 꽂힐 만큼 익숙하게 울렸다.

"왜 지금이 죽을 때라고 생각했나요?"

노인이 잠시 생각하다가 대답했다.

"이 병은 낫지 않으니까요. 더 악화되거나, 이성적 판단을 할 수 없게 되면 여기까지 올 수도 없으니까요."

은수는 노인이 한 말을 다 알아듣지 못했다. 하지만 쥘리앙이 고개를 끄덕인 것으로 보아 노인의 말에 동의하는 것 같았다. 둘 사이의 대화는 그 뒤로도 한동안 이어졌다. 쥘리앙은 노인을 위해 되도록 쉬운 단어를 골라 천천히 얘기했고, 노인은 질문과 대답 사이 조금씩 뜸을 들이긴 했지만, 또박또박 정성을 들여 대답했다.

30분 정도가 지나자, 이야기가 대충 끝났는지 쥘리앙이 노인에게 무언가를 요청했다. 몸짓을 보니 침대에서 일어나 혼자 힘으로 휠체어에 옮겨 앉아보라고 제안하는 것 같았다. 은수가 노인을 돕기 위해 벌떡 자리에서 일어서자, 쥘리앙은 은수 쪽으로 고개를 돌리더니 'No'라고 말했다. 조용하지만 단호한 음성이었다.

쥘리앙이 노인의 상반신을 일으켜 세워 휠체어 쪽으로 부축했다. 노인이 그의 팔에 체중을 실은 채 처음 걸음마 하는 아기처럼 한발 한발 서툴게 발걸음을 옮겼다. 둘은 휠체어 앞에 섰다. 갑자기 쥘리앙이 노인의 몸에서 손을 뗐다. '여기까지 같이 왔으니 앉는 것 정도는 혼자 해 보라'는 듯이.

순식간에 노인의 몸이 휘청했다. 무게 중심을 잡으려고 비틀거리다가 다리에 힘이 풀렸는지 바닥에 풀썩 주저앉았다.

"뭐 하는 짓이에요!"

은수는 저도 모르게 한국어로 소리를 지르고 노인에게 달려갔다. 넘어지면서 휠체어 모서리에 이마를 살짝 찧은 것 같았다. 손으로 이마를 쓸어내리며 '으음'하고 신음했다. 하지만 그 외에 다치거나 부러진 데는 없어 보였다.

쥘리앙도 당황해서 황급히 노인을 부축해 일으키며 '아이 엠 쏘리'를 연발했다.

노인은 인상을 찌푸린 채 몇 차례 고개만 끄덕였다. 쥘리앙의 의도를 이해한다는 듯이.

은수의 눈에도 쥘리앙이 악의로 그런 행동을 한 게 아닌 건 명백해 보였다. 운동 기능을 얼마나 상실했는지 알아보려고 그랬을까? 이런 것도 테스트의 일종일까? 은수는 물어보고 싶었지만, 그러기엔 영어 실력이 너무 형편없었다.

어쨌거나 그걸로 모든 검사가 끝났는지 쥘리앙이 노인에게 좀 더 느긋한 목소리로 말을 건넸다. 노인의 표정이 한결 홀가분해진 걸 보니 쥘리앙에게서 안락사 대상 부적절 판정을 받는 최악의 사태는 발생하지 않은 것 같았다.

쥘리앙이 은수에게 얇은 종이봉투 하나를 건넸다. 안에는 A4 용지 한 장이 들어 있었다. 아마도 당일 진행 일정과 안내 내용을 정리한 서류일 거라고 은수는 짐작했다.

볼일을 마친 쥘리앙은 올 때처럼 가벼운 발걸음으로 호텔 방문을 나서며 작별 인사를 던졌다.

"씨 유 프라이데이."

프라이데이. 오늘이 수요일이니까 프라이데이는 모레다. 이미 다 알고 있는 사실이지만, 날짜를 듣는 순간 은수는 사형 집행 날짜를 선고받은 사형수처럼 다시 가슴이 무겁게 내려앉았다.

이제 이틀 뒷면 그는 이 세상에서 사라지고 없다는 뜻이니까.

긴 비행과 면접으로 피곤했는지 노인은 호텔에서 저녁 식사를 마치곤 그대로 잠자리에 들었다. 몸을 눕히자마자 잠이 들었는지 몇 분 뒤에 쌕쌕거리는 얕은 숨소리가 들렸다.

은수는 조금 떨어진 곳에 앉아 호흡에 따라 노인의 가슴팍이 야트막하게 올라갔다 내려오는 걸 물끄러미 지켜보았다. 한동안 노인을 쳐다보던 은수가 발소리를 죽이고 조심스레 침대 곁으로 다가갔다.

자다가 뒤척인 탓인지 노인의 발치 부근 이불이 말려 올라가 발이 이불 밖으로 드러나 있었다. 은수는 위로 올라간 이불을 끌어당겨 노인의 두 발을 감싼 뒤 자신도 옆에 있는 침대에 몸을 눕혔다.

눈을 떠보니 어느새 목요일 아침이었다. 노인이 이 세상에서 보낼 마지막 하루. 은수가 노인과 함께할 수 있는 마지막 시간.

"산책이나 한번 나가 볼까."

노인이 말했다. 다음날 큰일을 앞둔 사람 같지 않게 덤덤한 어조로. 평범하고 단조로운 일상 속에서 늘 하는 일이라는 것처럼.

"산책이요?"

은수가 멍하니 노인의 말을 따라 했다. 지난 며칠간 벌어진 일들이 은수에겐 모두 현실 같지 않았다. 자신이 이 비현실적인 세계에 직접 발을 들인 게 아니라, 관객이 극장에서 영화를 관람하듯 현실 밖에서 멀거니 구경하는 느낌이었다. 그런데 그의 입에서 나온 '산책'이라는 극히 일상적인 단어가 갑자기 은수를 현실 속으로 되돌려 놓은 듯했다.

"여기까지 왔는데 방 안에만 있다 가면 너무 아깝지 않니."

노인이 재촉했다.

은수가 고개를 끄덕였다. 그가 마지막 날을 방에 처박혀 우울하게 보내는 건 은수도 원치 않는 일이었다. 슬프고 외로웠던 옛일들은 잊어버리고, 마지막으로 즐거운 기억을 품고 갈 수 있으면 좋겠다고 생각했다.

호텔 밖으로 나오니 탁 트인 전경이 한눈에 펼쳐졌다. 호텔과 멀지 않은 곳엔 강이 흐르고 있었다. 구름이 몇 점 낀 푸른 하늘과 유유히 흘러가는 푸른 강물 사이로 동화책에서 본 것 같은 아기자기한 집들이 늘어서 있었다.

선선한 바람이 피부에 와 닿았다. 햇살이 쨍하게 비치는 화창한 날은 아니지만, 산책하기엔 오히려 이편이 더 좋을 것도 같았다. 은수는 저도 모르게 '와아' 하고 하고 감탄사를 내뱉었다.

"나와 보길 잘한 것 같네."

노인이 은수를 보며 흡족한 듯 말했다.

"저 강을 따라 죽 한번 가볼까. 그럼 아마도 구시가지로 연결될 거야."

스마트폰으로 검색해보니 노인이 말한 대로였다. 은수가 뒤에서 휠체어를 밀려고 하자, 노인이 거절했다.

"그래서야 산책 기분이 안 나잖나."

노인이 무리한다는 생각은 들었지만, 은수도 더는 고집하지 않았다. 오늘만은 뭐든 노인이 하자는 대로 해주고 싶었다.

노인이 탄 전동휠체어가 스르르 움직이기 시작했다. 은수도 휠체어가 움직이는 속도에 보조를 맞춰 옆에서 나란히 걸었다.

늘 북적거리는 서울과 달리 바젤은 느리고 조용했다. 거리를 오가는 차들도 어딘지 모르게 마음의 여유가 있어 보였다. 이곳에선 시간이 바쁜 발걸음을 멈추고 잠시 쉬고 있는 것처럼 느껴졌다. 은수는 문득 시간이 아주 더디게 흘렀으면 좋겠다고 생각했다. 그러면 그가 조금 더 오래 여기 머물 수 있을 텐데. 조금 더 같이 있을 수 있을 텐데.

둘은 강 건너편과 연결되는 다리까지 도착했다. 다리 위에선 유유히 흐르는 강 건너편으로 높이 솟은 건축물이 보였다. 첨탑이 뾰족하게 솟은 모양으로 보아 대성당 같았다. 지붕이 빨갛고 벽은 연한 미색으로 바른 벽돌 건물들이 성당 주위를 에워싸고 있었다. 아기가 탄 유모차를 모는 젊은 엄마가 은수와 노인을 지나쳐 다리 위를 걸어갔다. 반대편에선 운동복 차림의 남자가 뛰어서 다리를 건너오고 있었다.

아…… 이런 게 유럽이구나. 처음 보는 이국적인 광경에 은수는 조금 전의 우울함도 잠시 잊어버렸다. 노인 역시 딱딱하게 굳은 표정이 다소 누그러진 것이 눈앞에 펼쳐진 풍경이 마음에 드는 모양이었다. 선선한 바람이 불어와 노인과 은수의 머리칼을 쓸고 갔다. 발밑엔 짙푸르다 못해 검게 보이는 강물이 넘실대고 있었다.

"강이 엄청 크네요!"

"라인강이니까."

노인이 짤막하게 대답했다. 라인강. 은수도 들어본 적이 있는 이름이었다. 역사던가, 지리던가 교과서에서 자주 등장했던 강이다. 그런 데서나 보던 강을 직접 보고 있다니. 상상조차 못 한 일이었다.

은수가 핸드폰으로 풍경 사진을 찍기 시작했다. 어쩌면 두 번 다시 못 볼지도 모르는 아름다운 광경을 간직해 두고두고 기억하고 싶었다. 찰각찰각. 멀리서 보이는 성당의 뾰족한 첨탑이, 그림처럼 아름다운 집들이, 푸른 하늘과 맞닿은 검푸른 강 물결이 카메라에 담겼다.

은수의 시선이 문득 휠체어에 앉아 있는 노인에게 닿았다. 노인은 수면 밑에 있는 무언가를 찾는 사람처럼 물끄러미 강물을 내려다보고 있었다.

"같이 사진 한 장 찍어요."

은수가 노인에게 다가갔다.

"사진?"

노인은 어리둥절한 모양이었다.

"나중에 추억으로 남는 건 사진밖에 없다잖아요."

무심코 그렇게 말했다가 은수는 갑자기 민망해져서 입을 다물었다. '나중'이라는 게 있는 건 자기뿐이다. 이곳에 왔었다는 걸, 이 다리에서 사진을 찍었다는 걸 기억할 사람도 자기밖에 없다. 노인은 내일이면 이 세상 사람이 아니니까.

"모처럼이니까 한 장 찍는 것도 나쁘지 않겠지."

그가 선선히 승낙했다. 은수가 당황한 걸 눈치채지 못한 모양이었다. 은수가 머뭇거리자 어서 하라는 듯이 은수를 향해 고개를 끄덕였다. 은수는 강 건너 구시가지를 배경으로 그와 자신의 모습을 화면에 담고 셔터 버튼을 눌렀다.

"하나, 둘, 셋, 김치!"

찰칵, 하고 사진이 찍히는 소리가 났다. 사진 속 두 사람은 마치 사진을 처음 찍어보는 것처럼 어색한 얼굴이었다.

카메라 쪽을 바라보고 있으면서도 표정이 딱딱하게 굳은 노인과 어딘지 모르게 부자연스러워 보이는 은수.

은수는 다시 한 장 더 찍으려다가 마음을 바꿨다. 어쩌면 이 사진이야말로 지금 노인과 은수를 가장 잘 표현한 건지도 모르겠다는 생각에서였다.

"잘 나왔나?"

옆에서 노인이 묻자 은수가 사진을 보여주었다.

"음…… 사진이 잘 안 받는 건 예전이나 지금이나 마찬가지네."

은수가 풋, 웃었다. 가끔씩 툭툭 튀어나오는 노인의 썰렁한 농담도 이제는 제법 익숙해졌는지 들어줄 만했다.

다리를 건너 구시가지에 도착했다. 탁 트인 강변과 달리 구시가지의 도심은 구불구불한 좁은 골목길로 이어졌다. 아스팔트 대신 깔린 자잘한 돌 때문에 노인이 탄 전동휠체어가 움직이다 자꾸만 휘청거렸다. 은수가 뒤에서 휠체어 손잡이를 잡았다. 이번엔 노인도 반대하지 않았다.

한눈에도 오래돼 보이는 구시가지는 아기자기했다. 거리를 가로지르는 트램, 골목길 양옆으로 늘어선 고풍스러운 주택, 치즈와 초콜릿, 기념품을 파는 작은 가게들…….

둘은 천천히 이곳저곳을 구경하며 거리를 쏘다녔다. 새빨간 외벽이 인상적인 바젤 시청사와 고풍스러운 고딕 느낌의 바젤 대성당까지 보고 나니 시간은 어느새 점심 때를 훌쩍 넘어 있었다.

야외 노천카페에서 샐러드와 파스타로 늦은 점심을 먹었다. 식당 종업원은 상냥한 사람이었다. 영어 주문에 자신이 없는 은수가 그냥 메뉴판을 손가락으로 가리키자 그도 메뉴를 손으로 짚어가며 하나하나 확인했고, 노인에게 말없이 무릎 담요를 가져다주기도 했다.

몸이 불편한 할아버지와 손녀가 여행 온 걸로 생각했는지 손님들은 노인의 식사 시중을 드는 은수와 눈이 마주치자 다정하게 미소 지었다. 이따금 은수와 노인에게 호기심 어린 시선을 던진 사람들도 있었지만, 무례할 정도로 힐끔거리는 사람은 아무도 없었다. 덕분에 노인과 은수는 평온하고 느긋하게 식사를 마쳤다.

"어때? 좋은가?"

노인이 은수에게 물었다. 은수가 고개를 끄덕였다.

"잘 왔단 생각이 드나?"

그 말엔 은수도 선뜻 대답할 수가 없었다. 노인이 아니었으면 이런 곳에 올 수 없었다는 사실을 은수도 잘 알고 있다. 하지만 여기 온 건 그의 결심 때문이다. 그런데 어떻게 마냥 잘 왔다고만 생각할 수 있을까.

"그냥 즐겨도 돼."

노인이 은수의 생각을 읽은 것처럼 말했다.

"즐길 수 있을 때 마음껏 즐겨. 이런저런 생각하지 말고. 자네한테는 앞으로도 즐거운 일들이 많이 남아 있을 거야."

담담하게 말하는 노인의 말이 은수 귀엔 어쩐지 유언처럼 들렸다. 초췌한 노인의 얼굴도 몇 분 사이 갑자기 몇 년은 더 늙은 것처럼 보였다. 원래대로라면 노인에게 더 남아 있었을지 모를 몇 년간의 세월이 한꺼번에 그를 찾아온 것처럼.

 죽음을 앞둔 노인의 파리한 모습과는 달리 그의 등 뒤로 보이는 풍경은 여전히 꿈처럼 아름다웠다. 때로는 아름다운 광경이 더 슬프게 느껴질 수도 있다는 걸 은수는 그때 처음으로 깨달았다.

 석양이 드리워진 다리 위에선 거리의 악사들이 악기를 연주하고 있었다. 아직 20대로 보이는 젊은이들이었다. 두 남자가 양옆에서 바이올린을 켜고, 그 사이에 있는 한 남자가 키보드를 치고 있었다. 은수가 한 번도 들어보지 못한 이국적인 선율은 기분 탓인지 어쩐지 구슬프게 들렸다.

 연주가 끝나자, 모여 있던 관객들이 일제히 박수를 쳤다. 키보드를 연주하던 남자가 쓰고 있던 모자를 벗어들고 사람들 사이를 걸어 다니기 시작했다. 음악이 마음에 들면 모자 안에 돈을 넣으라는 뜻인 것 같았다. 몇 명이 웃으면서 모자 안에 동전을 집어넣었다.

 남자가 은수와 노인에게 다가왔다. 은수가 승낙을 구하는 표정으로 노인을 쳐다보자, 노인은 그러라는 듯 고개를 끄덕했다. 은수는 호주머니에서 동전 하나를 꺼내 모자에 넣은 뒤 잠시 망설이다 다시 지폐를 꺼내 집어넣었다. 노인과의 마지막 추억을 만들어준 남자에게 동전만으로는 부족하다는 생각이 들어서였다.

"Thank you."

지폐를 본 남자가 은수와 노인에게 활짝 웃어 보였다. 꿈이 가득한 밝은 미래를 믿는 사람만이 지을 수 있는 웃음이라고 은수는 생각했다.

저 남자는 지금 자신이 가진 게 얼마나 소중한 건지 아마 미처 깨닫지 못하겠지. 내가 그랬던 것처럼.

은수는 멀어져가는 남자의 뒷모습을 물끄러미 바라보았다.

둘은 잠시 다리에서 지는 해를 바라보기로 했다. 다리 위에서 보이는 해는 서서히 강물 밑으로 가라앉고 있었다. 푸른 캔버스에 옅은 붉은색 물감을 풀어 놓은 것처럼 파란 하늘에 석양이 빚어내는 불그스름한 색조가 뒤엉켰다. 햇살이 자잘한 금빛 조각처럼 부서져 수면 위로 떨어졌다.

어디선가 거리의 악사들이 연주하는 바이올린 소리가 들렸다. 때마침 불어온 선선한 한 줄기 바람처럼 달콤한 선율이 은수를 가볍게 어루만지며 지나갔다. 은수는 갑자기 살아있다는 게 참 멋진 거란 생각이 들었다. 눈앞에 보이는 풍경은 아름답고, 아름다운 음악이 들리고. 알고 보면 세상엔 이렇게 좋은 일이 많은데. 이렇게도 충만한데.

"더 사시면 안 되나요?"

은수가 불쑥 물었다. 오늘 하루는 그도 분명히 즐거웠을 터였다. 사람은 아무리 괴로워도 즐기려고 마음만 먹으면 즐거워질 수 있다고 했다. 그러니 어차피 얼마 남지 않은 자연적 수명을 이렇게 작지만 즐거운 일들로 채워가면 되지 않을까. 그러면 굳이 그런 선택을 안 해도 되지 않을까.

"오늘처럼 재밌게 지내면 되잖아요."

은수가 말했다. 그러려고 한 건 아니었는데, 저도 모르게 목소리가 어쩐지 애원하는 어조가 되어버렸다. 노인은 천천히 고개를 흔들었다.

"왜 안 돼요?"

노인이 은수를 바라보았다. 안타깝고 쓸쓸한 눈빛이었다.

"마지막이니까, 끝이라는 걸 아니까 즐거울 수 있었던 거야."

은수가 말문이 막혔다. 뭐라고 말을 하고 싶은데, 무슨 말에 어떻게 대들어야 할지 조금도 떠오르지 않았다. 은수도 알고 있었다. 어떤 말로든 억지로 삶에 붙잡아두는 게 그에겐 가혹한 일이라는 걸. 그러나 이기적인 부탁이라는 걸 알면서도 좀 더 떼를 쓰고 싶었다.

"모든 게 끝이 있지. 이미 끝난 걸 부여잡고 있는 건 추한 일이야. 누군가 그렇게 말했지. 죽음보다는 추한 삶을 더 두려워해야 한다고. 나는 가능하면 아름답게 끝마무리를 하고 싶어."

"끝이…… 있다고요?"

은수가 앵무새처럼 그가 한 말을 되풀이했다.

노인이 고개를 끄덕였다.

"나한테 삶이란 건 이미 오래전에 끝났어. 하지만 자네한테는 끝이 오려면 아직 멀었지. 그러니 그때까지 즐겁게 살아. 매 순간이 마지막이라고 생각하면서."

은수가 그를 뚫어지게 쳐다보았다. 마음을 돌릴 거라곤 은수도 생각하지 않았다. 그렇게 쉽게 돌이킬 결심이었다면 이곳까지 오지도 않았을 거다. 하지만 씁쓸한 패배감을 떨칠 수가 없었다. 설득할 수도 있었는데, 자신이 모든 걸 다 망친 것 같은 기분이었다.

"정 그러시면 저도 따라갈게요."

은수의 말에 노인은 놀란 것 같았다.

"따라간다니?"

"비행기 시간은 연기하면 되잖아요. 마지막까지 지켜봐 드릴게요."

노인이 은수를 물끄러미 바라보다 천천히 고개를 저었다.

"왜요? 왜 안 되는데요?"

은수의 두 뺨 위로 뜨뜻한 무언가가 흘렀다. 그게 눈물이라는 걸 은수는 처음엔 깨닫지 못했다. 내가 왜 울고 있는 걸까, 여기까지 와서. 노인의 계획을 몰랐던 것도 아닌데. 노인과 그렇게 오래 알고 지냈던 사이도 아닌데.

하지만 홀로 쓸쓸하게 생을 마감할 노인을 생각하니 은수는 마음이 너무 저렸다. 적어도 그가 마지막 눈을 감을 때 낯선 사람들 속에서 하나라도 잘 아는 얼굴을 볼 수 있으면 좋겠다고 생각했다. 자신이 마지막으로 그의 떨리는 손을 잡아줄 수 있으면 좋겠다고 생각했다.

"자네한테 그런 일까지 겪게 할 순 없어. 그건 너무 가혹해."

"하지만……."

"은수야."

은수의 말을 노인이 가로막았다. 노인이 은수를 '자네'나 '은수 씨'가 아니라 '은수야'라고 부른 건 처음이었다. 은수가 놀라 고개를 들었다.

"지금까지 해준 것만 해도 정말 고맙다. 아마 죽어서도 잊지 못할 거야. 하지만 더는 네가 이 일에 엮이게 만들 수 없어. 더는 널 힘들게 할 수 없어."

노인이 떨리는 손으로 은수의 손을 잡았다. 노인의 목소리도 어쩐지 떨리고 있는 것 같았다.

"이제부턴 네 삶을 살아. 네 삶을 살면서 네 꿈을 찾아가는 거야."

은수는 아무런 응답도 하지 않았다. 그저 노인의 손을 잡은 채 눈물을 훔치며 오랫동안 다리 위에 서 있었다. 하지만 그게 대답이었다는 걸, 노인도 잘 알고 있었다.

맞잡은 손 사이로 노인의 따뜻한 온기가 은수에게 전해졌다. 오늘이 가고 나면 두 번 다시 이 온기를 느낄 수가 없다. 주름 가득한 이 손을 쓸어볼 일도 없다.

이젠 정말 마지막인가.

아니, 아니야. 은수가 속으로 고개를 흔들었다. 더는 만날 수 없지만, 은수는 잊지 않을 작정이었다. 지금 맞잡은 손에서 느껴지는 따뜻함을. 노인의 떨리는 목소리를. 노인이 한때 이 세상에 있었다는 사실을.

검버섯이 핀 주름진 노인의 손 위로 은수의 뜨거운 눈물이 툭 떨어졌다.

잊지 않을게요. 우리의 여행을.

제게 주신 애정을.

당신은 죽음을 택했지만, 제게 삶을 가르쳐준 사실을 잊지 않을게요.

은수는 속으로 가만히 속삭였다.

그날 밤늦게 은수와 노인은 쉽게 잠이 들지 못했다. 저녁 무렵까지 띄엄띄엄 이어진 대화는 저녁 식사를 마치고 호텔 방으로 돌아온 뒤부터 뚝 끊겨버렸다. 말하지 않아도 둘은 서로가 무슨 생각을 하는지 잘 알고 있었다. 아마도 날이 밝은 뒤의 일을 그려보고 있을 것이다. 죽음이라는 주제의 압도적인 무게감에 비하면 그 어떤 말도 너무나 가벼웠다.

  노인이 창밖으로 내려앉은 어둠을 물끄러미 바라보고 있는 사이, 은수는 살그머니 방을 나왔다. 그대로 노인과 마주하고 있으면 제 감정이 먼저 무너져버릴 것만 같았다. 몇 시간 뒤면 삶을 마감할 그에게 더는 힘들어하는 모습을 보여주고 싶지 않았다.

  호텔을 나온 은수는 잠시 서성이다 낮에 노인과 함께 걸었던 다리로 걸음을 옮겼다. 한밤중에 낯선 곳을 돌아다니고 있다는 두려움 따위는 들지 않았다. 그저 노인과 함께 거닐었던 다리를 다시 한번 보고 싶다는 생각밖에 없었다.

  낮에 본 강물은 어둠 속에서 유유히 흐르고 있었다. 발아래 넘실거리는 검은 물결이 어쩐지 섬뜩하게 느껴졌다. 온갖 생각들로 어지러운 은수의 마음과 달리 강은 그저 고요하고 평화롭기만 했다. 얼마 후 사라질 한 사람의 생명 따위는 아랑곳하지 않는 듯이.

  은수는 다리 위에 우두커니 서서 어둠이 내려앉은 강을 내려다보았다. 뭔가를 열심히 찾는 것처럼 뚫어지게 바라보는 은수의 눈에 눈물이 괴었다. 은수가 주먹으로 눈물을 훔쳐냈다. 하지만 한번 터진 눈물은 쉽게 걷히지 않았다. 울음이 헉 터지는가 싶더니 은수는 그대로 주저앉아 흐느끼기 시작했다.

울음을 토해내느라 은수의 어깨가 가늘게 들썩였다.

 누군가 자신에게 영어로 괜찮냐고 물은 것 같았지만, 은수는 고개를 들지 않았다. 말을 건 사람은 같은 말을 몇 번 더 하고 나서야 자리를 떴다. 초가을 밤바람에 피부가 싸늘해질 때까지 은수는 한참을 그렇게 이별의 아픔과 싸웠다.

 은수가 방으로 돌아왔을 때, 노인은 휠체어에 앉은 채로 깜빡 잠이 들어 있었다.

 은수는 마치 처음 보는 사람처럼 노인을 빤히 쳐다봤다. 홀쭉하게 팬 뺨과 잎이 떨어진 겨울 나뭇가지처럼 앙상한 두 다리를. 처음 봤을 때와 똑같은 모습이지만, 지금 은수의 마음속에 자리 잡은 노인은 그때의 노인과는 완전히 다른 사람이었다. 이토록 짧은 시간 동안 사람을 다르게 받아들일 수 있다는 걸 은수는 처음으로 깨달았다.

 노인의 손에 무언가 쥐어져 있었다. 가까이서 보니 서재에 놓여 있던 아내와 딸 사진이었다. 스위스로 오기 전에 액자에서 꺼내온 모양이었다. 이제 얼마 후면 노인도 그들 곁으로 가겠지. 그게 노인이 정말로 원했던 거니까.

 이제는 은수에게도 낯이 익은 사진 속 얼굴들은 어쩐지 더욱 환하게 미소 짓는 것 같았다. 마치 은수에게 '괜찮아'라고 말하는 것 같기도 했다.

또다시 코끝이 시큰해져서 은수는 마음을 진정시키려고 숨을 골랐다. 금방이라도 울음이 터질 것처럼 표정이 일그러졌지만, 동시에 얼굴엔 희미한 미소가 떠올랐다. 상반된 감정이 뒤엉킨 은수의 얼굴은 웃는 것 같기도, 우는 것 같기도 했다.

이튿날 아침 일찍, 은수는 노인을 휠체어에 태우고 호텔 로비로 안내했다. 로비엔 미리 예약해둔 택시가 노인을 기다리고 있었다. 노인을 '그곳'까지 태우고 갈 택시였다.

"고맙다."

차에 오른 노인이 은수에게 말했다. 마지막 작별 인사였다. 노인의 유리처럼 투명한 눈이 눈물이 어린 것처럼 반들반들하게 빛나고 있었다.

"안녕히 가세요, 할아버지."

눈물을 보이지 않으려 애쓰면서 은수도 마지막 인사를 했다.

노인의 입꼬리가 비죽이 올라갔다. 아마도 미소를 지은 모양이었다.

노인을 태운 차가 서서히 멀어져갔다. 은수는 그 차가 멀어져 작은 점이 됐다가, 마침내 시야에서 완전히 사라질 때까지 그 자리에 꼼짝 않고 서 있었다.

은수는 마음속으로 계속 되뇌었다.

안녕히 가세요, 할아버지.

15

수상하지 않은 이별

 창밖으로 보이는 하늘은 티 없이 파랬다. 세상을 떠나기 좋은 날이라고 노인은 생각했다.
 노인이 누워 있는 리클라이너 의자 옆엔 백합처럼 보이는 하얀 꽃이 꽃병에 꽂혀 있었다. 백합은 아내가 좋아했던 꽃이다. 결혼기념일이나 아내의 생일에 노인은 가끔씩 백합을 선물하곤 했다. 지금 저 꽃이 여기 꽂혀 있는 건 어쩐지 우연이 아니라는 생각이 들었다. 먼저 그곳에 가 있는 아내가 어서 오라고 손짓하는 것처럼 느껴졌다. 그래, 이제 얼마 안 남았어. 조금만 기다리면…….
 쥘리앙이 이틀 전처럼 깔끔하게 머리를 빗어넘긴 모습으로 병실에 들어왔다. 손에는 서류 뭉치가 들려 있었다.
 "일단 여기에 사인을 해주세요."

노인이 떨리는 손으로 펜을 쥐고 서류에 서명했다. 시체 처리에 대한 동의서. 시신은 안치소에서 일정 기간 관리하다가 '웰다잉'과 연계된 장례업체에 의해 화장되며, 유해는 우편으로 보내진다고 했다. 오랜만에 글씨를 써서인지 노인의 손안에서 펜이 자꾸만 미끄러졌다.

글씨를 다 쓰고 나니 이젠 정말 모든 절차가 다 끝난 것 같았다. 조력자살에 필요한 비용은 노인의 은행 계좌에서 김성재 변호사를 통해 이미 입금됐다. 사후 필요한 여러 행정 절차도 그가 알아서 해줄 것이다. 그는 그런 면에서 믿을 만한 사람이니까.

머리 위엔 비디오카메라가 설치돼 노인을 촬영하고 있었다. 일이 끝나면 그곳을 방문할 경찰과 검시관에게 제출할 자료다. 필수적인 건 아니지만, 타살이 아니라는 걸 입증하기 위해 가능한 한, 녹화가 권장 사항이라고 했다. 노인에겐 딱히 거절할 이유가 없었다.

노인의 곁에 선 쥘리앙이 리모컨으로 노인이 누워 있는 리클라이너 침대 경사를 30도 정도 위로 올렸다. 옆에 서 있던 직원이 능숙한 동작으로 침대 경사에 맞춰 수액을 달고 높이를 조절했다. 직원이 손에 든 갈색 플라스틱병에는 한순간에 숨을 끊어주는 '펜토르바르비탈'이 담겨 있다. 직원이 침착하게 뚜껑을 열어 가루를 물에 녹였다.

어느새 쥘리앙은 노인 곁에 와서 서 있었다. 그가 노인에게 영어로 질문했다.

"이름이 뭐죠?"

"최창훈."

"생년월일을 말하세요."

노인이 영어로 대답하자 다음 질문이 이어졌다.

"왜 웰다잉에 온 거죠?"

"죽기 위해서."

"왜 죽으려는 건가요?"

"난 중증 파킨슨병 환자고, 내 주변엔 아무도 없으니까."

문득 은수와 명순의 얼굴이 떠올랐지만, 노인은 속으로 고개를 흔들어 그들을 지워버렸다. 바로 손이 닿을 듯한 거리에 아내와 혜영과 연수가 기다리고 있다.

쥘리앙이 물었다. 마지막 질문이었다.

"당신한테는 수액 바늘이 꽂혀 있어요. 이 스토퍼를 열면 어떻게 되는지 아시나요?"

"네, 죽습니다."

쥘리앙이 고개를 끄덕였다.

"30초 정도면 잠들 거예요. 마음의 준비가 됐을 내 스토퍼를 여세요."

노인이 손에 든 딸과 아내의 사진을 바라보았다. 한국을 떠날 때 유일하게 가져온 물건이었다. 거기엔 자신의 젊음, 건강했던 육체, 사랑했던 사람들이 담겨 있다. 그가 세상을 떠날 때 마지막으로 기억하고 싶은 것들이었다.

노인이 떨리는 손으로 왼쪽 손목의 스토퍼를 비집어 열었다. 순식간에 치사약을 풀어 넣은 수액이 흘러나왔다. 조금만 있으면 손목의 관에 도달해 혈관에 퍼질 것이다.

의식이 점점 흐릿해지기 시작했다. 지나간 날들이 아주 빠른 속도로 영화 필름처럼 하나씩 머리를 스쳐 지나갔다. 즐거웠던 일들, 슬펐던 일들. 어느 순간부터 밝고 빛나는 화면은 사라지고, 필름은 잘못 현상한 흑백 사진처럼 어둠만이 가득하다.

문득 낯익은 얼굴 하나가 몽롱해지는 노인의 의식 위로 떠올랐다. 앳된 얼굴에 떠오른 스산한 표정. 은수다.

조금 더 계셔주면 안 돼요?

은수의 원망 섞인 목소리가 귓전을 스쳤다.

미안하구나.

노인이 속으로 중얼거렸다.

은수가 풀이 죽은 얼굴을 하곤 사라진다.

할아버지!

저만치서 누군가 자신을 부르는 소리가 들렸다. 연수다. 연수가 활짝 웃으며 자신에게 손을 흔들고 있다. 옆엔 혜영과 아내도 보인다. 모녀 3대가 나란히 서서 자신을 기다리고 있다. 노인은 비로소 마음이 가벼워졌다.

오래 기다렸지.

노인이 중얼거렸다.

이제는 모든 게 끝이다. 나를 괴롭히던 고통도, 육신의 한계도, 고독도. 이제는 그 모든 것에서 벗어날 수 있다. 노인의 얼굴에 미소가 잔잔히 번졌다.

노인의 호흡이 끊기고, 맥박이 움직임을 멈췄다.

노인이 그토록 원하던, 죽음이었다.

에필로그

1년 뒤

불판에선 삼겹살이 타오르고 있었다. 노릇노릇하게 익어가는 고기 위로 젓가락 네 쌍이 바쁘게 오갔다. 쉴 새 없이 이야기가 이어지고, 왁자지껄 웃음이 터지기도 했다. 매달 한 번씩 모이는 '희망보육원 OB 모임'이었다.

"오빠 안 보던 사이에 살 좀 빠진 것 같다?"

여진이 정우에게 물었다.

아닌 게 아니라 정우는 볼살이 쏙 빠진 바람에 그렇지 않아도 윤곽이 뚜렷한 광대뼈가 한층 두드러졌다. 본래부터 살이 잘 붙지 않는 체질이지만, 이제는 '호리호리하다'에서 '말랐다'에 가까운 체형으로 변해가는 중이다. 정우가 겸연쩍은 듯 제 머리를 쓱 쓰다듬었다.

"이것저것 하느라 바빠서 살찔 틈도 없다."

정우는 1년쯤 전 노인에게서 받은 사례금 덕분에 현철에게 빌린 돈을 다 갚고 관계를 완전히 끊었다. 평생을 괴롭힐 것 같던 남자에게서 완전히 벗어난 후 정우는 간간이 노인을 떠올렸다. 원하던 대로 떠나셨으니 기쁠까, 아니 그마저도 느낄 수 없는 먼 곳에 계실까. 그리고 얼마 후, 은수는 노인이 정우 앞으로 얼마간의 돈을 더 남겼다는 사실을 전해왔다. 노인의 죽음을 도운 대가로 받은 것이라 생각하니 감사한 마음이 들면서도 어딘지 모르게 죄송스러웠다. 노인이 선택한 방식이 옳은 것인지는 자신할 수 없지만, 적어도 지금쯤은 그가 평온하길 바랐다.

은수는 노인이 정우가 새출발을 하길 바랐다고 했다. 덕분에 정우는 조금 더 좋은 곳으로 집을 옮기고 천천히 취업 준비를 할 수 있었다. 하지만 여전히 현실은 만만치 않았다. 고졸에 보육원 출신인 정우를 받아주는 곳은 별로 없었다. 택배, 배달 등 닥치는 대로 몸 쓰는 일을 하고 집에 돌아올 때면 온몸이 욱신욱신 쑤셨다.

준현은 지금도 가끔 정우에게 연락한다. 안부가 궁금해서라곤 하지만 자신을 떠보기 위해서라는 걸 정우는 잘 알고 있다. 그럴 때마다 정우는 억지로 마음을 다잡았다. 여기서 넘어지면 안 된다고. 자신을 도와준 노인을 배신하는 거라고. 하지만 어쩌다 한 번씩 유혹에 굴복하고 싶은 충동이 불쑥불쑥 들 때도 있었다. 마음이 벌이는 위태위태한 줄다리기에서 과연 이길 수 있을지 정우 자신도 확신할 수 없었다.

삶이 불안한 건 연주도 마찬가지였다. 아직은 학교라는 울타리 안에 있지만, 졸업 후 사회에 나갈 생각을 하면 앞이 막막해지곤 했다. 이제 이력서에 부모에 대한 정보를 기재하지 않게 됐다곤 하지만, 고아라는 걸 알면 다들 색안경 끼고 보지 않을까. 학교와 달리 사회에선 출신 배경도 중요하다는데 과연 잘 적응할 수 있을까.

불안할 마음이 생길 때마다 새로 생긴 버팀목은 연주에게 적잖은 힘이 됐다. 얼마 전부터 연주는 친엄마의 엄마, 핏줄로는 외할머니를 만나 식사를 하기 시작했다. 아직 많은 얘길 해 본 건 아니지만, 그래도 만날 때마다 둘 사이 마음의 거리가 조금씩 좁혀지는 것 같았다. 어딘가 기댈 곳이 있다는 사실이 얼마나 큰 위안이 되는지 연주는 태어나 처음으로 깨달았다.

"그건 그렇고 은수 넌 공부는 잘 되고 있어?"

연주가 문득 생각났다는 듯 화제를 돌렸다. 은수는 '그냥 그렇지 뭐' 하고 시큰둥하게 대답했다.

"학교 졸업하고 몇 년 지나 다시 공부하는 게 쉬운 일이 아니네. 원래 언니처럼 공부를 잘했던 것도 아니고."

은수도 작년 말부터 수능 공부를 시작했다. 목표는 전문대 간호조무학과나 4년제 사회복지학과. 졸업하면 노인 복지와 관련된 일을 하는 게 은수의 꿈이었다.

"은수는 걱정할 거 없어. 내가 얼마나 뒷바라지 열심히 하는데."

옆에서 여진이 툭 끼어들었다. 여진은 예전에 허리까지 오던 긴 머리를 싹둑 잘라서 지금은 귀밑까지 오는 숏컷을 했다. 그런 스타일을 시도한 건 처음이지만, 단단하고 강해 보이는 이미지가 의외로 여진이랑 잘 어울렸다.

스위스에서 돌아온 뒤 은수는 여진과 방을 얻어 함께 살기 시작했다. 여진은 작년 말부터는 다시 미용실 일도 하고 있다. 노인이 여진에게도 돈을 남긴 덕분이었다. 여진의 새 직장은 과거처럼 큰 미용실은 아니지만, 40대 중반인 주인은 서글서글하고 이해심이 많은 사람이라고 했다. 자신도 혼자 애를 키우는 싱글맘이면서 세상에 나와 홀로서기를 하려는 여진한테 이런저런 배려를 많이 해주고 있다고. 은수가 수능 준비를 하고 있다는 걸 여진에게서 듣고 '시험 마치면 셋이서 내 차로 서울 근교 수목원에 놀러갔다 오자'고 했다고 한다.

여전히 사는 건 고달프고 힘들지만, 그래도 이젠 예전만큼 각박하거나, 외롭지는 않다고 은수는 생각했다. 모두가 노인 덕분이었다.

노인은 은수 일행에게 준 것 말고도 유산 일부를 보호종료 아동을 위해 써달라고 유언장에 남겼다.

"원래는 희망보육원에 유산을 남기기로 했었는데, 마음을 바꾸셨어요. 시설에 있는 아동들 복지뿐 아니라 나온 아이들 자립도 중요하다면서요."

김성재 변호사는 그렇게 말했다. 노인이 오랫동안 희망보육원을 후원해왔다는 사실을 은수는 그때 처음 알았다. 표면적으로는 김성재 변호사를 앞세웠지만, 실제로 돈을 댄 건 노인이라고 했다. 하지만 김성재 변호사는 노인이 하고많은 보육원 가운데 왜 희망보육원을 지원했는지는 밝히지 않았다. 그러니 노인이 죽은 정상현에게 사과하는 심정으로 그의 딸이 맡겨진 곳을 소수문했다는 사실은 앞으로도 비밀로 남을 것이다.

"오늘, 잘 다녀왔어?"

여진이 은수에게 물었다. 은수가 고개를 끄덕였다.

"어땠어?"

"……편안하신 것 같았어."

여진이 속마음을 읽으려는 것처럼 은수 얼굴을 한동안 물끄러미 바라았다. 그러더니 '어서 먹어' 하면서 노릇하게 익은 고기 한 점을 집어 은수의 접시에 내려놓았다.

그날 오후, 은수는 명순과 함께 노인의 유골을 모신 납골당에 다녀왔다. 9월 28일, 작년 이날 세상을 떠난 노인의 1주기를 기리기 위해서였다.

오랜만에 만난 명순은 얼굴이 좋아 보였다. 흰머리가 조금 늘어난 것 같았지만, 얼굴에 살이 올라서인지 한층 푸근해 보이는 인상이었다.

노인이 가고 나서 명순은 가사도우미 일에서 완전히 은퇴했다. 노인은 은수 쪽으로 남긴 몫을 제하고 남은 재산의 3분의 2를 명순에게 남겼다. 앞으로 일하지 않고 손주 재롱이나 보면서 여생을 지내기에 차고도 넘치는 액수였다. 명순이 그때까지 줄곧 노인의 뒷바라지를 했던 게 단순히 경제적인 이유 때문만은 아니었지만.

명순은 자신의 몫으로 돌아온 재산 가운데 집을 판 돈을 노인의 이름으로 희망보육원에 기부했다.

"나는 그 돈 없어도 충분해. 이게 살아생전 판사님 뜻이기도 하고."

명순은 깜짝 놀라는 은수에게 그렇게 말했었다.

1년 만에 은수를 본 명순은 눈에 주름이 가득 잡힐 정도로 활짝 웃었다.

"은수 씨, 이젠 아가씨 티가 나네. 예전엔 그냥 어린애 같았는데."

은수를 보니 지난 옛일들이 떠오르는지 웃고 있는 명순의 눈가에 살짝 물기가 어렸다.

스위스에서 돌아온 직후, 은수는 한동안 상실감 때문에 괴로워했다. 여진과 명순이 아니었더라면, 나락으로 떨어진 것 같은 참담한 감정에서 빨리 헤어나오기 힘들었을 것이다.

여진의 위로는 예상한 것이었지만, 명순에게 기댈 수 있을 거라는 기대는 아예 하지 않았었기에 은수는 적잖이 놀랐다. 하지만 명순과 노인에 대한 추억을 공유하면서 은수는 조금씩 마음이 치유돼 가는 걸 느꼈다. 어쨌든 명순은 은수 말고 노인과 삶을 공유한 거의 유일한 사람이었으니까.

스위스에 간 일이 문제가 되지 않을까 걱정스럽기도 했지만, 결과적으로 별문제 없이 조용히 넘어갔다. 사후 행정처리에 관해서는 은수는 별로 아는 바가 없다. 김성재 변호사가 스위스로 건너가 '웰다잉' 측으로부터 사망신고서를 받고, 그걸 한국 대사관에 제출해 국내 사망신고에 필요한 사망신고 수리 증명서를 떼 왔다는 것 정도만 얼핏 들었을 뿐이다.

만약을 위해 노인이 혼자 스위스로 가서 죽겠다고 써놓은 유서도 지참했지만, 현지에선 노인의 병세의 심각성을 아는 사람이 없는 데다 동행 기록도 없어서 아무도 그가 혼자 와서 안락사 결심을 이행했다는 걸 의심하지 않았던 모양이다. 그걸로 모든 게 무사히 마무리됐다. 유산 상속도 차질 없이 집행됐다. 김성재 변호사는 은수네와 보호종료아동 지원분을 제외한 노인의 재산 3분의 1과 법률 사무소를 물려받았다.

사망신고가 끝난 지 얼마 지나지 않아 노인의 유골과 마지막 순간이 담긴 비디오가 노인의 집 주소로 도착했다. 은수와 명순은 나란히 앉아 비디오를 봤다. 스토퍼를 여는 그의 손놀림엔 한 치의 망설임도 없었다. 모든 게 끝나기까지는 그리 오랜 시간이 걸리지 않았다.

다행히 그는 고통을 느끼지 않는 것 같았다. 잠이 든 표정은 걱정 근심을 잊은 것처럼 평안해 보였다.

둘은 비디오를 보면서 오랫동안 울었다. 명순은 눈물을 훔치며 '그래도 고통 없어 보여서, 편안하게 가셔서 다행이야'라고 했다.

노인의 유골은 가족의 유골이 모인 납골당에 함께 안치하고, 매년 9월 28일에 명순과 은수가 그곳을 찾기로 했다.

"은수 씨, 난 지금도 가끔씩 그게 잘한 일이었나 싶어."

납골당으로 향하는 길에 명순이 중얼거렸다. 명순이 구체적으로 집어 말하진 않았지만, 은수는 명순이 말한 '그게' 무엇을 의미하는지 잘 알고 있었다.

"저도 그래요."

은수가 조용히 대답했다.

과연 그게 옳은 일이었을까. 어떻게 해서든 노인을 막아야 했던 건 아닐까. 그런 생각이 들 때마다 은수는 노인의 마지막이 담긴 영상을 떠올렸다. 망설임 없이 스토퍼를 열던 노인의 손놀림, 고통이 사라진 평화로운 최후.

그럴 때마다 은수는 '죽음보다는 추한 삶을 더 두려워해야 한다'고 했던 노인의 말을 떠올렸다. 나중에 그 말을 한 사람이 베르톨트 브레히트라는 독일 극작가라는 사실을 인터넷을 뒤져보고 알았다.

"그래도 하나 확실한 건 판사님이 은수 씨를 만난 건 행운이었다는 거야. 은수 씨 덕분에 많이 즐거워하셨으니까."

명순이 은수에게 말했다. 입가는 잔잔한 미소를 머금고 있었다.

은수는 갑자기 눈물이 나올 것 같아 하늘을 바라봤다. 노인과 함께 한국을 떠났던 그날처럼 구름 한 점 없이 맑은 하늘이었다.

"저도 그래요."

은수가 명순에게 조용히 말했다.

저도 좋았어요, 할아버지를 만나서.

덕분에 외롭지 않으니까, 꿈을 찾게 됐으니까요.

조력자살 관련 내용은 11월 28일, 조력자살(미야시타 요이치 지음, 2020년 아토포스) 참조.